Saunatonttu

Aki Mäkiaho

Saunatonttu

Kansi & kuvitus Nalle Mielonen

Risut & ruusut: saunakirves@gmail.com

Kansi: Nalle Mielonen
Taitto: Aki Mäkiaho

Kustantaja: BoD · Books on Demand GmbH, Helsinki, Suomi
Kirjapaino: Libri Plureos GmbH, Hampuri, Saksa

ISBN: 978-952-80-7093-1

Esipuhe ja kiitokset

Tämän piti olla elokuva, mutta se jäi tekemättä. Yksinkertaisesti jäin yksin tämän kanssa ja tätä yksinäisyyttä on nyt kestänyt tasan kaksikymmentä vuotta. (Serpentiiniä ja raketteja.)

Kirjoitin aiheesta ensimmäisen lyhytelokuvan vuonna 2004 (neljäs luku: "Verilöyly"), kun olin nuori elokuvista innostunut amatööri. Jalostin tekstiä elokuvakoulussa 2006 ja ensimmäisen täyspitkän kirjoitin 2014 (ensimmäinen luku: "Kaunis päivä" on tämän prologi). Viides luku "Kekripukki" sai myös Suomen elokuvasäätiöltä käsikirjoitustukea, mutta kotimainen elokuvatuotanto ei tätäkään ymmärtänyt, joten tässä sitä nyt ollaan - minulla on tarjota teille tämä kirja.

Tämän kirjan tarinat pursuavat siis elementtejä Saunatonttu -elokuvasta. Paljon ideoita ja elokuvallisia visioita, joita minulle on vuosien varrella kasautunut. Vaikka kohtaukset etenevätkin kirjoitettuna elokuvaa verkkaisemmin, toivon, että jotkut tarinoiden ohikiitävistä hetkistä heräävät mielessäsi eloon ja näet pilkahduksia elokuvasta. Sen elokuvan ei tarvitse olla hyvä tai huono, tärkeämpää minulle on, että se olisi kiinnostava ja herättäisi tunteita sekä ajatuksia; elämyksiä.

- Aki Mäkiaho,
26.8.2024 Helsinki

Kiitos:

Terhi, Leon & kissat.

Henkka & Teemu.

Ile, the first believer since 2004

Raija Talvio, opista & avusta. Suomen elokuvasäätiö "Saunatonttu" elokuvakäsikirjoituksien tukemisesta - Marjo Valve (muistoa kunnioittaen) & Pekka Uotila.

Ote ensimmäisestä suomenkielisestä Raamatusta:

"Tontu Honen menon hallitzi quin Piru
monda willitzi"

- Mikael Agricola,
Herran vuonna 1551

Ensimmäinen luku
"Kaunis päivä"

"Tämä on sellainen hengellinen tuote, jos tämä pitää
johonkin lokeroon saada, mutta ei sellainen kuten
esimerkiksi Raamattu tai Koraani. Tämän kirjan
tarinoihin ei kukaan usko."

- Saunatonttu,
Aika ja paikka tuntematon

Saunakirjat ovat hyvin usein tylsää ja sotkuista luettavaa. Aivan kuten vieraskirjatkin. Vuosilukuja, päivämääriä, viikonpäiviä, puumerkkejä, onnen toivotuksia, häpeää, tuskaa, kipua, kaikenlaisia merkintöjä eri vuosisadoilta sieltä täältä, mistä milloinkin. Hirveitä harakanvarpaita ja välillä niin pientä ja tiivistä kaunoa, että ei edes kaiken näkevä haltia ota siitä selvää. Mikä pahinta, yhtäkkiä pelkkää tyhjää.

Tyhjää, tyhjää, tyhjää.

Ihmiset eivät ole enää aikoihin tarttuneet kynään. Heillä on puhelimensa ja vaikuttaa siltä, että niistä he saavat kaiken mitä terve ruumis ja mieli kaipaa. On netit ja somet, mistä minä en ymmärrä mitään, mutta ne ovat varmasti upeita, puhtaita paikkoja, koska ihmiset viihtyvät siellä, niin etteivät ehdi enää edes saunaa lämmittää. Minunlaiseni muinaisjäänteet eivät puhelimia käytä, ja koska edessäni on tyhjiä, käyttämättömiä sivuja, olen päättänyt tyhjentää niihin hieman ajatuksiani. Harva asia on niin puhdas kuin jalostettu ajatus, joka on kirjoitettu ylös, kaikkien nähtäville.

Olen jo vanha ja kulunut. Ohikiitävät päivät ovat alkaneet sulautua minulla yhteen ja käyvät vuosi vuodelta yhä hankalammiksi hahmottaa. Pahoittelen, jos ajat ja paikat jäävät tarinoissani epäselviksi. Ei välitetä niistä, ne ovat mitä ovat. Haluan vain kertoa puhtauden merkityksestä ja siitä mitä lika, saasta ja henkinen pahoinvointi voi synnyttää. Koen, että tämä on tärkeää. Tämä voi olla pelastuksesi.

Olen tarkkaillut ympäristöäni ja vakoillut ihmisiä pitkään, vuosisatojen ajan. Seurannut ja valvonut kaiken maailman menoja missä milloinkin, mutta olen jo jonkin aikaa pysytellyt piilossa, poissa näkyvistä. Minua ei voi nähdä, jos niin päätän, mutta olette silti saattaneet kuulla minusta. Ainakin satukirjoista löytyy yhä mainintoja, vaikka eihän niihin taida enää kukaan uskoa, eivät edes lapset. Aikoinaan, "Herran vuonna 1551", kun esiinnyin Raamatun ensisivulla, jopa kirkko uskoi minuun. "Tonttu monen menon hallitsi kuin piru monta villitsi". "Pyhä kirjoitus" rinnasti minut piruun. Teki minusta siis itse perkeleen kätyrin. Nopeasti kansa alkoi pelätä minua ja kääntyä minua vastaan. Eikä siinä auttanut se, että vääräuskoiset poltettiin roviolla. Näin kirkko sai lopulta oman synninpesijänsä tilalle. Ei se minua haitannut. En kaivannut kuuluisuutta ja jäin suosiolla varjoihin, pois ihmisten arjesta. Nykyään olen ihmisille pelkkää ilmaa. Olette nähneet minut korkeintaan höyrynä kiukaan yllä, tai sumuna lauteiden alla. Harva enää edes tietää, että voin myös lihallistua. Joskus, kun suodattimeni oikein menee tukkoon, kun kaiken maailman saasta sumentaa järkeni niin minä ilmestyn ja-.

En siis todellakaan ole mikään tarinoiden kertoja. Olen saunatonttu. Lian, saastan ja henkisen pahoinvoinnin ruumiillistuma, ja olen päättänyt täyttää tämän kirjan tyhjät sivut memoriaateilla; tarinoilla, joita olen itse ollut todistamassa. Uskotte niihin tai ette, sillä ei ole merkitystä, mutta tämän jälkeen, kun seuraavan kerran näette usvan leijuvan aamuöisen järven pinnalla, te muistatte minut. Ette ehkä vieläkään usko minuun, koska se on järjen vastaista, mutta nyt ajatuksiinne on syntynyt särö, joka häiritsee teitä. Ymmärrätte, että maailmassa muutakin kuin vain se mitä näette. Täällä minä olen. Tarkkailen. Olen se tunne, kun sinua seurataan. Se katoava näky silmäkulmassa, kun käännätte päätä. Vakoilen ja pysyn piilossa, mutta olen joka puolella ja kaikkialla. Minä näen sinut, mutta vain harvat näkevät minut. Ne onnettomat, jotka ovat minut kohdanneet, eivät ole jääneet siitä kertomaan. Kuolleet eivät kerro tarinoita. Siksi kerron tarinani nyt itse. En jaksa enää tätä kuvotusta sisälläni. Lian, saastan ja henkisen pahoinvoinnin määrä tuntuu vain kasvavan vuosi vuodelta. Olen kohta pelkkä teurastaja. Ihmisten täytyisi löytää jostain enemmän aikaa saunomiseen. Lauteilla mielenrauha sekä puhtaus tulevat kuin itsestään ja säännöllinen puhdistautuminen helpottaa meidän kaikkien oloa. Saunokaa hyvät ihmiset, saunokaa.

Olen tavannut paljon pahoinvoivia ihmisiä, nähnyt liikaa likaisia asioita ja kohdannut käsittämättömän määrän väkivaltaa. Kerron nyt joistakin näistä tapahtumista niin hyvin kuin osaan ja toivon, että tarinani tuovat mukanaan hieman puhtautta tähän saastaiseen maailmaan. Aloitan siitä miten päädyin tähän, missä nyt olen. Täyttämässä näitä Saunakirjan tyhjiä sivuja.

Nykypäivä. Jossakin päin Suomea, arvaamattoman kaukana, mutta silti yllättävän lähellä. Kaikki riippuu sinusta, missä sinä olet ja miten asian koet. Muistinhan varoittaa, että ajat ja paikat sekoittuvat henkimaailmassa puuroksi. Nykypäivä, joka tapauksessa. Tämä tapahtui siis eilen, tai mahdollisesti toissapäivänä. Kovin montaa aurinkoa tästä ei varmasti ole.

Olin taas leijunut pitkään yön usvassa ja jatkanut aina aamuyön kasteeseen asti. Näin käy usein, kun kukaan ei sauno ja olen toimettomana. Lopulta havahduin tomuna tiestä ja lähdin pölynä pyörimään Rasivaaran Mirjamin mukana kylille. Mirjamilla on hyvä, isänsä rakentama pieni riihisauna pellon laidalla, metsän siimeksessä. Paljon on vuosien saatossa suruja ja iloja jaettu, mutta aikoihin ei olla muuta tehty kuin peseydytty. Mirjami on vanha ja yksinäinen. Hyvä ja lämmin ihminen. Usein on minuakin muistanut ja puurot keittänyt. Usko kaltaisiini on kulkenut hänen suvussaan sukupolvelta toiselle ja minusta tuntuu, että Mirjami saattoi olla viimeinen, joka oikeasti uskoi minuun.

Aurinko löi löylyä koko aamun lähes pilvettömältä taivaalta. Vain muutamat pilviharsot naarmuttivat taivaankannen täydellistä sinistä pintaa. Mirjami ei vaikuttanut pitävän hiostavasta auringosta, mikä oli merkillistä. Ihmiset yleensä nauttivat löylystä, kun se on kuumaa ja kosteaa. Minä en ole enää aikoihin käyttänyt tuntoaistiani. En koe, että siitä olisi minulle mitään hyötyä. Maku- ja hajuaisti kulkevat käsi kädessä ja auttavat elukoiden kanssa, mutta harvakseltaan minä niitäkään enää käytän. Kuulo- ja näköaisti ovat minun tärkeimpiä työkalujani, ne minä pidän herkässä, vaikka ei minulla enää ole kuin yksi toimiva silmä. Toinen meni Turun suurpalossa neljäs syyskuuta 1827. Sen päivän minä muistan hyvin. Lähes koko kaupunki paloi poroksi. Mukana meni lukuisia saunoja ja niiden mukana saunakirjoja. Moni tonttu joutui tien päälle. Sen jälkeen en ole enää kiroilua, enkä olutkolpakoita saunassa hyvällä katsonut.

Jostain syystä ihmisille on suotu samat aistit kuin meille tontuille, mutta toisin kuin me, he käyttävät niitä hyvin holtittomasti. Kulkevat ja tarkkailevat ympäristöään aistit levällään ja tekevät omituisia havaintoja, joita huutelevat sitten kanssaihmisilleen. "Huomenta Väinö, kaunis päivä tänään", tokaisi Mirjami, kun kohtasi naapuritilan ukon tienposkessa. Hyvin erikoinen tapa katsoa taivaalle ja ennustaa päivä etukäteen. Toki avaamalla silmämme ja katsomalla ympärillemme me näemme asioita, ja hyvin usein me näemme asioita, joita toiset eivät näe. Se on ihmeellistä, jos sitä oikein ryhtyy pohtimaan, mutta koska ihmeet tapahtuvat ajatusmaailmanne ulkopuolella, ehkä teidän on parempi olla ihmettelemättä. On helpompi vain katsoa ja uskoa siihen mitä näkee, kokemusperäiset tapahtumat ovat huomattavasti helpompia hyväksyä. Mirjami ei siis mitenkään voinut taivaalle katsoessaan tietää millainen päivä häntä odotti. Hän vain toivoi kaunista päivää ja sai mitä tuleman piti.

Aurinko paistoi ja lämmintä riitti. Mirjamilla oli edessään uusi päivä ja tiesin miltä hänestä tuntui. On jotenkin tuttua ja turvallista olla täysin tietämätön siitä, mitä kaikkea päivä tuo tullessaan. Maailma avautuu meille aina juuri sellaisena kuin se todella on. Tästä ajatuksesta minä olen oppinut pitämään.

"Kaunis päivä", ehkä Mirjami oli osin oikeassa. Ehkä, jos näkee pintaa syvemmälle voi rumassakin nähdä jotain kaunista. Minusta tämä päivä oli ruma. Sanoin kuvaamattoman ruma, mutta toisaalta ehkä se olen vain minä. Olen ruma ja likainen. Minulla on savun ja noen tahrima iho, joka on kauttaaltaan paloarpien runtelema. Pitkä ja takkuinen noen värjäämä musta tukka, joka peittää viottuneen silmäni. Ulottuvien, pitkien ja laihojen sormieni nivelet ovat paksut ja niiden päissä on terävät kynnet, raatelukynnet kuin petoeläimellä. Vartaloni on heikko ja hontelo, laiha ja luiseva, pitkä kuin heinäseiväs. On siis todellakin parempi, että esiinnyn enää vain höyrynä tai savuna. Pölynä tai usvana. Olen hirviö, eikä minun pitäisi lihallistaa, inhimillistää itseäni, mutta joskus en voi sille mitään. "Antakaa minulle anteeksi niin kuin minä anna teille, jotka olette minua vastaan rikkoneet". Alkoi ihan yskittää, hekotutti niin, tuo on aina niin osuva. Anteeksi, mihin minä jäinkään, missä me oikein olimme.

Niin tosiaan, olimme matkalla kylille, Mirjamin "Kaunis päivä", niinhän se oli. Muistan yhä tuon päivän tapahtumat kuin eilisen. Hetkinen, oliko se eilen?

Joka tapauksessa, ruispelto nautti paahtavasta auringosta, se suorastaan kylpi valossa ja lämmössä. Kaukana pellon takana häämötti havumetsä, joka roikotti raskaita alaoksiaan kuin läkähtyneenä ja näytti synkältä. Maiseman halkaisi vanha eloton maantie, jonka reunaa Mirjami kulki rollaattoriinsa nojaten. Kuuma ilma väreili murtuneen, rikkaruohoa pursuavan asfaltin pinnalla. Ruoho tien varressa oli lakastunut keltaiseksi ja pientareen kuivuneella ojanpohjalla makasi jäniksen raato. Pelkkää nahkaa ja luuta. Silmien paikalla oli enää tyhjät, mustat kuopat. Tätä kuollutta, synkkää tuijotusta oli mahdotonta sivuttaa. Silmättömät silmät olivat näky jo sinänsä, mutta silmäkuopan ympäriltä nahkan läpi tunkeutuvat reunaluut vangitsivat huomioni. Ohuet, terävät silmäkuopan ympärysluut kiiltelivät ja työntyivät esiin vetäytyneen karvan ja mädän lihan alta. Se oli kerrassaan kuvottava näky, mutta samalla jotenkin kiehtova. Eltaantuneen turkin ja mädän lihan käry oli kutsunut paikalle paljon kärpäsiä ja raato suorastaan kuhisi näiden jälkeläisiä. Pieniä, valkoisia, sinnikkäästi päitään nostelevia toukkia oli puuroksi asti. Näky saisi ihmisen ihon kutisemaan. Minun teki sen sijaan mieli vähän nuuhkutella ilmaa. Tykkään joskus haistella kuolemaa. Horsmankukkien makea tuoksu sekoittui imelästi mädäntyvän jäniksenraadon eltaantuneeseen hajuun ja tätä kaikkea säesti kalman kärpästen loputon surina. Täyteläinen tuoksu täytti terävän nokkani ontelot sekä savun täyttämät keuhkoni ja sai minut hetkeksi unohtamaan, missä olen. Havahduttuani minulla meni hetki ennen kuin tajusin missä olin ja Mirjami oli kadonnut. Kuolema oli jälleen kerran kietonut minut pauloihinsa niin, että unohdin kaiken muun. En jäänyt moittimaan itseäni. Olen vuosisatojen saatossa opetellut ja oppinut antamaan aikaa myös itselleni. Jätin siis hyvillä mielin jäniksen raadon elämän kiertokulkuun ja nousin tomuna ojan pohjalta kaiken yläpuolelle ja katsoin maailmaa missä olin. Näin Mirjamin tiellä ja jatkoin hänen seuraamistaan.

Olen pahoillani, jos ajatukseni joskus eksyy ja harhailee yksityiskohdissa. Näin kaikki kuitenkin tapahtui, niin kuin olen ne tähän kirjoitanut. Meillä hengentuotteilla on rajaton pääsy yksityiskohtiin, enkä näe syytä miksi jättäisin jotain pois. Tyhjiä sivujakin on vielä vaikka kuinka paljon ja tavoitteeni on että tapahtumista jää kokonainen ja selkeä kuva.

Oli siis aurinkoinen kesäpäivä. Edessäni oli pelto, jonka takana häämötti synkkä metsä ja tämän kaiken halkaisi vanha, kulunut maantie. Unohdetaan nyt se Mirjamin "kaunis päivä", ei tällä tarinalla yksinkertaisesti ole mitään tekemistä sen kanssa. Puhdas päivä, sanotaan niin. Puhdas tästä lopulta tuli, mutta palataan siihen myöhemmin.

Peltoja halkovan maantien varrella on pieni vaalea lauta-rakennus. Kyläkauppa, joka on seissyt paikoillaan ja palvellut asiakkaitaan jo vuosikymmeniä. Vuodenaikojen vaihtelevat sääolosuhteet ovat saaneet sen vaalean maalipinnan hilseile-mään ja varisemaan pois. Talo on karun näköinen. Kotitonttu on kyllä tehnyt parhaansa, uskokaa minua kun sanon, mutta talot vain kuluvat, eikä ole olemassa mitään suojelustaikoja, jotka pitäisivät asiat vuodesta toiseen uutena ja kimaltelevana. Ajatelkaa nyt kaikkia näitä meidän vuodenaikoja. Neljä toinen toistaan raa'empaa koettelemusta. Syksyn viiltävä viima ja tuulet sekä sen tuomat rankkasateet. Talven jäätävät nietokset sekä paukkupakkaset. Kevään loputon kosteus. Jatkuva loska ja virtaava sula. Lopuksi vielä kesän aurinko. Läpitunkevaa valoa ja paahtaavaa kuumuutta viikosta toiseen, mutta siellä se kuitenkin yhä komeili, kyläkauppa. Sen varisevaa maalipin-taa täytyy kunnioittaa. Kauppa on taistellut olemassaolostaan pitkään ja kaikesta huolimatta palvelu yhä toimi. Helppoa ei ole kauppias Timosella ollut. Asiakkaat, ihmiset ovat muutta-neet kaupunkiin paremman elämän perässä ja tulevat maalle enää puhdistautumaan. Lataamaan henkisiä voimavaroja. Eikä siitä ole seurannut mitään hyvää. Kaupungissa ihmiset mene-vät niin saastaisiksi, yhteentörmäys maaseudun rauhan ja suurkaupungin kiireen kanssa on-. Elämäntavat ovat vain niin erilaisia. Kaupungeissa on niin paljon kaikenlaista saastetta, jota ihmiset tuntuvat syystä tai toisesta ahmivan sisäänsä. En oikein käsitä sitä. En haluaisi edes ajatella koko asiaa, mutta ihmettelen sitä silti yllättävän usein.

Kyläkaupan edessä oli muutama puinen pyöreä pöytä, jotka olivat vuosien saatossa lahonneet lähes käyttökelvottomiksi. Hauraiden pöytien ympärille oli hylätty kolme muovista puu-tarhatuolia, jotka olivat kaikki kulahtaneet lähes värittömiksi. Yhden tuolin juurella oli lasinen tyhjä kurkkupurkki, se oli saanut uuden huomattavan viran tuhkakuppina. Tästä huolimatta savukkeiden natsoja lojui ympäriinsä siellä täällä, pitkin pihaa. Tervaa ja savua nielevät ihmiset ovat saastaisia, he eivät oikein tunnu välittävän itsestään, eikä ympäristöstään. Tupakantumpin maatuminen vie 20 vuotta, voitteko käsittää. Roskiin ne kuuluvat, eikä luontoon.

Kaupan kivijalan juurella oli tomun ja hiekan alle hautautunut "Hartwall Jaffa" -aurinkovarjo. Muistan yhä, kun se pystytettiin ensimmäisen kerran. Silloin tämä kauppa oli koko kylän tapahtumien keskus ja kohtaamispaikka. Oli ilmapalloja ja lapsia, jotka juoksentelivat kaupan ympärillä. Nauroivat ja joivat jaffaa. Aikuiset istuivat tämän samaisen varjon alla auringolta suojassa ja juorusivat kylän tapahtumista. Eikä tästä ole edes kovin kauaa, muuta vuosikymmen tai ehkä kolme. Kenties neljä? Nyt kyläkauppa on kuitenkin rappeutunut, aivan kuin koko maaseutu ja se tekee kuolemaa silmieni edessä. Kohta se olisi poissa. Tulen kaipaamaan sitä.

Mirjami lähestyi kauppaa omaa verkkaista vauhtiaan, ilman turhia kiireitä. Hänellä oli päänsä suojana huivi, kuten aina. Kylillä käydessään hän käytti tätä hienompaa, vaaleaa ja yksiväristä huiviaan. Yllään Mirjamilla oli virttynyt sääriin ylettyvä kesämekkonsa, jonka kukkakuosi oli vuosien saatossa haalistunut. Tukisukat pilkottivat helman alta ja jalassa oli vanhat, mutta hyvin hoidetut nahkaiset jalkineet. Mirjamin vanhat ryppyiset kädet puristuivat tiukasti rollaattorin mustiin muovikahvoihin, kun natisevat renkaat siirtyvät kuluneen asfaltin kynnykseltä pölyävälle hiekalle. Kyläkaupan ovessa komeili vanha, auringon haalistama Veikkauksen Lottomainos, sekä tuttujen iltapäivälehtien lööpit: "Helteet jatkuvat" ja "Aurinkoa riittää vielä viikonlopun yli". Hitaasti Mirjami oikaisi kumaraan painunutta kehoaan ja nosti tutisevan, mutta päättäväisen katseensa kohti edessä häämöttävää kaupan ovea. Huivin alta paljastui pään sisään painautuneet silmät ja laihat, hyvin uurteiset kasvot. Mirjamin silmät kuitenkin hymyilivät, kuten usein. Mirjamilla oli aina tapana nähdä asioiden hyvät puolet. Silmistä oli helppo lukea mitä hän mietti, hän oli tullut pitkän ja vaivalloisen kauppareissunsa puolimatkaan, tai niin Mirjami ainakin luuli.

Mirjami parkkeerasi rollaattorinsa kaupan oven juurelle ja jatkoi hapuilevin jaloin kohti ovea. Seurasin noita Mirjamin hauraita liikkeitä huolestuneen tarkasti. Mirjamin huterat askeleet seurasivat toinen toistaan, mutta viimein tärisevä käsi pääsi ojentumaan kohti kyläkaupan ovea. Huojentunut ja voimaton käsi tarttui tiukasti ovenkahvaan ja Mirjami veti. Vastoin odotuksia, ovi lennähti auki. Kaupasta ryntäsi ulos siilitukkainen nuorimies, jolla on yllään hihaton paita ja haaroista ratkenneet pillihousut. Miehellä oli toisessa nyrkissä tuppo seteleitä ja toisessa kädessä heilui käsiase. Vauhkoontunut katse, neulanterävillä pupilleilla ihaili molempia käsiä vuoronperään. Ase ja rahaa. Mies vaikutti olevan hurmoksellisessa tilassa, mutta hänen edessään seisova Mirjami palautti hänet hetkessä todellisuuteen. Mirjami rääkyi yhtä huutoa ja piteli kyynärvarttaan, josta törrötti molemmat käsivarren luut. Itse käsi heilui velttona kohti maata pelkän lihan ja nahkan varassa, tulviva veri sotki Mirjamin kesämekon. Kaupasta rynnännyt nuorimies kavahti tilannetta, perääntyi ja jäi silmät selällään tuijottamaan edessään huutavaa Mirjamia ja tämän katkennutta käsivartta.

- Mitä...hel-vet-ti-ä?

Tämän sanottuaan järkyttyneen näköinen nuorimies sysäsi rääkyvän Mirjamin pois tieltään ja juoksi matkoihinsa. Mirjami tömähti maahan. Hiekka pölysi ja huuto lakkasi. Kaupan ovi sulkeutui vain lennähtääkseen uudelleen auki. Nuorenmiehen perään kiirehti nuorinainen, joka kantoi sylissään 24 oluttölkin pakettia. Olutpaketin päälle oli lastattu muutamia savukekartonkeja, kaksi pulloa väkevää viinaa, perunalastupussi ja joitakin suklaavanukaspurkkeja. Naisella oli pitkät vaaleat hiukset joissa oli tumma juurikasvu. Yllään hänellä oli verryttelyshortsit, jotka olivat minun silmääni aivan liian lyhyet. Puolet pakaroista vilkkui esillä. Naisen napapaita oli yhtä kauhea. Kaula-aukko oli niin suuri, että ei se tämän pyylevän naisen rintoja juuri suojellut.

- Oota, nää painaa.

Rinnat hölskyivät ja viinapullot kilisivät olutkuorman päällä nuoren naisen kiirehtiessä miehensä perään. Yksi viinapulloista putosi kuormasta ja iskeytyi tiehen räjähtäen kuin pommi. Pöly asfaltin pinnalla pöllähti, lasin sirpaleita lensi ympäriinsä ja viinaa roiskuu pitkin tietä. Nainen vain nauroi mennessään.

- Vittu tää on siistii!

Vuosisatojen kuluessa olen oppinut, että raha on ihmisille tärkeää, oli se sitten kuparikolikkoja tai paperia. Aina, kun sitä oli, ihmiset juhlivat. Joivat ja kehuivat toisiaan kilpaa saunan lauteilla. Pahoina päivinä, kun rahaa ei ollut, tai halla oli vienyt sadon, ihmiset joivat entistä enemmän. Istuivat sitten yksin hiljaa lauteilla ja murjottivat. Aseet ovat taas aina tehneet ihmisistä mielipuolia. Niistä ei ole ikinä seurannut mitään hyvää. Olen yrittänyt unohtaa kaikki ne reppanat, jotka on saunaa vasten ammuttu tai pellolle teloitettu. Juopottelua, murhia ja tappoja. Raha ja aseet tekevät ihmisistä sekopäisiä. Olen todistanut sitä liian monta kertaa ja tässä sitä taas ollaan.

Tilanteesta sivuun työnnetty Mirjami makasi liikkumattomana maassa kaupan edessä. Katkennut käsi lepäsi verilammikossa, asennossa, jossa sen ei kuuluisi olla. Käsivarren luut törröttivät ulos revenneestä lihasta, mutta verenvuoto oli jo tyrehtynyt. Lasittuneet, kuolemaa pelästyneen silmät tuijottivat tomuista maata. Suupielestä valunut veri kuivui pölyn valtaamille vanhoille, uurteisille kasvoille. Aurinko paistoi korkealla ja heitti lisää löylyä maisemaan. Pian saapui ensimmäinen raatokärpänen ja ryhtyi pesemään käsiään kypsyvän lihan äärellä. Mirjami jäi siihen. Kauppamatka oli tullut päätökseensä. Mitä kauppias Timoselle oli käynyt, jäi epäselväksi, koska tunsin, että minun oli lähdettävä vakoilemaan uusia saastaisia tuttaviani, joiden arvelin saapuneen kaupungista. Sanoinhan minä, että kaupunkilaiset pakenevat maaseudulle, kun he kaipaavat rauhaa ja puhtautta, toisin sanoen luontoa ja saunaa. Nämä roist-, ihmiset vaikuttivat hyvin levottomilta ja myrkyttyneiltä, juuri sellaisilta tapauksilta, jotka hakeutuvat hyvin usein saunaan, missä he jättävät kaiken paskansa minun hoivaani. Näin sen kuuluu mennäkin, ei se minua haittaa. Pidän itseäni tavallaan sellaisena henkisen ja fyysisen maailman suodattimena. Saunovien ihmisten puhdistus tapahtuu yksin minun kauttani. Vaatimaton nöyrä tehtäväni on vain yksinkertaisesti huolehtia, että kaikki lika, saasta ja henkinen pahoinvointi jää saunaan. Teen elämästä puhtaampaa, olen täällä sitä varten.

Nuori pariskunta leiriytyi metsänlaitaan, jossa he piileskelivät aina auringonlaskuun asti. He juhlivat suurta menestystään polttelemalla savukkeita ja syömällä suklaavanukkaita sekä perunalastuja. Roskat he jättivät tietenkin luonnonhelmaan, mikä oli raivostuttavaa. Minä oikein tunsin kuinka lika ja saasta kasautui, kasvoi sisälläni, oloni muuttui hetki hetkeltä yhä vastenmielisemmäksi. Oloa on vaikea selittää, mutta yritetään. Kuvittele vanha, varastoon unohtunut sillipurkki, jonka kannen alla kelluu homeisia kaloja sinappikastikkeessa. Napsauta kansi auki ja huomaa kuinka imelä home valtaa nenäontelot ja avaa makuaistisi äärimmilleen. Työnnä yksi tällainen härski ja homeen sammaloittama makupala suuhusi ja niele se. Niele, vaikka se ei ole syötävää. Tunne, kuinka se jää roikkumaan kurkkuusi ja yrittää kiivetä ylös. Oksennusreaktio valtaa koko vartalosi ja voimakas kakominen alkaa. Vedet tulvivat silmiisi, mutta pilaantunut silli pysyy sisälläsi. Se painuu kohti sisuskalujasi ja täyttää sinut kuvotuksella. Tällainen tunne minut valtaa aina, kun ihmiset käyttäytyvät välinpitämättömästi. Joudun nielemään kaiken tämän pilaantuneen inhon, enkä mahda itselleni mitään. Puhtaus on vain puoli ruokaa.

Auringon laskeuduttua metsänrajaan mies ja nainen jatkoivat lopulta matkaansa. He koittivat peukalokyytiä, mutta tiellä ei kulkenut autoja. Yksi valkoinen Toyota ajoi ohitsemme, mutta sen ikääntynyt kuski vain kiihdytti nähtyään epämääräiset liftarit tienposkessa. Laahustettuaan aikansa tienpiennarta pitkin he huomasivat heinäpellon takana pimeän maatilan. Se veti heitä puoleensa ja minä tunsin paikan, edessämme oli Mirjamin tila. Seuralaiseni kääntyivät, oikaisivat maantieltä heinäpellolle ja lähtivät kulkemaan kohti elotonta maatilaa. Huomasin jo kuvittelevani kuinka he pesiytyvät lopulta saunaan. Mirjamin isän rakentamaan vanhaan hirsisaunaan, joka on vuosikymmeniä ollut puhtauden tyyssija. Olen huolehtinut siitä ensilöylyistä lähtien ja luulin jo joutuvani luopumaan siitä, nyt kun Mirjami oli poissa, mutta nyt sain kuin sainkin syytä palata sinne, ainakin vielä tämän yhden kerran. Tunsin mielihyvää ja annoin iltatuulen tarttua minuun. Se kulki lävitseni ja levitti minut pellolle. Pian olin usvana nuoren parin jalkojensa juuressa. Tunsin kuinka heidän askeleensa halkoivat minua kerta toisensa perään. Kuroin autereeseen muodostuvan polun umpeen pian heidän jälkeensä, enkä päästänyt heitä silmistäni. He olivat vieraitani, velvollisuuteni oli pitää heitä silmällä.

Pitkä, kuiva heinä suhisi miehen niittäessä sitä askel askeleelta ja molemmat huitoivat ilmaa mennessään. Ympärillä pyörivät hyönteiset: paarmat, kärpäset ja varsinkin hyttyset jotka lisääntyivät sitä mukaan, kun taivas hämärtyi. Päästyään lähemmäksi Mirjamin tilaa, hien kylvettämä mies pysähtyi ja jäi tarkkailemaan sitä. Tilan mökki oli hämärä ja eloton. Hengästynyt nuorinainen saapui miehen jälkeen ja laski sylissään olevan olutpaketin, savukkeet, sekä viinapullon heinikkoon ja romahti miehen jalkoihin istumaan.

- Mä en jaksa enää.

Nuorimies ei kiinnittänyt naiseen mitään huomiota. Pyyhki vain hikeä kasvoiltaan ja kumartui repimään kaljapaketin auki. Miehen kädet tärisivät kuin hermovikaiset, kun hän sihautti tölkin auki. Juotuaan pitkän kulauksen auringon lämmittämästä oluestaan mies jäi tuijottamaan edessään häämöttävää maatilaa ja lipoi kostuneita suupieliään kuin pohtien jotain. Muistan itsekin pysähtyneeni miettimään, pohdin että mitä tuommoisen ihmisen pään sisällä liikkuu. Oliko kaiken tuon lian, saastan ja henkisen pahoinvoinnin seassa vielä jotain kelvollisia ajatuksia. Löysin jotain, ainakin minusta tuntui että kyllä siellä jotain oli. Jotain hyvää tuossakin ihmisessä oli vielä jäljellä. Äiti, rakkaus, kaipuu, kaikkia hyvin kauniita ja alkukantaisia asioita oli vielä tuonkin likasäkin pohjalla.

Mirjamin tila oli autio. Pihapiirissä seisoi joukko ränsistyneitä, vanhoja rakennuksia. Mökki, lato, navetta, kanala sekä kaivo. Missään ei näkynyt minkäänlaisia elonmerkkejä. Ei edes naapuritilan kissaa, Kimmoa, joka joskus eksyi auringon laskiessa saunaani lepäämään. Mies ja nainen tuijottivat ääneti ja täysin hievahtamatta tilan aavemaista hiljaisuutta. Mökin pimeät ikkunat huokuivat synkkyyttä, sirkat sirittivät ja hyttyset inisivät. Mies otti toisen hörpyn kaljastaan, pyyhkäisi jälleen hikeä otsaltaan ja lausui ääneen oman yksinkertaisen näkemyksensä.

- Tää mesta on ihan kuollut.

Tämän sanottuaan mies suuntasi kaljatölkki kädessään kohti tilan vaatimatonta mökkiä ja teki päätöksen mennessään.

- Me jäädään tänne.

Nainen jäi suu äimänä katsomaan heinikossa lojuvaa ryöstösaalista: auki revittyä olutlaatikkoa, savukkeita ja viinapulloa.

- Hei oikeesti, munko nää pitää vielä kantaa.

Mies kääntyi ja säikäytti naisen hyssyttelemällä ennen kuin

jatkoi edellistä äänekkäämmin.

- No, mitä vittua? Mitä, jos siellä vaikka onkin joku? Kai mä tarviin näitä, että mä voin hakata sen?

Oluttaan varoen, läikyttämättä, mies esitteli ja jännitteli laihoja käsivarsiaan joiden suonet pullistevat enemmän kuin lihakset. Käsiase komeili vyötäisillä navan edessä ja toinen etutasku pullisteli pursuavia seteleitä. Lyhyen esityksensä perään mies kaivoi pillihousujensa toisesta etutaskusta pienen ruskean pullon ja sirotteli siitä valkoista jauhoa vapaaksi jääneen käden kämmenselälle. Huumeita, tuttua kamaa. Tämä päihde on jo yleistä kaupungeissa, mutta nyt sitä on jo siis täälläkin. Tiesin, tunsin, että huumeista ei seurannut mitään hyvää, kuten ei mistään muustakaan päihteestä ja huolestuin entisestään. Nokittuaan huumeet mies jatkoi energiaa uhkuen matkaansa.

- Whoo-haa, nyt mennään beibi, mä tarviin suihkun.

Mies meni menojaan ja nuorinainen jäi yksin sarkastisen ajatuksensa kanssa.

- Hieno mies kerta kaikkiaan, hieno mies.

Nainen puisteli päätään ja kumartui nostamaan kantamuksia. Rinnat olivat rynnätä esiin puseron esteettömästä kaula-aukosta ja nainen kiirehti korjamaan tilannetta.

- Tytöt, tytöt, eipäs nyt innostuta.

Kohennettuaan puseroaan nainen kouri vielä tissinsä paikoilleen ennen kuin kyykistyi keräämään heinikossa lojuavat kantamukset syliinsä. Mies oli kuitenkin jo tiessään ja naisen edessä oli enää kapea polku lakoon painautunutta heinää. Maisema hämärtyi entisestään ja tunsin kuinka tunnelma muuttui. Tajuamattaan nainen oli jäänyt yksin ja pelko tavoitti hänet. Hiivin usvana naisen jalkojen ohi ja lähdin kulkemaan polkua pitkin miehen perään. Halusin vain näyttää tietä, mutta nainen taisi pelästyä minua. Hän jyräsi ylitseni ja kiirehti lakoon painautuneen heinän johdattamalle polulle minkä kantamuksineen pääsi.

- Hei, odota.

Leijuin helposti hänen edelleen ja seisahduin mökin juurella olevien vihannesistutuksien päälle vakoilemaan. Sato vaikutti hyvältä, Mirjami piti hyvää huolta pienistä viljelysmaistaan. Muisti aina kastella niitä, jos aurinkoa kesti liian pitkään.

Mies seisoi mökin kulmalla ja joi mietteliäänä kaljaansa. Lämmin, väljähtänyt kalja väänsi hänen naamansa ruttuun ja mies heitti tölkin kädestään. Hätääntynyt nainen kiirehti paikalle kantamukset sylissään ja huolestui miehen reaktiosta.

- Mitä nyt? Onko joku kotona?

Mies läimäytti niskaansa ja tappoi pistämään ennättäneen hyttysen.

- Ei, kun ihan jotain muuta.

Mies ei tuijottanut enää mökkiä vaan aivan toiseen suuntaan. Nainen seurasi miehen katsetta ja löysi ruohikosta kapean polun, joka kiemurteli muutaman koivun ohi kohti metsää. Polun päässä, pellon laidalla oli saunarakennus. Minun saunani. Tumma, pieni saunarakennus havupuiden katveessa näytti hyvin synkältä ja metsä sen takana suorastaan noidutulta. Pelästyin, kun huomasin kuinka mies vielä pohti ratkaisuaan ja vilkuli mökin ikkunaa. Autio ja pimeä mökki tuintui oikein kutsuvan vieraita tunkeutumaan sisälleen. Kauhu valtasi minut ja kiirehdin koristamaan saunaa. Levittäydyin sen ja synkän metsän väliin. Loin saunan taakse usvaverhon, jonka illan mukana noussut kuu valaisi. Toivoin, että Sauna erottuisi näin edukseen ja näyttäisi maagiselta. Kääntyessään jo mökin puoleen miehen katse eksyi vielä saunaan. Minä onnistuin. Mies huomasi ja tunsi tunnelman muuttuneen, eikä hänellä ollut aavistustakaan, että minä olin kaiken takana. Haltioitunut mies pyyhkäisi hikikarpalot otsaltaan ja jäi tuijottomaan saunaa, jolle kuutamon valaisema usvaverho loi upeat raamit.

- Vihdoinkin jotain siistiä.

"Siistiä", olin varmasti koko pitäjän onnellisin tonttu sillä hetkellä. Mies repi naisen mukaansa ja johdatti heidät polulle, joka kulki saunalle.

- Tästä tulee vielä eeppinen ilta beibi. Kato nyt tota mestaa.

Usvani koristelema sauna metsän katveessa oli todellakin tehnyt vaikutuksen mieheen.

Nuoripari pysähtyi saunan eteen ja jäi tuijottamaan sitä. Vanha ja vaatimaton riihisauna oli karua katseltavaa, läheltä se ei ollut enää niin upea, enkä voinut tehdä asialle mitään. Vaaleanvihreä maalipinta on päässyt varisemaan. Etupuolella on yksi surkea, pieni ikkuna ja sen vieressä vaatimaton matala ovi. Rakennuksen oikean sivustan seinustalla on suksipari, joka on levännyt seinustalla jo vuosikymmeniä. Lisäksi muutama väännetty naula, joissa toisessa roikkuu vanha ruosteinen viikate. Saunan takana on sadevesitynnyri, muutama maatunut maalipurkki sekä metsää. Vasemmalla sivustalla on puuliiteri, jossa on paikoin rei'ille ruostunut aaltopeltikatos. Halkokatoksen yläpuolella on pieni ikkuna, joka valaisee saunan kapean pukutilan. Halkoliiterin edessä on kulunut hakkuupölli johon oli isketty kirves kiinni. Vanha kirves on ollut pitkään toimettomana, Mirjami ei ollut aikoihin tehnyt puutöitä. Yhä pohtien mies käveli saunan ovelle ja veti kahvasta. Vastoin odotuksia ovi aukesi.

- Siistiä.

"Siistiä", taas. Pidin siitä ja hymyilin, kun mies jo katosi saunan pimeyteen ja nainen kiirehti perään.

Saunan pukutila on pieni ja ahdas. Katonrajassa oleva matala sivuikkuna antoi valoa sen verran, että ihminenkin siellä näki. Kapealla käytävällä oli yksi pitkä penkki ja sitä vastapäätä olevalla seinustalla pieni naulakko, jossa roikkui kaksi nuhjuista pyyhettä. Mies potki lenkkarit jaloistaan, riisui hikiset nihkeät sukkansa ja ryhtyi kipristelemään varpaitaan pukuhuoneen lattialla olevaa räsymattoa vasten. Viileä ja karhea pinta miellytti häntä.

- Aah, mikä fiilis.

Nainen potki myös lenkkarit pois jaloistaan, mutta ei ennättänyt kokeilemaan mattoa, kun mies jo kävi naulakon vieressä olevasta kapeasta ovesta löylyhuoneeseen. Nainen kiirehti sylissään olevien kantamuksiensa kanssa sulkeutuvan oven väliin ja onnistui kampeamaan itsensä miehen perään.

Löylyhuone tuntui pieneltä ja ahtaalta. Näin sen heidän ilmeistään. Kivisellä lattialla oli muovinen ämpäri ja puinen kiulu. Kiulussa sojotti Mirjamin pojan takoma löylykauha. Kauhan puiseen varteen oli poltettu "Antti 7B", mutta merkintä oli haalistunut vuosien saatossa. Lattialta oli myös kapea puinen rahi. Askel, josta pääsee kapuamaan ylös lauteille. Noin metrin korkeudessa oleville lauteille mahtuu tarvittaessa vaikka kolme henkilöä kerrallaan, tai yksi pitkäkseen. Mirjami tykkäsi usein makoilla ja kuunnella kiukaassa palavien puiden rätinää. Minusta tuntui, että hän laittoi joskus jopa tarkoituksella kosteaa ja oikein pihkaisaa puuta uuniin. Lauteiden edessä on puulla lämpeävät vesipata ja pieni kiuas joiden välissä oli aina valmiinan muutama kuiva halko. Ainut sisään tunkeutuva valo löylyhuoneeseen tuli oven vieresssä olevasta pienestä ikkunasta. Sen edessä on pieni pesupaikka ja kapealla ikkunalaudalla lojui vanhoja hammasharjoja, palasaippua ja tulitikkuaski. Seurasin kuinka mies tarkkaili tilaa ja puntaroi pettymyksensä rajoja. Pelkäsin jo, että he kääntysivät pois. Mies suhtautui kuitenkin positiivisesti näkemäänsä.

- No, tää on sauna. Kyllä tämä asiansa ajaa.

Hypähdin riemuissani kattoon niin, että hirret narahtivat. Nainen säikähti ja kääntyi tuijottamaan narisevaa kattoa yläpuolellaan. Auki revitty olutlaatikko, savukkeet ja viinapullo painoivat yhä hänen sylissään. Pelko jatkoi pettymystä ja nainen epäröi.

- Tarkistetaanko nyt vielä toi mökki, jos siellä vaikka olis suihku tai-.

Sanat katkesivat kesken, kun mies työnsi yllättäen kätensä naisen kaula-aukosta sisään ja kaivoi toisen rinnan esiin.

- Nyt ei tarkastella mitään beibi, nyt juhlitaan.

Mies ahmi tissiä suuhunsa minkä sai ja päästeli eläimellisiä äännähdyksiä. Kuvottavaa. Irstailua saunassani oli toki harrastettu ennenkin, mutta tämä pääsi yllättämään ja sai minut jostain syystä voimaan pahoin. Päätin vetäytyä lauteiden alle rauhoittumaan. Asiat vain tapahtuivat, en hallinnut niitä, en voinut niille mitään. Tunsin itseni voimattomaksi. Halusin puhdistaa, vapauttaa heidät lihallisista haluista ja himoista, mutta en tiennyt enää miten. Pariskunta oli niin saastunut, kiinni kaikessa maallisessa ja lihallisessa, että keinot alkoivat käydä vähiin. Onneksi mieleeni juolahti Saunakirjan vanha viisaus, jonka joku oli sinne joskus kirjoittanut: "Mitä ei sauna paranna on kuolemaksi." Turvauduin tähän. Luotin löylyni puhdistavaan voimaan, kuten ihmiset ovat luottaneet jo kauan sitten. Yhtäkkiä, siinä samassa, mies jätti naisen rauhaan ja kiirehti kiukaan äärelle lappamaan puita uuniin. Minua helpotti nähdä mies kiukaan äärellä, mutta odottamattomasta huomiosta hekumoimaan ennättänyt nainen oli sen sijaan menettää malttinsa.

- Mitä vitt-?

Mies sovitteli jo halkoa uuniin.

- Ei tämä itsestään lämpene. Vanha kunnon puusauna, perkele.

Kirosanan lentäessä ilmaan mieleni synkkeni hetkessä ja menetin malttini. Iskin kiukaan kylkeen ja annoin ääneni kuulua. Pelti paukahti ja mies sekä nainen säikähtivät. Kantamukset lipesivät naisen sylistä ja romahtivat lattialle kiukaan äärellä olevan miehen viereen. Mies sai kunnon sätkyn ja menetti hermonsa.

- Mitä helvettiä!? Yritätsä tappaa mut?

Tunsin kuinka miehen kiihtynyt sydän vavahteli rintakehässä. Paineesta hajonnut oluttölkki alkoi vuotamaan ja sihisi lattialla. Suivaantunut mies ei välittänyt siitä, mutta nosti lattialla yhä vierivän viinapullon pystyyn.

- Hyvä ettei menny tämäkin rikki, ainut pullo.

Murtunut tölkki sylki yhä vaahtoa ja olutta ympäri saunan lattiaa. Se järkytti minua. Miestä se ei hetkauttanut ja nainenkin kohautti kaikelle vain olkapäitään.

- Sori.

Nainen työnsi esiin kaivetun rintansa takaisin paidan sisään ja istahti lauteille seuraamaan kuinka mies pakkasi kiukaan tulipesän täyteen halkoja.

- Ei sitä noin täyteen kannata tunkea.

Naisen kommentista piittaamatta mies nappasi tulitikkuaskin ikkunalaudalta.

- Älä opeta faijaas nussimaan.

Mies painoi tulitikun askin kylkeä vasten ja raapaisi. Liekki leimahti sen päähän ja mies loi merkittävän katseen lauteilla istuvaan naiseen.

- Tästä se lähtee.

Nainen katsoi palavaa tikkua, nosti molemmat peukunsa pystyyn ja väänsi innottomat kasvonsa teennäiseen hymyyn.

- Hip-hurraa.

Epäuskoisena ja päätään puistellen mies kuljetti palavan tikun uunissa odottavaan koivuhalkoon kiinni ja jäi odottamaan. Tuli ei odotuksista huolimatta tarttunut puuhun ja tikku sammui. Näin kuinka mies nieli ylpeytensä ja sytytti toisen tikun, mutta sama toistui. Kolmas paloi yhtä lailla, mutta sammui vasta iskettyään miehen sormiin. Mies säikähti kipua ja veti kätensä nopeasti pois tulipesästä.

- Ai saata-mmn...

Hätääntynyt mies ryhtyi imemään paistunutta peukaloaan. Minua hymyilytti ja naiseltakin karkasi huvittunut naurahdus.

Mies kohdisti hurjistuneen katseensa naiseen.

- Nyt vittu turpa kiinni tai...

Minä iskin taas kiukaan kylkeen. Niin, että paukahti ja varmasti äännekkäämmin kuin viimeksi. Mies ja nainen säikähtivät ja kääntyivät katsomaan kummittelevaa kiuasta. Vanha, räihnäinen kiuas oli oma itsensä ja tuijotti takaisin. Onnettoman näköinen kapistus ei ollut kovin vakuuttavan näköinen. Mies kuitenkin ryhdistäytyi ja ryhtyi etsimään sytykettä kiukaiden välissä olevasta vaatimattomasta halkopinosta.

- Kylmä pelti se vain paukkuu beibi, ei hätää.

Halkojen seassa ei ollut mitään sytykkeeksi kelpaavaa, vain puita. Mirjami ei koskaan tarvinnut sytykkeitä tulen sytyttämiseen, hän vuoli puuhun tarvittavat kielet jotka nappasivat tulen kiinni. Kaupunkilaiset ja heidän napilla lämpiävät sähkökiukaansa, tätä se tiesi. Mies tuskaili osaamattomuuttaan, mutta teki kaikkensa peittääkseen raivonsa.

- Kävisitkö kulta katsomassa olisiko tuolla pukuhuoneen puolella jotain millä tämän paskan saisi syttymään?

Kiukaan paukahdusta pelästynyt nainen katseli yhä ympärilleen, tutki löylyhuoneen tummia nokisia seiniä ja kattorakenteita. Mies kääntyi ihmettelemään paikoilleen jähmettynyttä naista. Lopulta nainen huomasi häneen kohdistuneen tuijotuksen ja odotuksen, mutta ei tajunnut niiden merkitystä. Lopulta mies menetti malttinsa.

- Paperia tai jotain, vaikka kuivaa kaarnaa, vittu.

Löin kiuasta ja se pamahti kuin lähtölaukaus. Kauhistunut nainen kiirehti löylyhuoneen matalasta ovesta pukuhuoneen puolelle ja veti oven perässään kiinni. Mies jäi kiukkuaan niellen kiukaan äärelle ja paiskasi uuniluukun kiinni. Tuli aivan hiljaista. Mies tajusi olevansa yksin, tutki löylyhuonetta ja sen nokisia seiniä, pimeää kattoa ja katsoi lopuksi lauteiden alla häämöttävää synkkää nurkkaa, kulmaa missä minä lymyilin ja vakoilin. Aivan kuin hän olisi huomannut minut. Eihän se tietenkään ollut mahdollista, mutta silti, hän katsoi suoraan kohti ja ehkä aavisti läsnäoloni. Hermostuneena mies kaivoi pienen ruskean putelinsa esiin ja kiirehti nokkimaan jauhoa nokkaansa.

- Vittu mitä paskaa.

En jaksanut enää paukahtaa. Saunassani kiroiltiin ja nuuhkittiin huumeita. Minua kuvotti, tämä oli ennennäkemätöntä. Ei, enää en paukauttanut kylmää kiuasta, se viesti ei selkeästi mennyt perille. Sen sijaan iskin pitkät raatelukynteni kiukaan kylkeen ja kuljetin niitä hitaasti sitä pitkin. Kiuas kirkui terävänä, aivan kuin veistä olisi vedetty sen metallista kylkeä vasten. Mies irvisti inhosta ja hieroi kananlihalle käyneitä käsivarsiaan, mutta ei karannut pois. Ilmeisesti huumeet vaimensivat miehen pelon ja veivät hänet ulottumattomiini. Mies vain tuijotti käteensä unohtunutta tulitikkuaskia kuin jotain ennen näkemätöntä ihmettä. Se oli säälittävää. Poistuin ja jätin hänet yksin.

Halkoliiterin pieni sivuikkuna oli minulle hyvin tuttu ja turvallinen vakoilupaikka. Siitä näki hyvin saunan pukutilaan, eikä höyryyntyvän pukuhuoneen ikkunassa ollut mitään luonnotonta. Olin vuosien varrella ottanut tuosta uskosta kaiken irti. Nainen seisoi löylyhuoneen suljetun oven edessä ja mulkoili pukuhuonetta silmät levällään. Hievahtamatta ja yhä kauhusta jäykistyneenä. Kapeassa ja ahtaassa tilassa ei ollut muuta kuin tyhjä penkki, naulakossa roikkuvat kaksi pyyhettä ja lattialla lojuvat vieraiden omat lenkkarit. Nainen sulki silmänsä, hukutti kasvonsa kämmeniensä syleilyyn ja hengitti syvään. Luin hänen tuntemuksiaan kuin avointa kirjaa. Kiihtynyt syke tasaantui nopeasti ja pulssi palasi pikku hiljaa ennalleen. Lopulta nainen laski kätensä rauhallisesti alas, avasi silmänsä ja katsoi pukuhuonetta uusin silmin.

- Voi helvetti.

Pettymys ei tullut minulle yllätyksenä. Tiesin, että pukutilassa ei ollut sytykkeitä. Kirosanaa en kuitenkaan osannut odottaa ja se sai minut tunkeutumaan seinälautojen välistä sisälle. Nainen pelästyi narisevia seiniä, nappasi hätääntyneenä pyyhkeet naulakosta ja kääntyi äkkiä penkin äärelle viikkaamaan niitä. Penkin alla, hämärässä, lojui Saunakirja. Tämä kirja, jota nyt kirjoitan. Olen tontuksi nuori, mutta olen pitkään kantanut tätä kirjaa mukanani, toistasataa vuotta ja siitä on tullut minulle tärkeä. Suojelusvaistoni kuljetti minut penkin alle, Saunakirjan äärelle. Naisen jalat häärivät penkin edessä levottomasti hänen viikatessaan pyyhkeitä. Jokainen liike kuljetti jalkateriä kohti Saunakirjaa ja aloin jo huolestua. En halunnut, että nainen löytää kirjan, hän ei ymmärtäisi sen viisauksia. Ensimmäisen pyyhkeen valmistuessa jalkaterä kuitenkin liikkui jo kokonaan penkin alle ja kesken toisen pyyhkeen taittelua nainen kolautti varpaansa kirjaan. Säpsähdin, kuten nainenkin. Hitaasti, kuin pahinta peläten, nainen laskeutui katsomaan mihin oli varpaansa iskenyt. Vanha Saunakirja vangitsi hänen katseensa välittömästi. Olin itse kirjan takana suojasssa. Olin huomaamattani perääntynyt pölynä seinään kiinni. Minusta tuntui, että tunnelma pysähtyi hetkeksi, enkä tiennyt mitä seuraavaksi tapahtuisi. Pelkäsin kirjan puolesta ja aavistelin jotain pahaa. Hämähäkki vaelsi pitkillä raajoillaan ohitse. Vanha kirja lepäsi yhä edessäni ja nainen vain tuijotti sitä. Ehkä hän ei käsitänyt mitä oli löytänyt ja jättäisi sen rauhaan. Samassa nainen kuitenkin kurotti kättään, veti kirjan itselleen ja istahti lumoutuneena penkille viikattujen pyyhkeiden viereen. Ikivanha, nahkakantinen saunakirjani on tavallisen päiväkirjan kokoinen, hauras ja arvostusta herättävä. Se oli kuitenkin kerännyt ylleen vuosien pölyn ja seitin joten nainen pyyhkäisi kantta. Pölyn alta tuli esiin jykeviä, hiilenmustia vanhoja aakkosia; "Saunakirja". Haltioituneena nainen ryhtyi selaamaan kirjaa ja käänteli sen hauraita sivuja arvokkaasti, hyvin varoen. Kirjan sisältä paljastui vanhaa ja uudempaa tekstiä, vuosilukuja eri vuosisadoilta aina 1990-luvulle asti. Nainen hukkasi ajan sekä paikan ja unohtui kirjan sivuille. Yhtäkkiä miehen malttamaton huuto löylyhuoneesta palautti hänet todellisuuteen.

- No, löytyykö mitään?

Nainen nappasi pyyhkeet mukaansa ja kiirehti kirja kourassa löylyhuoneeseen.

Mies oli ilmeisesti juuri havahtunut huumehorkastaan ja odotti nyt malttamattomana sytykkeitään, yhä kiukaan edessä kyykistellen. Nainen heitti pyyhkeet lauteille ja istahti niiden viereen selaamaan löytämäänsä Saunakirjaa.

- Ei löytynyt kuin pari pyyhettä.

Mies katsoi pöyristyneenä lauteilla lojuvia pyyhkeitä ja käänsi katseensa naiseen, joka upottautui kirjaansa ja käänteli varoen sen hentoja paperisia sivuja. Mies teki kaikkensa ja keskittyi lepyyttelemään kuohuvia hermojaan. Hengitti syvään ja rauhoittui parhaansa mukaan ennen kuin riuhtaisi kirjan naisen kädestä.

- Sytykettä mä pyysin.

Nainen säikähti.

- Älä.

Mies loi murhaavan katseen naiseen, joka laukoi ulos ensimmäisen selityksen mikä mieleen juolahti.

- Se on vanha. Se voi olla arvokas.

Mies käänsi katseensa kädessään olevaan nahkakantiseen kirjaan.

- "Arvokas".

Hitaasti, hieman empien ja kenties kirjan arvoa puntaroiden, mies käänsi kannen. Ensimmäisellä sivulla oli mustekynän kieputtamia vanhoja aakkosia, hyvin vanhaa käsialaa. "Syyskuu 25. päevänä 1859". Miehen kiinnostus heräsi ja hän yritti tosissaan lukea vanhoja aakkosia.

- Eihän tästä saa edes mitään selvää.

Mies keskittyi, malttoi mielensä ja yritti uudestaan lukea edessään olevaa vanhaa tekstiä. Pian vanhojen kirjaimien mysteerit alkoivat hahmottua ja teksti avautua. Mies innostui silmin nähden.

- Joo. No niin, nyt. Kuunteles tätä. Tää on varmaan "arvokasta".

Mies keskittyi ja alkoi pikkuhiljaa, hitaasti vääntämään suustaan ulos sanoja. Hänen lausumanaan tuo perinteinen saunaloru kuulosti enemmän vanhalta loitsulta.

- "Terve löyly...

...terve lämmin...

...terve kiehuva kivonen...".

Tunsin miten voimaannuin. Nuo vanhat sanat ääneen lausuttuina herättivät minussa jotain. Jotain, jonka olin jo unohtanut. Aivan kuin lihallinen olomuotoni olisi tulossa takaisin. Mies nosti katseensa kirjasta ja tuijotti lauteilla istuvaa naista sarkastisella, nauravalla naamalla.

- Tsiisus mitä paskaa.

Nainen kumartui lähemmäksi.

- Älä nyt, miten se jatkuu.

Mies kääntyy takaisin kirjan puoleen ja hahmotteli vanhoista kirjaimista muodostuvat lauseet mielessään valmiiksi ennen kuin luki ne ääneen ulos. Leikillään hän teki sen hyvin dramaattisella äänellä.

- "Saunan henki kiukkuinen...

...Auterettaren tekemä.

...Paha henki karkoita...

...tämän ihmisen lihasta..."

Tunsin syntyväni lihaksi tai olisin voinut syntyä, mutta en kehdannut. Lihallista muotoa on niin vaikea piilotella ja vakoilukin käy lähes mahdottomaksi. Onneksi mies lopetti, eikä kiusaus muuttua enää kasvanut.

- Ja-ja-. Tarviiko tätä enää jatkaa?

Mies kääntyi katsomaan naista, joka katsoi raukeana takaisin.

- Toi on niin ihanaa. Niin söpöä. Ajattele, että joku on joskus kirjottanut ton. Se on ollu sille niin tärkeetä.

Tärkeitä ne ovat yhä. Kansanlorut, joissa minut mainitaan ovat aina voimaannuttaneet minua, ne ovat kuin olemassaoloni ehto. Jos tarinat minusta katoavat niin voi olla, että minäkin katoan. Mies ei vaikuttanut tekstiä ymmärtävän vaan tuijotti sitä tyhmänä.

- Joo, niin on. Tosi ihanaa.

Samassa mies repäisi lukemansa sivun ja nainen päästi kauhistuneen kiljahduksen.

- Älä.

Mies katsoi naista, rypisti sivun nyrkkiinsä ja työnsi sen kiukaan tulipesään. Tunsin kuinka höyryni tiivistyi ja miten päässäni kiehui. Nainen rauhottui nopeasti, mutta oli yhä järkyttynyt.

- Kuinka sä saatoit?

Mies katsoi naista halveksuvasti ja sytytti tulitikun.

- Mikään ei voita puusaunaa ja kunnon löylyjä.

Mies työnsi palavan tikun pesään. Nainen seurasi vaiti ja avuttomana vierestä.

- Toi on julmaa.

Hauras vanha sivu leimahti tuleen ja paloi nopeasti. Tuli ei kuitenkaan tarttunut puuhun. Vieläkään. Päätin leijua savuna miehen kasvoille ja häätää hänet pois. Mies tunsi kirvelyn silmissään ja savun kurkussaan. Sain hänen silmänsä valumaan ja kurkun köhimään, mutta ei siitä ollut apua. Mies kuivasi silmänsä ja huitoi savua tieltään. Hän ei kiinnittänyt varoituksiini mitään huomiota vaan kirosi sen sijaan kiuasta.

- Mikä helvetti tätä uunia oikein vaivaa?

Mies repäisi lisää sivuja Saunakirjasta ja työnsi ne takkaan. Nainen nousi hädissään ja riuhtaisi kirjan pois miehen kädestä.

- Lopeta hullu.

Olin uuvuksissa ja pakenin ulos. En voinut olla enää heidän luonaan. Tunsin kuinka luuni alkoivat kasautua, lihani kasvaa ja vereni kiertää. Olin tulossa. En voinut sille enää mitään. Lika, saasta ja henkinen pahoinvointi ottivat minusta vallan ja toivat minut takaisin. Jälleen kerran.

Synnyin pihalle saunan eteen ja hämmästelin kuutamoa ainoalla ehjällä silmälläni, sen minkä uskalsin. Olin pitkästä aikaa taas lihallisessa muodossa, joten pelkäsin ympärilläni olevaa maailmaa kuin suojaton saalis. Tarkastelin itseäni. Minulla oli ylläni vanha nuhjuinen tunikani, jonka köysivyössä roikkui yhä vanha puukkoni, löylykauha ja muutama kuivunut vihta. Vanha pellava-asuni oli noen ja savun värjäämä, repaleinen, monesta kohtaa parsittu ja paikattu, mutta pikkuhiljaa kaikki tuli takaisin. Minähän se vain olin, vanha oma itseni. Ihoni oli likainen, kauttaaltaan nokinen ja paloarpien runtelema. Niin sen kuuluikin olla. Käytin rohkean hetken ja haroin pitkiä, mustia hiuksia pitkillä terävillä kynsilläni ja tein parhaani peitelläkseni toisen, tuhoutuneen silmäni. Asetin vanhan, nokisen huopamyssyni vyöltäni päähäni ja tunsin kuinka vartaloni vahvistui hetki hetkeltä. Pian en enää pelännyt ympäristöä. Tunsin olevani äänetön hiippailija ja mestaripiiloutuja pitkästä ja laihasta olemuksestani huolimatta. Rauhallisin mielin astelin löylyhuoneen pienen ikkunan eteen ja kumarruin vakoilemaan sisällä saunovia ihmisiä.

Mies oli yhä kiukaan äärellä. Hän tarttui lattialla seisovaan viinapulloon ja narautti sen auki. Otti siitä pitkän huikan ja sylki viinat kiukaan tulipesään. Viinaa roiskui puiden ja saunakirjasta revittyjen rypistyneiden sivujen päälle. En ollut ikinä nähnyt mitään vastaavaa, kukaan ei ollut koskaan ennen kehdannut tehdä mitään tuon kaltaista. Vastenmielisen temppunsa jälkeen mies sytytti jälleen tulitikun ja viskasi sen aikaa tuhlaamatta kiukaan tulipesään. Tuli leimahti raivokkaasti, odottamattomalla voimalla, mutta tällä kertaa kiukaan takka syttyi. Mies pelästyi roihahdusta, mutta ryhtyi pian riemuitsemaan onnistumistaan.

- No- niin, nyt lähti. Burn VVitch burn.

Nainen katsoi kirjaa kädessään, sen alusta puuttui nyt useita korvaamattomia sivuja.

- Sä oot kans yks idiootti.

Mies sulki viinapullon korkin ja laittoi sen sivuun. Kaivoi sitten pillihousujensa takataskusta metallisen rasian, jonka sisältä paljastui itsekäärittyjä tupakkisätkiä. Naisen nyrpeä naama vääntyi hymyyn. Mies katsoi palavaa kiuasta tyytyväisenä, veti aseen housuistaan ja laittoi sen eteeni, pesupaikan pienelle ikkunalaudalle. Unohdin olevani lihallisessa muodossa ja minulla tuli kiire vetäytyä piiloon ikkunan edestä. Mies olikin huomata minut, mutta tuijotettuaan hetken tyhjää ikkunaruutua hän jatkoi riisuutumistaan. Hihaton paita sekä pillihousut lähtivät ripeästi ja riisuuduttuaan mies asetti sätkän suuhunsa.

- Noin. Sauna lämpee ja juhlat käynnistyy.

Nainen katsoi miestä, joka seisoi hänen edessään enää nuhjuiset alushousut jalassa ja sätkä suupielessä. Mies aavisti näyttävänsä hölmöltä ja turhautui.

- No, mitä sä oikein odotat, poltetaaks me tää vai ei?

Nainen kiirehti levittämään pyyhkeet saunan lauteille ja ryhtyi riisumaan housujaan. Mies sytytti sätkän ja nousi lauteille. Nainen ravisteli verryttelyshortsinsa jaloistaan ja valmistautui nostamaan toppiaan pois. Mies kävi pyyhkeiden päälle makaamaan nojaten kyynärpäähänsä, poltteli sätkää ja piti katseensa tiukasti naisen rinnoissa, jotka kohta tulisivat esiin, juuri sopivasti hänen silmiensä edessä. Nainen huomasi miehen tuijotuksen ja heittäytyy leikkisäksi. Hitaasti ja kiusoitellen nainen nosti toppiaan ylös paljastaen ylävartaloaan pikku hiljaa. Lopulta rinnat vapautuivat ja pullahtivat esiin. Innostunut mies antoi juhlalliset, mutta hyvin maltilliset taputukset naiselle joka vastasi taputuksiin ujolla hymyllä.

- Sä oot ihan tyhmä.

Miehen pillihousut lojuivat lattialla ja niiden etutaskusta pullotti ulos seteleitä. Nainen kaivoi setelimytyn mukaansa ja nousi lauteille. Mies kääntyi selälleen ja nainen kävi kevyesti tämän haarojen päälle istumaan. Tiesin mihin tämä kaikki johti ja löin hermostuneena ikkunan karmia. Molemmat kääntyivät kohti ikkunaa, mutta olin jo ehtinyt piiloon. Kun taas uskalsin kurkistaa ikkunasta sisälle, mies tuijotti kasvojensa edessä keinuvia rintoja ja puhalteli savuja niiden päälle.

- Tää on elämää.

Nainen otti sätkän mieheltä, asetti sen huulilleen ja imi henkoset. Mies tuijotti vuoroin edessään keinuvia rintoja sekä sätkää polttelevan naisen kasvoja ja etsi oikeita sanoja näylleen.

- Vittu sä näytät upeelta.

Nainen alkoi nauramaan kuin tyhmälle ja heitti setelitupon miehen kasvoille.

- Hölmö. Paljon me saatiin?

Mies ryhtyi varovasti avaamaan ja suoristelemaan mytyssä olevia seteleitä. Nainen poltteli sätkää ja tuijotti allaan seteleitä käsittelevää miestä. Tilanne näytti kiihottavan naista vaikka kaikki oli minusta hyvin likaista. En yhtään ymmärtänyt, mutta kuvittelin, että se johtui rahasta ja vallasta. Nainen meni yksinkertaisesti sekaisin miehen rahan laskemisesta.

- Sä oot niin seksikäs.

Mies sai Mirjamin hengen vaatineet setelit suoraksi ja ryhtyi laskemaan niitä.

- Mä tiedän beibi, mä tiedän.

Nainen kiihottuu entisestään ja laski miehen alushousut tieltään.

- Laske ääneen kulta, laske ääneen.

Miestä nauratti.

- 70 markkaa, 90 markkaa...

Nainen painautui miehen jäykistyneen siittimen päälle ja alkoi keinuttaa lantiotaan ensin rauhallisesti, mutta kiihdytti pian.

- Just noin, laske niitä. Laske ääneen.

Mies teki työtä käskettyä, ähki ja laski.

- Sata markkaa , 110, 160...

Nainen kiihdytti lantioliikettään tehden miehen laskemisesta hetki hetkeltä yhä hankalampaa. Pian ähinä ja huohotus täyttivät koko saunan. Olin voimaton. Katson lihallistuneita, palo-arpien peittämiä laihoja käsiäni ja mietin jo sisälle marssimista. Läsnäoloni ainakin pelästyttäisi heidät pellolle, mutta maltoin mieleni. Päätin olla puuttumatta asiaan ja jatkoin vain vakoilua. Ikkunasta kajastava kylmä luonnonvalo sekä kiukaasta hehkuva lämmin kajo valaisivat löylyhuonetta ja sen lauteilla lihan himossa rypeviä ihmisiä. Valot ja kaikki sen tuomat varjot tekivät tästä irstaasta hetkestä jotenkin kauniin. Kauheata se ei ollut, mutta kun pohdin asiaa niin ei se kovin soveliastakaan ollut. Mieleeni tuli kaikki sodan aikaiset raiskaukset joita saunassani oli toteutettu, ne olivat kuvottavia ja saivat minut yhä värisemään kiukusta. Lopulta mies päästi vastenmielisen ulvahduksen ja havahduin kauheista muistoistani.

- Neljä sataa-ahh...kymmenen markkaa.

Rahat kirposivat miehen raukeasta kädestä ja ryppyisiä seteleitä leijaili lattialle lauteiden alle. Hymyilevä nainen lopetti lantionsa keinuttamisen ja laskeutui miehen päälle makaamaan.

- Montako sätkää sillä saa?

Mies sulki silmänsä ja nautti olostaan.

- Monta, niin monta kuin sä haluat beibi.

Nainen nousi touhokkaana ja laskeuttui lauteiden alle keräämään pudonneita seteleitä.

- Mä vien nää pukkariin ettei nää kastu. Kohta voidaan heittää jo löylyä.

Mieleni teki astua saunan ovesta pukuhuoneeseen vastaan, mutta sen sijaan astelin saunan taakse. Nälkä kurni sisuskaluissani. Lihanukkea täytyi ruokkia ja muistin ikivanhan puurolautasen saunan takana, vanhalla paikalla. Kuvittelin, että se olisi yhä siellä, mutta en löytänyt sitä. Heinä oli pitkää ja seassa oli kaiken maailma romua. Vanhoja lahoja suksia ja puhkiheitetty tikkataulu. Jouduin jatkamaan vakoilua nälkäisenä.

Nainen vaelsi pyyhe yllään kaivolle hakemaan vettä. Kaivolla hän tuijotti hetken Mirjamin pimeää mökkiä ennen kuin ympärillä inisevät itikat saivat hänet pumppaamaan kaivosta vettä. Hän täytti ämpärin, jonka oli tuonut mukanaan saunasta ja kiirehti takaisin löylyhuoneeseen. Olisin voinut tehdä lopun molempien saastaisesta elämästä, nyt kun he olivat erillään. Se olisi ollut helppoa, mutta jokin pidätteli minua. Ehkä löyly puhdistaisi heidät? Ehkä minun oli vain kestettävä? Kaikki tapahtuisi mikä on tapahtuva. En voinut puuttua näiden ihmisten tekemisiin, ainakaan vielä.

Seurasin pienestä ikkunasta kuinka mies ja nainen saunoivat pitkään yöhön ja nauttivat päihteistään. Imin kaiken saastan itseeni ja yritin kestää, mutta tunsin hetki hetkeltä kuinka raja oli tulossa vastaan. Savupiipusta tupruttava savu rauhoitti mieltäni. Raukealle yötaivaalle leviävä savu oli kaunista katseltavaa ja sirkkaorkesteri siritti taustalla. Yöstä oli tulossa pitkä ja olin lihaa ja verta. En saanut herpaantua, muuten voisin paljastua.

Puolenyön aikoihin kiukaan tuli viimein hiipui hiillokseksi ja nainen usutti miehen hakemaan lisää puita. Mies ei vastustellut vaan puki alushousunsa jalkaan, otti oluen ja poistui saunasta. Jäin havupuiden varjoihin vakoilemaan häntä. Puuliiterin kohdalla mies ei kuitenkaan käynyt puutöihin vaan hoippui oluttölkki kädessä saunan taakse. Mies piteli oluttölkkiä toisessa kädessä ja laski alushousujaan toisella kädellä sen verran, että saisi virtsatuksi. Hyttyset piinasivat häntä ja tekivät hänen vessakäynnistään epämukavan. Se hymyilytti minua aina siihen asti, kunnes kusi alkoi suihkuta saunan seinää vasten. Tuijotin kuinka höyryävä virtsa valui pitkin lautaseinää ja hermostuin. Samassa irrotin Mirjamin vanhan kirveen liiterin edessä olevasta pöllistä ja kiirehdin äänettömästi miehen perään. Maltoin kuitenkin mieleni viime hetkellä ja pysähdyin, seisahduin miehen taakse. Olin enää muutaman askeleen päässä tästä kuvotuksesta, joka oli huomannut maassa jotain mitä minä en ollut aiemmin löytänyt. Vanha puinen puurolautaseni lojui saunan seinustan juurella. Lautasella kuhisi kaiken maailman sontiaisia, jotka olivat nauttimassa minulta unohtunutta puuroa. Ruoka oli ennättänyt jo pilaantua, mutta homeinen puuro näytti kuitenkin maistuvan maan pikku matosille ja ilahduin. Edessäni virtsaavaa miestä näky kuitenkin kuvotti.

   - Hyi helvetti.

Mies suuntasi suihkunsa puurolautaseeni ja hukutti virtsallaan siellä ruokailevat kovakuoriaiset, muurahaiset ja kastemadot. Nyt minun mittarini sihahti punaiselle. En kestänyt enää ja astuin askeleen eteenpäin, pysähdyin aivan miehen selän taakse. Mies taisi kuulla minut sillä hän kääntyi. Lämmin kusi suihkusi nyt säärilleni ja jaloissani olevat vanhat tuohivirsut saivat viimeiset pisarat. Ei se minua haitannut, kusta se vain oli. Mies edessäni sen sijaan oli kuin puulla päähän lyöty, eikä hän tuntunut ymmärtävän mikä hänen edessään seisoi. Olin huomattavasti pidempi kuin mies, joka tuijotti alas jalkoihini yrittäen hahmottaa edessään nousevaa varjoa. Hitaasti mies nosti katseensa tuohivirsuista laihoihin nokisiin jalkoihini, siitä paloarpisiin käsivarsiini, aina takkuisen tukkani peittämiin kasvoihini. Hänen katseensa oli järkyttynyt ja kaljatölkki kirposi hänen kädestään. Olin yllättänyt hänet täysin ja päätin käyttää hetkeni tehokkaasti. Nostin kirveen pääni yläpuolle, kohti taivasta ja pitelin sitä hetken ylhäällä. Halusin, että mies ymmärtäisi mikä häntä odotti. Kirves oli varmasti vangitseva näky kirkasta kuutamoa vasten, niin nopeasti mies huomasi sen. Kaikki tuon edessäni seisovan miehen tuottama lika, saasta ja henkinen pahoinvointi virtasi lävitseni ja tunsin mitä minun oli tehtävä. Tuijotin miestä, kunnes hän tajusi uhkaavan kirveen ja sen merkityksen. Odotin vielä hetken, kunnes miehen kasvot vääntyivät epäuskoisiksi.

- Mitä vit-tu-a?

Mies tajusi kuolevansa, näin sen hänen silmistään juuri ennen kuin iskin kirveen voimalla hänen päähänsä. Kallo halkesi niin, että rasahti ja kirveen terä upposi kokonaan miehen pään sisään, vartta myöten. Olin käyttänyt ehkä liikaa voimaa lyönnissäni, mutta nyt se oli ohi ja mies romahti elottomana jalkoihini. Hyttyset inisivät. Kuutamo oli kaunis ja ilma tyynen rauhallinen. Vedin mustat keuhkoni täyteen raikasta happea. Rutikuivan sammaleen päällä maatuvat havupuiden neulat ja nokkosten pistävä kukinto tuoksuivat ilmassa. Minulle tuli hetkessä puhtaampi olo. Kaikki oli nyt paremmin. Maailma oli taas hieman puhtaampi. Naisen saastainen huuto kuitenkin kantautui saunasta ja keskeytti nautintoni.

- Kulta. Mitä tapahtui?

Seisoin hievahtamatta, miehen ruumis jaloissani. Oli hiljaista, hyttyset vain inisivät.

- Kulta? Ootsä kunnossa?

Tartuin kirveen varteen, jonka terä oli tiukasti jumissa miehen pään sisässä ja lähdin raahaamaan ruumista saunan eteen. Ruumis oli piilotettava, sen minä olen tässä vuosien varrella oppinut. Odottamattomat ruumiit herättävät ihmiskunnassa aina pelkoa ja uteliaisuutta, enkä kaivannut julkisuutta. Halusin vain pysyä piilossa ja tehdä velvollisuuteni puhtaan elämän puolesta. Jätin miehen ruumiin nurmelle hakkuupöllin viereen, saunan edustalle ja astelin ikkunalle. Kurkistin sisälle löylyhuoneeseen. Nainen istui lauteilla pyyhkeeseen kietoutuneena ja sytytteli savuketta. Huumesätkää. Minulla alkoi taas keittää. Kiehuin suorastaan. Päästin energian virtaamaan ulos kehostani ja suuntasin sen saunassa olevaan kiuluun. Vesi sen sisällä alkoi kiehua. Nainen puhalsi savut suustaan ja huomasi kuplivan veden. Ilmeisesti hän tajusi sen olevan epänormaalia, ainakin hän nousi ylös ihmettelemään sitä. Oli huvittavaa nähdä tuon likaämpärin kasvot, kun ne pohtivat mitä oikein tapahtui. Nainen meni aivan hysteeriseksi.

- Kulta? Voisitsä vittu tulla jo takas?

Katselin ikkunan takana ja imin tuonkin kirosanan itseeni. Eikä nainen siihen lopettanut.

- Kulta tää sun mari pistää pään ihan sekasin. Vittu mitä halluja. Ihan kuin toi kiulussa oleva vesi kiehuisi? Tuu ny vittu tsiikaa.

Koska miestä ei näkynyt, eikä kuulunut, nainen päätti tulla ulos. Se sopi minulle oikein hyvin ja astelin kiireellä noutamaan kirvestä, joka sojotti yhä miehen päässä kiinni. Otin varresta kiinni ja vedin, mutta kirves ei irronnut. Miehen pää vain nousi sen mukana. Se oli huvittavaa. Kirveenterä oli miehen pääkopassa jumissa, enkä saanut sitä irti edes heiluttelemalla. Terä olisi ensin saatava oikeaan asentoon, että se mahtuisi ulos kallosta. Siihen asentoon, jossa se oli sisään uponnutkin. Vedin ja ravistelin yhä terää irti miehen päästä, kun nainen astui saunan matalasta ovesta ulos ja huomasi minut. Olin varmasti järkyttävä näky. Pitkä likainen olento, joka yritti repiä jumissa olevaa kirvestä kuolleen miehen pääkopasta irti. Tietenkin nainen säikähti ja alkoi kiljua. Meteli oli niin kauhea, että se kävi herkkiin haltiakorviini kuin pölynimuri Kimmo-kissan järkeen. Kiihtyvistä yrityksistäni huolimatta en saanut kirvestä irti miehen pääkopasta. Luovuin siitä ja marssin naisen eteen paljain käsin. Lähestymiseni hiljensi hänet hetkeksi. Hämmentynyt nainen tuijotti ehjää hiilenmustaa silmääni pitkien hiusteni lomasta. Katsoin häntä kiukkua sekä kuvotusta uhkuen ja ilman sen suurempaa syytä kiljunta kajahti taas ilmoille, kuulostaen entistä kovemmalta, jos mahdollista. Karrelle palaneita haltiakorviani särki ja minun piti löydä häntä palleaan hiljentääkseni hänet. Kova iskuni yllätti hänet ja ilmat karkasivat naisen keuhkoista. Katsoin hetken kuinka hän haukkoi ilmaa kuin kala kuivalla maalla ja tuijotti minua pyöreillä, vetisillä silmillään. Katse oli hätääntynyt ja apua aneleva. Minun kävi häntä sääliksi joten päätin toimia nopeasti. Tartuin häntä molemmilla käsilläni tiukasti takaraivosta ja painoin pitkät terävät raatelukynteni hänen päänahkastaan läpi. Veri tirskui ja naisen vaaleat hiukset värjäytyivät punaiseksi. Nainen haukkoi yhä happea, mutta nyt kivusta ja yritti käsillään irroittaa otettani. Se oli turhaa, epätoivoista, ei hänen voimansa millään riittäneet irroittamaan otettani. Kaiverrettuani kynteni tarpeeksi syvälle, repäisin yhdellä voimakkaalla ja terävällä riuhtaisulla hänen päänahkansa irti ja jätin sen roikkumaan hänen kasvojensa eteen. Se oli kuin olisi appelsiinia kuorinut. Vaalea verinen kallo tuli esiin ja nainen lyyhistyi ääneti jalkoihini. Yllätyin, kun ruumis alkoi nykiä ja sätkiä. Se oli koomista, jo toisen kerran nainen toi mieleeni kalan kuivalla maalla. Jätin naisen sätkimään ja kannoin miehen ruumiin saunaan. Palattuani naisen luokse ruumis oli jo eloton ja kylmä, kannoin senkin saunaan.

Otin verta talteen. Sen verran, että sain tämän kirjoitettua. Hiili on niin sotkuista. Ruhot jätin metsään, mutta nahkat kiinnitin saunan taakse puiden väliin kuivumaan. Auringon valo teki kunniaa niille. Täydellisesti nyljetyt nahkat näyttivät upealta aamun ensivalossa, jopa kasvot pystyi tunnistamaan. Sillä hetkellä minusta tuntui kuin olisin jotenkin ymmärtänyt Mirjamia. Mikä "kaunis päivä.".

Toinen luku
"Antti Auterinen"

"Minun ei pitäisi inhimillistää itseäni, mutta en voi sille mitään. Antakaa anteeksi."

- Saunatonttu,
Aika ja paikka tuntematon

En taaskaan osaa aloittaa, alut ovat niin haastavia ja tuntuvat jotenkin raskailta. Aivan kuin edessä olisi jokin tuntematon tunturi, jonka yli pitäisi vaeltaa, mutta huippu häämöttää kaukana pilvien takana, näkymättömissä. Miten joku jaksaa, on niin paljon ajatuksia. Pidän enemmän lopuista, lopussa kaikki on niin paljon selkeämpää. No, ennen loppua kaikki alkaa jostakin, jotenkin; tämän tarinan alusta on jo kulunut jonkin aikaa, tarkempaa en osaa sanoa, koska en tiedä missä ajassa sinä elät. Aika ei merkitse minulle mitään, vuodet ja vuosikymmenet vain menevät, vaihtuvat huomaamatta ja muistoni puuroutuvat ajan mittaan. Minulla on kattila täynnä tätä puuroa, eikä pääparkani kestä enää sen poreilua. Minun on pakko kirjoittaa nämä ylikiehuvat tarinat esiin, en tiedä miksi, mutta tunne on vahva.

Koska en osaa aloittaa alusta, niin aloitetaan edellisen tarinan lopusta. Hävitin miehen ja naisen ruumiit huolellisesti, koska tiesin, että niistä syntyisi ongelmia, jos jättäisin ne saunaan esille. Syötin lihat, suolet, sisäelimet, ihan kaikki luita myöten metsän eläimille ja kaikki kelpasi. Ruhot katosivat hetkessä ja luulin jo, että kaikki oli kunnossa, mutta ei. Nyljetyt nahkat, jotka jätin Mirjamin saunan taakse puuhun kuivumaan, saivat aikaan aikamoisen hulinan. Olisihan minun se pitänyt arvata, ihmiset kun ovat niin herkkiä nykyään. Siinä kävi sitten monenlaista asiantuntijaa saunassa ja sen ympärillä tapausta tutkimassa, ihan kaupungista asti. Puussa roikkuvia nahkoja ihmeteltiin ja verijälkiä tutkittiin, mutta ei kukaan vaikuttanut ymmärtävän mistä oli kyse. Siis perus nahkoja, vaatteeksi minä niitä kaavailin ja jämäpalat vaikka kirjan kansiin, jos ei muuta. Lopulta kaaos onneksi rauhoittui ja jäljelle jäi vain pappi, poliisi ja naapuritilan ukko, Väinö, joka vaikutti olevan ainut, joka ymmärsi yhtään mistä oli kyse, mutta eihän pappi tietenkään uskonut Väinön puheita saunatontusta, eikä se oikein poliisinkaan järkeen sopinut. Kaikki erilaiset näkemykset synnyttivät vain läjän ristiriitoja, jotka saivat aikaan ennen näkemättömän verilöylyn. Kerron siitä lisää toiste, nyt paljastan vain sen, että lopulta Mirjamin sauna poltettiin maan tasalle ja minä paloin siinä mukana. Oli ihanaa päästä irti ruumiista; siitä lihanukesta oli vain haittaa, se teki liikkumisesta ja vakoilusta tuskallisen hankalaa. Kovan hinnan vapauteni kuitenkin otti; Mirjamin saunasta ei jäänyt jäljelle kuin savuava hiillos ja se harmitti, se oli hyvä sauna, Mirjamin isän rakentama. Haikein mielin jouduin jatkamaan matkaani, minun oli etsittävä toinen sauna, johon asettua. Vaeltelin milloin tomuna, milloin höyrynä tilalta toiselle ja etsin sopivaa saunaa, mutta maaseutu vaikutti jo aivan pystyyn kuolleelta. Autioita tiloja ja hylättyjä saunoja toinen toisensa perään. Lopulta, en tiedä kauanko siihen meni, kyllästyin ja päätin muuttaa kaupunkiin. Mirjamin pojan elämä oli jo pitkään vetänyt minua puoleensa.

Helsinki on niin saastainen paikka, että yhä useammassa kerrostaloasunnossakin on oma sauna. Likaa, saastaa ja henkistä kurjuutta on joka puolella, kaikkialla minne silmä osuu. Jostakin syystä ihmiset kuitenkin haluavat pakkautua tänne ja voida pahoin. Kaikki liittyy jollain tavalla rahaan ja parempaan elämään, mutta yhtälö on minulle yhä epäselvä. Olen kuitenkin pistänyt merkille, että ihmiset sopeutuvat ahdistaviinkin olosuhteisiin yllättävän nopeasti, he ikään kuin vain hyväksyvät kurjan olonsa. Mielialaansa kohentaakseen osa heistä sitten hyppää ajoittain liidokkiin ja lentää mahdollisimman kauas kotoaan. Toiset taas pakenevat maaseudulle kunnostamaan mökkiä ja kasvattamaan perunoita. Suurin osa kuitenkin hukuttaa murheensa halpaan olutkolpakkoon tai muihin päihteisiin. Huonoja ovat nämä ihmisten uudet keinot hoitaa kehoa ja mieltä. Eihän edellä mainituista keinoista mikään oikeasti auta, paha olo vain siirtyy ja tulee entistä kauheampana takaisin. Mirjamivainaallakin oli tapana sanoa; "Minkä taakseen jättää, sen edestään löytää". Mirjami ymmärsi, että ympäristöä vaihtamalla tai muokkaamaalla ei mikään oikeasti muutu. Todellinen lika, saasta ja pahoinvointi kulkee ihmisen mukana. Siksi minä olen täällä, enkä voi kuin toivoa, että ihmiset saunoisivat useammin. Hetken rauhoittuminen saunassa, hämärtyvä iltataivas löylyn jälkeen ja kylmä virvoitusjuoma korjaavat kaiken, mikä korjattavissa on. Sauna puhdistaa kehon ja virkistää mielen, eikä hyvää löylyä korvaa mikään, se on hyvä pitää mielessä.

Kaupunkiin saapuessani tein muitakin merkittäviä huomioita. Saunat ja koko saunakulttuuri olivat hyvin erilaista kuin maaseudulla. Ensinnäkin saunat ovat hyvin usein pieniä ja ahtaita koppeja, joissa löyly on vaikea saada pehmeäksi ja tasaiseksi. Kiuas kun on sellainen peltirasia, jossa on muutama kivi, jotka lämmitetään sähköllä. Kyllä, luit aivan oikein - sähköllä. Sitten on näitä ihmeellisiä "pop up" -saunoja, jotka tekee saunatonttujen elämästä yhtä tervanjuontia. Teltta-, tynnyri-, lautta- ja kaiken maailman saunoja ilmestyy milloin minnekin ja saunatonttuja tulee ja menee sikin sokin, miten sattuu. Voi saunavihta, ei voi muuta sanoa. Minä en tähän hulutteluun lähtenyt mukaan, vaan pysyttelin visusti omassa saunassani, joka sijaitsi rauhallisessa taloyhtiössä, kaupungin vanhassa osassa. Saunojia siellä ei käynyt montaa ja nekin harvat saunoivat vain kerran viikossa, mutta Mirjamin poika, Antti Auterinen, oli yksi heistä. Olin onnekas, hänen takiaanhan minä olin tänne saastan keskelle tullut. En vielä tuolloin osannut arvata, että tulisin katumaan tuota päätöstäni vielä pitkään.

Antti oli jo todella huonovointinen, kun näin hänet ensi kertaa lauteilla. Mieli oli musta kuin savusaunan seinä ja hän vaikutti kaikin puolin olevan poissa, täysin poissa, aivan kuin hän ei edes olisi ollut saunassa, vaikka istui lauteilla. Jokin hänen henkisellä puolellaan lepatti ja pahasti, mutta en tiennyt mikä sen parantaisi, jos ei sauna? Minua huolestutti, syystäkin, kertoihan sen jo vanha sananlaskukin: "Mitä ei sauna paranna on kuolemaksi". Sauna usein auttoi ja Antti saunoi säännöllisesti, kerran viikossa, mutta jostain syystä löyly ei vain tuntunut puhdistavan häntä. Oli selvää, että Antin saunavuorot lähestyivät loppuaan, jos ei muutosta kohta tapahtuisi. Minä halusin auttaa, Mirjaminkin tähden, mutta konstini olivat hyvin rajalliset. Tein kuitenkin sen minkä pystyin ja ryhdyin vakoilemaan Anttia. Seurasin häntä kaikkialle ja etsin syitä hänen onnettomuudelleen, mutta en löytänyt mitään. Antilla oli kaikkea, yltäkylläinen omaisuus ja huomattava maine, kaikkea mitä hän halusi. Huoleni kuitenkin kasvoi päivä päivältä ja jokin pakottava tarve auttaa ja pelastaa Antti kiintyi minuun, ja niin minä lopulta sen keksin. Minä muutin Antin, ihan kokonaan, ja se oli kiinnostavaa.

Olen nähnyt ja kokenut pitkän elämäni aikana vaikka mitä, mutta tämä Antti Auterisen tarina oli toden totta jotakin uutta ja ihmeellistä. Muutos käynnistyi odottamatta, kuin itsestään, hyvin perinteisenä-. Hei, nyt minä tiedän miten minä aloitan tämän tarinan. Tämähän on klassikko ja klassikon tunnistaa alusta.

Olipa kerran, kauan, kauan sitten...enhän minä rehellisesti sanottuna edes tiedä kuinka kauan tästä on. Ei minulla ole oikein käsitystä päivämääristä ja vuosiluvuista. Eikä sillä oikeasti ole edes mitään merkitystä, milloin tämä tapahtui, et sinä kuitenkaan usko tähän. Tämä on vain tarina, jossa on alku, keskikohta ja loppu, eikä tästä alustakaan nyt tullut sellaista klassikkoa kuin kuvittelin. No, joka tapauksessa, oli synkkä ja kaunis saunailta, Antti Auterinen pysäköi punaisen Jaguarinsa omaan ruutuunsa ja auton etuvalot valaisivat sisäpihan nurmea. Moottori kehräsi tasaisesti ja minä nousin pakokaasun mukana ylös nähdäkseni takalasin läpi mitä autossa tapahtui. Antti huokaisi syvään, painoi otsansa kiinni rattiin ja hengitteli omaa tuskaansa kuin tyhjä kuori. Kaikesta näki kuinka lika, saasta ja henkinen pahoinvointi oli syönyt kaiken tämän miehen kehosta.

Antti Auterinen oli epäonnistunut menestyskirjailija. Hän löysi äitinsä Mirjamin kuolinpesästä tämän vanhan Saunakirjan ja huomasi minun kirjoittamat vanhat, koruttomat sivut. Teksti julkaistiin ja sen käsittämätön menestys toi Antille kuuluisuutta ja rahaa vaivaksi asti. Aluksi saunottiin, juotiin ja juhlittiin. Sitten rallateltiin ja pidettiin hauskaa rahan ja kuuluisuuden varjolla. Lopuksi vain ryypättiin. Aikaa kului, ilmeisen paljon, ja tässä sitä ollaan. Antti istui yksin hienossa autossaan, vieressään kannettava tietokone ja takana taas yksi tekstitön päivä. Antti kai kuvitteli yhä olevansa kirjailija; kaikki nimikirjoitukset, valokuvat ja ylistyslauseet ovat saaneet hänet uskomaan omat valheensa ja unohtamaan todellisuuden. Kirjoituskone ja työhuone olivat vain pelkkää rekvisiittaa. Upea viininpunainen Jaguar, kattohuoneisto kaupungin äveriäimmällä alueella, portilla suljettu sisäpiha, vihreä nurmi, kameravalvonta, kaikki pelkkää kulissia, jolla Antti halusi kertoa meille olevansa menestynyt ja kadehdittava. Kaikki oli valheella rakennettua kurjuutta ja Antti tiesi, tai ainakin tunsi sen. Minä tunsin hyvin Antin pahan olon ja kuinka se nakersi häntä rotan lailla, mutta en ymmärtänyt sitä ollenkaan. Antti raukka, minähän sen kirjoitin, otit sen vain omaksesi ja julkaisit sen. Ei se minua haitannut, en minä kaivannut kuuluisuutta, pysyn mielelläni varjoissa ja poissa ihmisten ilmoilta. Ymmärsin kuitenkin, että olin tahtomattani aiheuttanut Antin kurjan olon ja koin syyllisyyttä, ja niin haluni auttaa häntä vain kasvoi päivä päivältä. Imin hänen pahaa oloaan itseeni minkä kykenin, mutta mikään ei tuntunut riittävän. Antilla kun ei ollut elämässään mitään mihin tarttua, ei kerta kaikkiaan yhtään mitään. Pelkkää tyhjää, tyhjää ja tyhjää. Kauheaa, toistanko minä nyt itseäni? Tämä kaikki tuntuu jotenkin kovin tutulta. Muistinhan minä kertoa, että en ole mikään kirjailija, vaan Saunatonttu. Lian, saastan-. Taisin minä senkin jo mainita, tai en minä tiedä, pahoittelen, olen vasta aloittanut näiden memoriaattien kirjoittamisen, ja tämä onkin haastavampaa kuin olin kuvitellut. Antti Auterisen tarina on kuitenkin kaiken tämän vaivan arvoista. Se vähäinen veri lopussa hymyilyttää minua vieläkin. Sitä tullaan tutkimaan ja ihmettelemään vielä pitkään.

Antti lepäsi pitkään otsa kiinni ratissa, huokaili syvään ja vaikutti pohtivan jotakin. Antti oli tuttuun tapaansa poissa, jossakin muualla kuin autossa. Yhtäkkiä hän kuitenkin siirsi kättään ja sammutti moottorin. Pakokaasu haihtui nopeasti ja leijuin äkkiä auton alle miettimään uusia keinoja, joilla saisin Antin huomaamattomasti näköpiiriini. Olin ollut usein höyrynä tuulilasissa, mutta nyt päätin tarkkailla tilannetta hieman etäämpää. Levittäydyin sumuna pihanurmelle, yhä päällä olevien ajovalojen sekaan. Se oli hyvä paikka ja siitä näki koko pihan. Vanhat, kiviset jugend-talot nousivat kuin linnan muurit ja kehystivät pilvettömän taivaan, jota koristi lähes pyöreä kuu sekä muutama tähti. Oli hyvin seesteinen ilta. Nautin maisemista ja levitin itseni pitkin nurmea. Viimein Antti huokaisi ja nosti päänsä ratista, eikä hän voinut olla huomaamatta minua. Nurmen peittävä usva ajovaloissa selvästi virkisti häntä ja tunsin mielihyvää, kun Antti viipyilemättä sammutti auton kokonaan, nappasi työkoneensa ja kiiruhti pihan poikki, minua koko ajan silmällä pitäen. Lymyilin rauhallisesti hämärtyneen nurmen pinnalla, aloillani, enkä tehnyt itsestäni usvaa ihmeellisempää. Lähdin ajelehtimaan Antin perään vasta kun hän pysähtyi B-portaan oven eteen näppäilemään ovikoodia. Antti vaikutti jotenkin tavallista hermostuneemmalta ja vilkuili olkansa yli kuin aaveen jahtaamana, samalla kuin näppäili ovikoodia. Väärinhän se meni, mutta tästä huolimatta Antti veti ovea kerta toisen perään ja nyki minkä ehti, vaikka ovi oli yhä lukossa. Porrasoven vieressä oli toinen, täysin samanlainen vaalea puuovi, jossa on ikkuna. Ikkunan takana väijyi pimeys ja vanhat kiviportaat, jotka veivät alas kellariin.

Antin kellari on yksi pitkä käytävä, jonka varrella on kaikki taloyhtiön varastokomerot. Käytävän molemmissa päissä on lisäksi ahtaat pyörävarastot, jotka ovat täynnä polkupyöriä vuosikymmenten varrelta. Toisessa, A-rapun päässä, on lisäksi uusi, juuri remontoitu sauna, jossa on tilava pukuhuone sekä modernit suihkutilat. Löylyhuoneen kiuas on tietysti sähköllä lämpeävä peltirasia, jossa on muutama kivi, mutta kyllä siitäkin löylyt sai, jos vain malttoi saunoa tarpeeksi pitkään. Lisäksi A-portaan pyörävarastosta pääsee vanhaan kellarihuoneistoon, jossa asuu talonmies. Vastenmielinen ja erittäin huonossa kunnossa oleva mies, joka voi aina pahoin - tai sanotaan, että hänellä ei ole niitä Mirjamin kauniita päiviä kovin usein. Hän ei vain yksinkertaisesti voi sietää talon muita ihmisiä, siis asukkaita, jotka unohtelevat avaimiaan ja vaativat häntä jatkuvasti huoltamaan tai korjaamaan jotakin. "Korjaisivat itse saatana" oli yleinen mutina, mikä karkasi hänen viinan huuruisesta suustaan. Talonmiehellä oli ryyppäämisen lisäksi toinenkin ikävä harrastus, hän nimittäin varasti saunojien tavaroita. En pitänyt siitä ollenkaan, mutta annoin asian olla, eihän se minulle kuulunut. Tehtäväni on suojella saunaa ja tietysti saunojia, mutta ei heidän lompakoitaan ja matkapuhelimiaan. Talonmies oli joka tapauksessa hyvin synkkä mies, jonka seura ei tehnyt kenellekään hyvää, siksi Anttikin vältteli häntä parhaansa mukaan. Ymmärsin Anttia oikein hyvin, en itsekään pitänyt talonmiehestä.

Hätääntyneenä ja yhä taakseen vilkuillen Antti näppäili ovikoodin toiseen kertaan, niin nopeasti kuin suinkin kykeni. Pieleenhän se meni, taas, mutta epätoivon vimmalla Antti ryhtyi kuitenkin taas nykimään lukossa olevaa ovea. Ymmärsin Antin hädän ja kiireen vasta kun olin lähempänä ja näin porrasoven ikkunasta oman peilikuvani. Pihan poikki liikkuva usva oli varmasti luonnoton ja pelottava näky ihmisen silmään. Sukelsin häpeissäni porraskäytävän lampun ulkopuolelle jäävään pimeyteen ja jäin sinne tarkkailemaan tilannetta. Pakokauhun sekoittama Antti luovutti ja kääntyi kohtaamaan pelkonsa. Piha oli kuitenkin jo normaali, hyvin rauhallinen ja seesteinen, arvoautoja oli rivissä nurmen edessä ja pihan harvat lamput loivat valokeilojaan siellä täällä. Näky sai Antin huojentumaan, mutta minä aavistin jotain muuta. Tunsin kuinka kellariin johtavan oven raoista tulvi etovaa pahaa oloa. Se oli jotain kuvottavampaa kuin mitä aistin Antissa, eikä se ollut edes talonmies.

Tämä oli jokin uusi ja häijy vierailija; joku, joka löyhkäsi lähes kuolemalta. Usvatonta pihaa aikansa tuijottanut Antti kääntyi helpottuneena näppäilemään porrasoven numerokoodia juuri sillä hetkellä, kun viereisen kellarioven ikkunan taakse ilmestyi kauheat zombikasvot. Antti säikähti niin, että häneltä karkasi ilmaan rääkäisy, jollaista en ollut ikinä ennen kuullut, ja minä olen sentään kuullut aikamoisen määrän erilaisia parahduksia. Kasvot kellarioven pimeän ikkunan takana olivat luisevat ja kalpeat, kuiva iho hilseili ja oli haavoille raavittu. Kaikesta huolimatta ne olivat ihmisen kasvot, tämä "zombi" oli vain erilaisten päihteiden riuduttama ihmisraunio, joka löyhkäsi sieraimiini kuin sikolätin vieressä oleva jätetunkio. Antti tuijotti kauhusta jähmettyneenä näitä lasin takana näkyviä kasvoja, kun raskas puuovi nytkähti liikkeelle. Kuivat saranat narisivat liitoksissaan, kun ovi pikku hiljaa, hyvin arasti, alkoi avautua. Antti perääntyi hieman ja valmistautui kohtaamaan pimeyden voimat. Tunsin, kuinka tilanteen tunnelma nousi painostavaksi, kuinka Antin olo muuttui oven joka narahduksella yhä tukalammaksi. Lopulta kellarin oviaukkoon ilmestyi hintelä nuorimies, yllään tumma huppari ja kolmiraitaiset tuulihousut.

- Sori, mun piti oikeesti vaan-.
Pakokauhun valtaama Antti kiirehti helpottuneena ääneen.

- Helvetti, mulla meinas paskat pärähtää housuun.
Antilla oli tosiaan peräpää tärissyt, kun nuorimies oli yllättäen ilmestyi kellarioven lasin taakse. Nyt tämä kauhua herättänyt näky luimuili oven välissä ja vaikutti itsekin hätääntyneeltä.

- Sori oikeesti, ihan oikeesti, mä kelasin just lähtee, ei mun ollu tarkoitus-.

Nuorimies jätti selittelyn kesken. Syli oli täynnä tavaraa. Yksi käsi kannatteli täyteen tungettua muovipussia ja toinen käsi piteli kirjaa; "Saunatonttu - Kirjoittanut Antti Auterinen". Antti tuijotti oviaukossa seisovaa ihmisrauniota päästä varpaisiin ja huomasi lopulta kirjan. Kirjasta hän sai jonkin oivalluksen ja huojentui.

- Aah, anteeksi. Pahoittelut, pitkä päivä ja pääsit vähän yllättämään.

Antti nappasi kirjan hoopona seisovan nuorenmiehen kädestä ja ryhtyi tutkimaan sitä.

- Vau, ensipainos. Mullakin on tää jossain tuolla kellarissa yhä tallessa. Harvinainen ja erittäin arvokas kappale. Oliko sulla kynää?

Nuorimies tuijotti tyrmistyneenä Anttia ja vilkuili syliään jossa oli muovipussi täynnä tavaraa. Antti vaivaantui.

- Unohda, mul on täs.

Antti kaivoi samettisen bleiserinsä povitaskusta kynän ja käänsi kirjan ensilehden esiin.

- Laitetaanko omistuskirjoituksella?

Nuorimies ei vaikuttanut olevan Antin kanssa samalla sivulla ja puisteli vain päätään hermostuneena. Antti ei jäänyt ihmettelemään vaan raapusti edessään olevalle sivulle saatteen: "Tervetuloa todellisen kauhun pariin" ja sen alapuolelle nimikirjoituksena. Antti sulki kannen ja jäi säälien katsomaan edessään seisovaa hermorauniota.

- Meillä on tässä aika skitso talkkari, tai Stalkeriksi mä sitä sanon, leikilläni, kellari on vähän niin kuin sen "vyöhyke", tosi outo kaveri. Majailee tuolla.

Antti kohdisti katseensa nuorenmiehen ohi kellariin, alas vieviin portaisin.

- Tuolla alhaalla, pannuhuoneessa. Se kaveri ei ihan oikeesti ole täysin tässä maailmassa kiinni, joten ole varovainen. Sä et halua törmätä siihen.

Nuorimies vilkasi olkansa yli taakseen ja kääntyi katsomaan Anttia sekopäinen ilme kasvoillaan. Antti nyökytti päätään kuin täsmentääkseen puhuvansa totta. Nuorimies nappasi kirjan Antin kädestä ja karkasi juoksuun. Muovipussi heiluen mies ryntäsi porttikongiin ja katosi. Yllättävää ja äkkipikaista lähtöä säikähtänyt Antti jäi kauhuissaan katselemaan miehen perään, kunnes yhtäkkiä, täysin odottamatta, kaikki päivän tai kenties koko viikon pettymykset purkautuvat ulos hänen suustaan.

- Aina vitun kiva tavata vitun-friikki-hullu-faneja, haista vittu, kuolkaa kaikki.

Kirosanat polttelivat korvakäytäviäni kuin kusiaisen puremat samalla kun raivostunut Antti heitti kädessään olevan kynän miehen perään, ihan toimivan kynän, ja paineli ovikoodin, avasi oven ja katosi portaikkoon.

- Vittu mitä sakkia täällä oikein liikkuu.

Kynä jäi pihamaalle.

Portaikon vanha ja ahdas hissi oli usein ollut epäkunnossa, eikä Antti siksi uskaltanut kulkea sillä, vaikka asui talon ylimmässä kerroksessa. Antti nousi portaat mielummin jalan kuin kuvitteli kutsuvansa talonmiehen apuun. Minä liu'uin portaat Antin mukana ja kiersin väliportaiden vanhojen lämpöpatterien takaa kerroksesta toiseen kuin ilmassa leijuva kosteus. Antilla hiipi aina hiki otsalle portaita noustessa ja kerrokset hän harppoi, äänettömästi ja hengitystään pidätellen. Antti halusi olla mahdollisimman huomaamaton ja vältteli kaikkia naapureitaan parhaansa mukaan. Ylimmässä kerroksessa hänellä ei edes ollut seinänaapureita, mutta kerrosta alempana asui "Railo" ja "Hansen-Knutsen", Antin lähimmät naapurit. Tästä kerroksesta Antti yritti aina hiipiä ohi täysin ääneti, kuin tonttu konsanaan, mutta se oli hyvin, hyvin haastavaa. Ymmärsin Antin hiippailut tässä kerroksessa oikein hyvin, nämä alakerran naapurit tuottivat hänelle selvästi paljon henkistä kärsimystä ja tuskaa. Pelkästään kerrokseen nouseminen sai hänen sykkeensä ja ruumiinlämpönsä nousemaan.

Rouva Railo on malli, sellainen glamourmalli, tai ainakin oli joskus ollut. Railo oli jäänyt leskeksi jonkin aikaa sitten ja oli nyt hyvin mieltynyt yläkerrassa asuvaan "menestyskirjailijaansa". Antti pyrki välttelemään häntä kaikin tavoin, mutta se oli lähes mahdotonta, rouva Railolla oli nimittäin pieni sylikoira, joka vaistosi kaiken mikä porraskäytävässä liikkui. Nytkin murina ja räksytys alkoivat heti, kun Antti hiippaili kerrokseen. Koska tiesin miten lopussa Antti oli, riensin apuun ja livahdin postiluukusta sisään hiljentääkseni koiran. En minä tietenkään viattomia eläimiä vahingoita, koskaan, selvitän asiat heidän kanssaan sivistyneesti neuvottelemalla. Tuolla kertaa pelkkä saapumiseni eteiseen jo riitti. Koira säikähti ja kipitti vikisten piiloon olohuoneen sohvalla torkkuvan emäntänsä taakse. Rouva Railo kutsui koiraa Pikku-Ritariksi, mutta en osaa sanoa oliko se koiran oikea nimi, en nimittäin ollut puheväleissä tämän elukan kanssa, sivistymätön moukka kun oli. Railoa vastapäätä asui "Hansen-Knutsen", mutta häntä tapasi harvoin. "HK", kuten olin kuullut hänestä puhuttavan, matkusteli niin paljon, ettei kukaan oikein tuntunut tuntevan häntä, ainakaan kovin hyvin. Kyllä minä häntäkin hetken vakoilin, oikein mukavalta vaikuttava nuorimies, vaikka ei saunonutkaan taloyhtiön saunassa, kuten portaan muut asukkaat, ja jäi siksi minullekin hyvin etäiseksi. Eivätkä nämä tämän portaan asukkaat edes kovin säännöllisesti saunoneet, joten olin hyvin onnekas Antin suhteen, sillä hän sentään saunoi hyvin säntillisesti, joka perjantai ja kellon tarkasti, 21.00.

Tällä kertaa Antti sai nousta omaan pimeään kerrokseensa ilman häiriöitä. Porraskäytävän valot paloivat muissa kerroksissa paitsi ylimmässä, Antin kerroksessa. Kerroksen yksinäisessä ovessa oli hieno kuparin värinen postiluukku, jonka yläpulella oli messinkinen kyltti, jossa komeili Antin sukunimi "Auterinen". Antti pysähtyi hikisenä ja hengästyneenä kerrokseensa ja jäi syvään huokaisten tuijottamaan kerroksensa katossa olevaa pimeää lamppua.

- Mikä helvetti siinä on niin vaikeaa.

Antti on ihmetellyt tätä pimeää lamppua joka päivä siitä lähtien, kun se kärähti kaksi viikkoa sitten, mutta ei ole ilmoittanut asiasta kenellekään, ei edes talonmiehelle. Tilanne oli järjetön, aivan kuin Antti haluaisi olla pimeässä ja murehtia kurjaa kohtaloaan. Kyllä minä, kun huomaan, että saunassa ei ole kaikki kunnossa ja siellä käyttäydytään huonosti, laitan ääneni kuulumaan ja lyön höyryä kiukaaseen tavallista enemmän, jotta asia korjaantuu. Ei siinä auta huopatossuksi heittäytyä, jos hommat ei toimi niin kuin niiden pitäisi. No, Antti turvautui jälleen siihen tuttuun ja helpoimpaan ratkaisuun, ja kaivoi matkapuhelimensa valon esiin. Seurasin valokeilaa Antin asuntoon, joka oli yhtä synkkä kuin saapuva isäntänsä.

Antin kodissa oli paljon tilaa, todella paljon, mielestäni enemmän kuin yksi ihminen tarvitsi. Viisi huonetta kaiken kaikkiaan, jos niitä pienempiä huoneita, joissa Antti säilytti vaatteitaan, ei lasketa. Huonekaluja ei ollut juuri missään; naulakko ja lipasto eteisessä, keittiössä iso ruokapöytä ja makuuhuoneessa leveä sänky. Nämäkin kalusteet olivat turhia, sillä Antti vietti lähes kaiken aikansa olohuoneen sohvalla tv:n edessä. Avaraa ja hämärää asuntoa olisi voinut luulla nopealla silmäyksellä autioksi, jos ruokatilauksista jääneitä roskia, pizzalaatikoita, kartonkirasioita ja muovipusseja, ei olisi lojunut joka puolella. Antti eleli suorastaan kuin tunkiolla, hyi että, kauheaa, kerrassaan siivotonta. Tästä huomasi senkin, että kaupungissa kaikki kotitontutkin olivat ylityöllistettyjä. Tämänkään talon tonttu ei ollut vielä jättänyt merkkiäkään olemassaolostaan. Se oli hyvin kummallista, jopa töykeää; maaseudulla oli tapana käydä ihan esittäytymässä, se oli meidän tonttujen tapa pitää yhtä. Ajat olivat tosiaan muuttuneet; mietin jo hetken, että oliko talossa tonttua laisinkaan, mutta se oli jo niin pähkähullu ajatus, että hymyilin sille itsekin. Totta kai talossa oli tonttu, muutenhan rotat juoksisivat nurkissa ja hiiret hyppisivät pöydillä. Eiväthän ihmiset pärjää ilman meitä. Elämä ilman tonttuja, onko pöhkömpää ajatusta.

Antti istui hämärässä olohuoneessa seinustaa vasten asetetulla hienolla sohvalla ja tuijotti edessään olevaa valtavaa tv-ruutua. Ruutu oli kiinni, mustana, mutta sitä Antti kuitenkin tuijotti, värähtämätön, hullu ilme kasvoillaan. Vetäydyin hämärään lattianurkkaan ja jäin odottamaan saunavuoron alkamista. Tunnelma huoneessa kasvoi synkäksi ja musertavaksi.

Ahdistavan pitkään pimeää ruutua tuijotettuaan Antti lopulta kumartui ja hautasi kasvonsa käsiinsä huokaisten syvään. Toivottoman kauan huokailtuaan Antti suoristi selkänsä ja jäi jälleen tuijottamaan edessään olevaa pimeää tv-ruutua. Tyhjä ilme kasvoillaan Antti tuijotti peilikuvaansa ruudun mustasta heijastuksesta, kuin olisi katsonut jotain tosi pimeää tosi-tv-ohjelmaa. Seurasin ruudun kautta, kuinka Antti hieroi otsaansa ja huokaisi syvään samalla kun toinen käsi nosti sohvapöydältä jotain, jota en heti tunnistanut. Antti suuntasi nostamansa esineen kohti tv:tä ja osoitti sillä ruutua. Nyt minä tajusin, näin mitä Antilla oli kädessään ja kauhistuin. Se oli käsiase. Säikähdin niin, että lennähdin kattoon, missä höyryni tiivistyi kosteudeksi maalin pintaan. Se oli pysäyttävä hetki. Antti osoitti asellaan tv-ruutua ja odotti, pitkään ja hartaasti. Yhtäkkiä, vastoin odotuksiani, hänen suustaan karkasi vaimea laukausta muistuttava ääni. Mitään ei tietenkään tapahtunut, tuli vain aivan hiljaista ja huoneen valtasi entistä yököttävämpi tunnelma. Sitten Antti vakavoitui, siirsi aseensa piipun leukansa alle ja alkoi kevyesti puristaa liipasinta. Hikipisara valui Antin ohimolla, olin huomaamattani nostanut huoneen lämpötilaa ja kosteutta. Olin kuin lämpenevä kiuas ja olohuone alkoi muistuttaa jo löylyhuonetta, kaikki oli pielessä. Tämä löyly ei ollut nautinto, mutta en voinut itselleni mitään. Olin varma, että kaikki oli nyt menetetty, tästä ei ollut enää paluuta. Antti tuijotti tiukasti peilikuvaansa mustan tv-ruudun kautta, painoi aseensa piippua yhä syvemmälle leukansa alle, puristi etusormellaan liipasinta entistä tiiviimmin ja sulki lopulta silmänsä. Hänen hengityksensä hiipui, mutta sydän tykytti niin, että herkkiä haltiakorviani särki. Kaikki kävi hyvin nopeasti, vaikka sillä hetkellä minusta tuntui, että maailma pysähtyi. Luoti iskeytyi Antin kalloon ja pää notkahti sen voimasta taakse. Näin, kuinka aivot lensivät takana odottavalle seinälle ja kuinka Antin suusta tulvi verta. Veriroiskeita lensi ympäriinsä ja aivonkappaleita valui seinällä, hitaasti ja näyttävästi. Seassa oli vaaleita kallon siruja, joissa oli kiinni verisiä hiustukkoja. Näin Antin päälaessa ammottavan savuavan reiän, jonka sisässä jäljellä olevat aivot kiilsivät nuhjuisina ja verisinä. Kaikki näkyi edessäni selvänä, ja jostain syystä tämä kaikki inspiroi minua. Mieltymykseni loppuihin näkyi tässäkin, mutta olin kuitenkin vain kuvitellut kaiken. Antti vasta valmistautui käänteen tekevään ratkaisuunsa. Ase oli yhä leuan alla ja liipasinsormi kireällä. Antin hengitys salpaantui, kunnes se pysähtyi kokonaan. Antti pidätteli hengitystään, happi hupeni ja sydän laukkasi kuin varsa kevätlaitumella. Meni hetki jos toinenkin, mutta mitään ei tapahtunut. Lopulta Antti vapautti hengityksensä ja hengähti raskaasti, avasi silmänsä ja pelästyi asetta kädessään. Tärisevin käsin, hyvin varovasti, Antti asetti aseen takaisin sohvapöydälle ja hautasi kasvonsa taas käsiinsä. Tilanne oli ohi, Antti ei riistänytkään vielä henkeään, mutta tunsin, että aika oli käymässä vähiin. Tämä oli ehkä viimeinen varoitus ja minun olisi toimittava pian, jos halusin pelastaa Antin. Toivoton olo valtasi minut, en keksinyt mitään keinoa, jolla olisin voinut auttaa Anttia, ja oma voimattomuuteni harmitti minua. Minä suorastaan sihisin kiukusta, eikä sitä tapahtunut usein, vain silloin kuin hermostuin ja aloin muuttua fyysiseksi muodoksi, siis lihallistumaan. Tajuamattani olin kiukutellessani leijunut ja laskeutunut Antin eteen ihmisen muotoisena tiiviinä höyrypatsaana, kiukusta sihisevänä höyrypatsaana. Ymmärrettävästi Antti tuijotti minua silmät levällään ja kauhusta jäykistyneenä. Hetkeen en tiennyt miten olisi pitänyt toimia, olin paljastunut, tehnyt kauhean virheen, ja minut valtasi pakokauhu. Halusin kadota maan rakoon, mutta paniikissa tein sitten jotain ihan muuta, ennenkokematonta. Syöksyin höyrynä Antin avoimena ammottavaan suuhun, imeydyin hänen soluihinsa ja toivoin, että Antti jatkaisi elämäänsä aivan kuin minua ei olisi koskaan näkynytkään. Meidän tonttujen pahin pelko ja kauhu on, että jäämme kiinni, että meidät huomataan ilman yhteistä ymmärrystä. Ihmisethän tulisivat hulluiksi, jos täällä yhtäkkiä alkaisi kulkea suippokorvaisia tonttuja kuin murkkuja murkinassa.

Havahduimme, kun matkapuhelimen herätyskello alkoi soittaa rauhallista musiikkiaan. Tuijotimme kelloa seinällä ja olimme kuin lauteilta pudonneet. Viisari oli jo lähellä yhdeksää, "Sauna" vilahti ajatuksissamme. Riisuimme vaatteemme ja vaeltelimme alasti ympäri asuntoa kuluttaen aikaa. Katselimme hetken makuuhuoneen ikkunasta synkälle kadulle. Muutamia autoja ajoi ohi ja juopuneita asiakkaita raahattiin ulos ravintolasta. Oli hämärää, taivas oli synkkä mutta selkeä, tähtiä ei enää näkynyt. Lopulta puimme yllemme muhkean, valkoisen kylpytakin ja otimme eteisen lipaston päältä avaimen, jonka perässä luki "Sauna". Muistan hämmentyneeni avaimesta, koska Mirjamin saunassa ei ollut lukkoa, eikä siis avainta; tämä oli taas yksi kaupunkilaisten erikoisuus. Viimein hylkäsimme synkän asunnon ja lähdimme saunaan. Huomasin viihtyväni Antin kehossa; minun ei tarvinnut enää vakoilla, minä olin Antti - tai ehkä Antti oli muuttunut minuksi, aika sen näyttäisi; joka tapauksessa kaikki oli minulle uutta ja hienoa. Lopultakin minusta tuntui, että pystyin jotenkin vaikuttamaan Anttiin. Tästä oli tulossa hyvin mielenkiintoinen ja kerrassaan hieno saunailta.

Etsimme säkkipimeästä porraskäytävästä valokatkaisijaa. Taputtelimme seinää, kunnes katkaisija löytyi ja valot syttyivät. Kaikkiin paitsi meidän kerrokseemme, se jäi hämäräksi, tietenkin. Tuijotimme pimeää lamppua ja rämpytimme valokatkaisijaa kyllästymiseen asti.

- Perkele.

Kuiskaus kaikui korvissa niin, että säikähdimme. Haltian herkkä ja tarkka kuulo oli päässyt yllättämään meidät. Kirosanojen kohdalla se oikein terävöityi ja jouduimme nyt hetken tasapainottamaan kuuloaistiamme kuuntelemalla portaikossa kaikuvia elämän ääniä. Kun äänet lopulta pehmenivät, me lähdimme varovasti liikkeelle. Hiivimme portaita alas seuraavaan kerrokseen täysin ääneti, mutta se oli turhaa, Pikku-Ritari vaistosi meidät heti ja ryhtyi haukkumaan eläimellisesti. Vaikka olimme jo keventäneet kuuloamme, tämä räksytys viilteli aivojamme kuin perkausveitsi.

- Hiljaa Pikku-Perkele.

Suustamme karannut kirosana iski korviimme kuin sangollinen löylyä. Meidän olisi opeteltava olemaan ihmisiksi, muuten tästä tulisi kauhea ilta. Mietin olivatko nämä minun omia ajatuksiani vai ajatteliko Antti kenties samoin, nyt kun olimme yksi ja sama. Kesken ajatuksen "Railon" ovi kohdallamme aukesi ja Pikku-Ritari syöksyi haukkuen jalkoihimme. Räksytys kaikui porraskäytävässä ja iski korviimme. Rouva Railo seurasi perässä, vaikka en ollut siitä heti täysin varma, koska häntä oli vaikea tunnistaa. Railolla oli yllään jokin burleskiasu ja kaulan ympärillä oli muhkea höyhenpuuhka, josta putoili sulkia portaikkoon. Lisäksi hänen kasvonsa vaikuttivat olevan jonkin sortin sotamaalauksen peitossa. Persoonallinen asu, joka rouva Railolla oli yllään, oli vanha ja kulahtanut, räikeän punainen ja täynnä paljetteja. Musta yläosa oli jotain hyvin läpinäkyvää kangasta ja vaikutti meidän silmiin aivan liian pieneltä ja paljastavalta. Railo kohensi puristukseen jääneitä rintojaan juuri ennen kuin lähestyi meitä.

- Hui kamala miten minä säikähdin, mutta Anttihan se täällä vain hiippailee, kuin joku tonttu konsanaan.

Huomasin, että meiltä oli leuka unohtunut auki ja kiirehdin sulkemaan sen.

- Joo, Antti se tässä vaan, iltaa.

Rouva Railo tunkeutui kiinni meihin ja tunsin, miten

ruumiimme lamaantui ja hengityksemme salpaantui.
Ahdistunut katseemme pakeni alas koiraan, joka istui
nyt kiltisti jaloissamme ja tuijotti meitä ruskeilla pyö-
reillä silmillään, ennen kuin haukahti tervehdyksensä.
    - Iltaa, mitä äijä?
Sydän oli pysähtyä. Eihän puhuva koira minulle mitään
uutta ollut, mutta meille oli. Meidän olisi nyt pitänyt vain
pysyä rauhallisena eikä panikoitua, mutta en ollut täysin
oma itseni. Tunsimme kuinka veri pakeni suonistamme
ja kuinka sydän löi sellaista tahtia, että ei olisi ollut ihme,
jos se olisi vaikka pysähtynyt. Vartalomme tärisi kaut-
taaltaan ja rouva Railo tuijotti meitä kuin myrkkypi-
karia.
    - Antti, onko sulla kaikki ihan kunnossa?
Kaikki oli niin outoa, että emme saaneet sanaa suustam-
me, ja lopulta puhuva koira varasti jälleen huomiomme.
    - Hei, toi ämmä kysy, että onko sulla kaikki ihan kun-
nossa?
Rouva Railo liimautui meihin ja hinkkasi itseään yhä lä-
hemmäksi. Tuijotimme voimattomina jaloissamme ole-
vaa koiraa samalla kun paniikki, epätoivo ja häpeä val-
tasivat kehomme. Rouva Railo oli jo kuin osa meitä, em-
mekä me olleet koskaan tunteneet mitään niin likaista ja
vastenmielistä. Se oli kauheaa, kerrassaan hirveää. Koira
jaloissamme maiskutteli suutaan ja haisteli kiimaa il-
massa.
    - Pakene, vielä kun voit. Pakene.
Koiran ytimekkäästä varoituksesta meidät valtasi outo
kiire ja ymmärsimme, että hetkeäkään ei ollut enää hu-
kattavana. Ryntäsimme alas vieviin portaisiin henkem-
me kaupalla ja kiitimme koiraa mennessämme.
    - Kiitos, jään sulle makkaran velkaa.
Railo riensi muutaman askeleen peräämme.

- Minulle sopii vaikka heti pistää lenkkiä uuniin, Anttii...?!

Pysähdyimme porrasoven eteen, sisäpihalle. Vartalomme painui kasaan, nojasimme polviimme ja keräsimme happea. Hengityksen tasaaminen oli paikallaan, portaiden alas juokseminen oli tosissaan uuvuttanut savuiset keuhkomme. Odottamatta kellarin ovi takanamme aukesi ja säikähdimme, jälleen. Se oli se sama nuorimies, jolle Antti oli kirjoittanut nimikirjoituksen, se änkesi jälleen ulos kellarista ja syli oli taas aivan täynnä tavaraa. Riensimme apuun ja pitelimme kohteliaasti ovea auki. Nuorimies tuli tavaroineen ulos ja vaikutti vähintäänkin yhtä hämmentyneeltä kuin edellisellä kohtaamisella.

- Kii-tos...?

Nuorimies pysähtyi hermostuneena tuijottamaan meitä kuin odottaen jotain. Vanha kirves hänen sylistään putosi maahan ja kumarruimme kohteliaasti nostamaan sen. Samassa nuorimies livahtikin jo karkuun, pakeni, aivan niin kuin edelliselläkin kerralla. Kiiruhdimme kiukkua uhkuen ja kirves ojossa hänen peräänsä.

- Pysähdy, sulta jäi tää.

Porrasjuoksu oli kuitenkin uuvuttanut meidät ja luovutimme toivottomalta vaikuttavan takaa-ajon heti alkuunsa. Kellarin ovikin ehti sulkeutua takanamme, ja niin me jäimme epäonnistumisten lamauttamana seisomaan keskelle pihan parkkipaikkaa, kirves kourassa. Puntaroimme sitä; tunnustelimme sen painoa ja otetta. Se oli hyvä kirves, samanlainen kuin Mirjamin vanha Billnäs, mutta en voinut olla ihmettelemättä - mihin kaupungissa tarvittiin kirvestä, eihän kaupunkisaunoihin edes tehdä puita? Pohdiskellessamme tuota outoa kirvestä ja sen tarkoitusta, A-portaan ovesta putkahti ulos siististi pukeutunut vanhaherra Mattson, roskapussi kädessään. Mattson seisahtuu kauhusta ja jäi tuijottamaan meitä kuin hullua. Tarkastelimme itseämme, valkoinen sääriin ylettyvä kylpytakki tuntui ihan normaalilta saunavarusteelta, joten käsitimme siinä hetkessä, että kädessämme oleva kirves oli saanut Mattsonin suunniltaan. Onneksi meillä oli sille ymmärrettävä selitys valmiina.

- Iltaa. Tossa oli joku sekopää, siltä jäi tää.

Nostimme kirveen kunnolla esiin ja heiluttelimme sitä päämme yläpuolella, niin että Mattson varmasti näki sen. Samalla me jatkoimme oudolta ja ehkä jopa hieman hullulta vaikuttavan tilanteen päivittelyä.

- Kirves kaupungissa on vähän outo, huh-huh. Kaikenlaisia hulluja sitä täällä nykyään liikkuu.

Lausetta seurasi epämiellyttävä hiljaisuus, jonka jälkeen seurasimme kuinka kalpeaksi valahtanut, vaitelias Mattson perääntyi, hivutti itsensä takaisin rappuun ja katosi näköpiiristämme. Mattsonin kadottua tunsimme itsekin suurta tarvetta poistua paikalta. Kaivoimme saunan avaimen kylpytakin taskusta ja suuntasimme kellarin ovelle.

Kellarikäytävä oli röyhkeässä kunnossa. Komeroiden roinat oli levitetty hujan hajan pitkin käytävää ja ne tukkivat koko kulkuväylän. Näky huvitti, suorastaan nauratti meitä. Hymyssä suin me astuimme kaiken sen romun sekaan ja kampesimme itseämme eteenpäin, kirvestä apuna käyttäen. Hyllyjä, patjoja ja sänkyjä, lehtiä sekä kirjoja, vaatteita, kodinkoneita ja kaiken maailman krääsää, joista osa tunnistettavia, osa ei. Näky oli apokalyptinen, miksi nämä tavarat olivat täällä? Mihin niitä tarvittiin? Miksi ihmiset varastoivat turhat tavaransa kellariin? Hämmentyneenä kaivoimme saunan avaimen kylpytakin taskusta ja raivasimme tiemme käytävän toiseen päähän, jossa meidät pysäytti avonainen saunan ovi. Selällään olevassa ovessa oli jotain odottamattoman ihmeellistä, eikä hämmennystä keventänyt kirves, joka roikkui yhä kädessämme. Sujautimme saunan avaimen takaisin kylpytakin taskuun ja päästimme irti kirveestä, joka tömähti lattialle ja kaatui muiden romujen sekaan. Kirves oli tuntunut luonnolliselta ja sen jättäminen oli vaikeaa, mutta löyly odotti, se suorastaan kutsui meitä saunaan.

Pukuhuoneessa meitä odotti toinen yllätys. Lattialla makasi tajuton mies, jota me aluksi luulimme kuolleeksi, mutta se olikin vain sammunut A-portaan Nieminen. Pinttyneen savukkeen tunkkainen haju lainehteli sieraimiimme ja voimakas viinan käry kirveli silmiämme. Tietenkin, eihän tämä ollut ensimmäinen kerta kuin näin on päässyt käymään. Raskaan työviikon jälkeen Nieminen sammutti usein janonsa vahvalla viinalla. Valtavan rakennusfirman työmaajohtajana hän teki mahdottoman paljon töitä muhkean palkkansa eteen, hänellä oli nytkin oranssit työmaahaalarit yllään. Tunsimme sympatiaa Niemistä kohtaan, meistä oli säälittävää katsoa lian, saastan ja henkisen pahoinvoinnin runtelemaa ihmistä. Avun tarve oli selkeästi esillä, mutta jos ei ihminen saanut itseään edes saunan lauteille, niin häntä oli hyvin vaikea auttaa. Olimme itsekin puhdistuksen tarpeessa ja nyt oli sentään meidän saunavuoro. Tunsin jo löylyn kuumuuden pukuhuoneen pysähtyneessä ilmassa, mutta Nieminen oli saatava ensin pois jaloista. Siivosimme penkillä lojuvan, tyhjäksi juodun viinapullon roskiin ja tungimme toisen, vajaan putelin Niemisen työhaalarin taskuun. Siivottuamme raahasimme Niemisen kellarin käytävälle ja jätimme hänet käytävällä lojuvien romujen sekaan nukkumaan, selkä seinää vasten nojaamaan. Siinä hänen kelpasi köllötellä, vaikka emme olleetkaan siitä täysin varmoja, koko tilanne hämmensi ajatuksiamme. "Joka viikko samassa kunnossa?", ei siinä vaikuttanut olevan mitään järkeä. Pohdiskellessamme juopottelun ihmeellisyyttä huomasimme likaantuneet kätemme. Niemisen puhtailta vaikuttavista haalareista oli kuin olikin tarttunut käsiimme jotain likaa, nokea tai hiiltä, ja oikean käden etusormen kynsikin oli lähes kokonaan irronnut. Kynsi ei ollut kipeä, mutta se oli koholla ja heilui ikävästi. Nostimme kynttä varovasti, kuin sormen kantta ja kokeilimme irtoaisiko se. Jokin sidosneste, kuin märkä liima, piti siitä kuitenkin yhä kiinni. Pikku hiljaa, hitaasti vetämällä, se alkoi kuitenkin irrota. Kynnen alta tuli esiin sormen liha, se näytti kivuliaalta, mutta emme antaneet sen häiritä vaan vedimme repsottavan kynnen irti inhoa pidätellen ja annoimme sen pudota lattialle. Oikea keskisormi oli hurjan näköinen ilman kynttä, se inhotti meitä enemmän kuin sotkuiset käsivartemme. Kynnet vaikuttivat muutenkin kasvaneen luonnottoman pitkiksi ja olivat jo alkaneet kääntyä rullalle. Ne muistuttivat jo enemmän petoeläimen raatelukynsiä kuin ihmisen kynsiä. Ihme ja kumma olivat päällimmäiset ajatuksemme, mutta onneksi löyly valtasi mielemme ja sauna veti meitä taas puoleensa. Jätimme Niemisen käytävälle nuokkumaan ja menimme saunaan.

Lukitsimme pukuhuoneen oven, asettelimme avaimet, kultaisen rannekellon ja puhelimen tasolle peilin eteen ja riisuuduimme. Pikaisen suihkun jälkeen kiiruhdimme löylyhuoneeseen ja istuimme lauteille ihmettelemään pinttyneen noen ja lian valtaamia käsivarsiamme, sekä pitkiä ja teräviä kynsiämme. Olihan se ihmeellistä, tonttumaisia piirteitä puski esiin, mutta en antanut niiden huolestuttaa meitä, olimmehan me viimeinkin päässeet saunaan. Sauna tuntui kotoisalta ja heitimme kokonaisen kauhallisen elämännestettä kiukaalle. Vesi sihahti ja muuttui höyryksi osuessaan kuumien kivien päälle. Tunsin olevani elementissäni ja keskityin kesyttämään saapuvan löylyn, me ottaisimme sen vastaan pehmeänä ja nautinnollisena, oli se miten kuiva tai sähköinen tahansa. Lämpöaallon saapuessa kohdallemme me unohdimme kurjat kätemme sekä vastenmieliset kyntemme ja nojauduimme polttavaa takaseinää vasten löhöämään. Lämpö levisi huoneeseen ja valtasi kehomme, löyly huojensi oloa ja kevensi tunnelman, yhtäkkiä elämä oli vain ihanaa ja me tunsimme sen, se oli tässä ja nyt. Kaikki oli hyvin, ihanasti, eikä mikään enää häirinnyt mieltämme. Ajatukset, pyrkimykset, halut, ihan kaikki saasta tyhjeni päästämme. Löylyn lämpö oli ottanut meidät syleilyynsä, eikä antanut minkään vaivata mieltämme.

Löyly pysyi pitkään tasaisena ja lepäsimme lauteilla kuin aamuinen utu pellon päällä, ilman kiirettä ja raukeana. Kaikki aistimme sumentuivat nautinnosta niin, että melkein torkahdimme, mutta sitten, aivan yhtäkkiä, pukuhuoneesta kantautuva outo ääni sai meidät havahtumaan. Avasimme silmämme ja näimme löylyhuoneen hämärässä nurkassa olevan saviveistoksen, se esitti ilmeisesti meitä, tai minua, selkeästi veikeän näköinen saunatonttu, jolla oli myssy päässä. Emme ole kyllä koskaan olleet noin pulskia ja lyhyitä, normaalistihan minä olen sellainen luiseva ja pitkä honkkeli, mutta hauskan näköinen veistos se oli, meitä ihan hymyilytti. "Joku vielä muisti meitä", ajatus antoi voimaa. Saunan pukuhuoneesta kantautui kuitenkin uusi ääni, ovi oli selvästi käynyt ja hymymme hyytyi. Meissä heräsi huoli ja "Talonmies", "Stalker", nousi ajatuksiimme. Kiukku syöksyi mieleemme; "se varasteleva nilkki" ja samassa tunteemme alkoivat aaltoilla raivoa ja pettymystä, kaikki oli hyvin ristiriitaisia, mutta lopulta viha ja raivo ottivat vallan meistä.

- PERKELE, minun tavaroihin et kyllä koske!
Vihan riivaamina me kiirehdimme alas lauteilta, mutta yllätykseksemme me emme saaneetkaan löylyhuoneen ovea auki, se oli jotenkin jumissa. Renkutimme ovea ja tunsimme, kuinka kiukkumme nousi ja raivomme kasvoi. Tunteiden mukana meistä levisi löylyhuoneeseen höyryä, kosteutta, joka sai lämpömittarin viisarin liikkeelle. Lämpö löylyhuoneessa lähti nousemaan pelottavan nopeasti, emmekä me yrityksistä huolimatta saaneet ovea liikahtamaan. Luovutimme hetkeksi ja pysähdyimme kuuntelemaan. Pukuhuoneesta ei enää kantautunut uusia ääniä, ei pihaustakaan.

- Haloo, onko siellä joku?
Epätietoisuus kalvoi mieltämme ja kiukkumme muuttui raivoksi. Renkutimme, työnsimme ja hakkasimme ovea.

- Perkele, jätä mun tavarat rauhaan. Saatana, mä tapan sut. Kuulitko, mä tapan sut!
Löylyhuoneen ovi oli kuin noiduttu kiinni ja tila täyttyi vesihöyrystä, lauteet jäivät sen taakse. Lämpö kohosi koko ajan, yhä nopeammin ja alkoi jo poltella ihoa. Huidoimme höyryä edestämme kiirehtiessämme lämpömittarille, se oli jo punaisella, 110 celsiusta. Epätoivon ja raivon vimmalla me palasimme ovelle ja renkutimme sitä, mutta ei siitä ollut mitään hyötyä, ovi ei hievahtanutkaan. Lämpö saunassa kohosi kohoamistaan ja pian se ylitti 140 astetta. Työnsimme ja potkimme ovea, mutta mikään ei auttanut. Olimme raivoissamme ja höyrymme vain levisi, oli aivan kuin jokin olisi vanginnut meidät saunaan.

- Perkele.

Nopeasti lämpö nousi yli lukemien ja löylyhuoneesta tuli polttavan kuuma. Kyyristyimme alas ja suojasimme käsillä palavia korviamme. Kiuas paukkui ja vesi alkoi kiehua kiulussa. Käperryimme niin alas kuin suinkin, aivan lattianrajaan, mutta kaikesta huolimatta kuumuus otti vallan lihastamme. Selkämme oli kuin tulessa ja tunsimme kuinka se alkoi mennä rakkuloille, samalla kun käsivarsiemme iho alkoi punottaa ja arpeutua. Kivun ja tuskan kourissa me menetimme toivomme ja hyvästelimme järkemme, vajosimme synkkyyteen, jollaista on lähes mahdoton kuvailla. Lihamme paistui löylyhuoneen ahtaalla lattialla, mutta mielemme kuljetti meidät valtavaan synkkään labyrinttiin, jonka käytävillä me vaelsimme tunteja, tai päiviä, kenties jopa viikkoja, mutta ulospääsyä ei löytynyt. Olimme oman mielemme vankeja; kuumat, kosteat ja utuiset käytävät vain jatkuivat joka käänteessä, kunnes lopulta emme enää edes etsineet ulospääsyä, labyrintti oli suljettu. Pikku hiljaa ajatuksemme suli yhteen, mielemme ei enää erottanut todellisuutta fantasiasta ja meidän oli vain hyväksyttävä ympäröivä maailma sellaisena kuin se oli. Istuuduimme keskelle järjetöntä, synkkää ja utuista labyrinttiä ja annoimme kaiken olla. Silloin me haistoimme paistuvan selkänahkamme ja tajusimme, että hajua seuraamalla me löytäisimme ulos. Ymmärsin, missä me olimme, mutta meidän oli vielä puhdistettava ajatuksemme kaikesta mieltä ympäröivästä saastasta ja liasta. Meidän oli vain hyväksyttävä viha ja pelko; meidän täytyi ymmärtää, että kaiken takana oli lopulta aina tietämättömyys. Kuolemanpelkokin, joka pyrki valtaamaan ajatuksemme oli vain tietämättömyyttä. Kuolemaa ei ole, elämä jatkuu lihasta piittaamatta. Nyt ajatuksissani ei tuntunut olevan enää mitään järkeä, mutta kaikki tuo järjettömyys vapautti minut ja suustamme karkasi sanoja, joita me emme olleet käyttäneet enää aikoihin.

- Terve löyly, terve lämmin, terve kiehuva kivonen. Paha henki karkoita tämän ihmisen lihasta ja päästä meidät pahasta.

Se oli vanha saunatervehdys, mistä se nousi mieleemme, en tiedä, mutta se tuli ulos meistä kuin itsestään, solisi kuin puron vesi ja pelasti meidät. Kiukaan pauke lakkasi, kupliva vesi kiulussa rauhoittui ja löylyhuoneen ovi aukesi. Kampesimme itsemme ryömimällä saunan suihkutilaan, josta jatkoimme konttaamalla pukuhuoneeseen. Siellä me kellahdimme viileälle lattialle vilvoittaaksemme rakkuloille palanutta selkäämme. Aah, se teki hyvää, aah, oikein hyvää.

- Ai että.

Makoilimme lattialla jonkin aikaa, silmät suljettuina ja vartaloon keskittyineinä. Kipu oli poissa, mutta kylmä suihku vilahti mielessä ja avasimme silmämme. Naulakko johon jätimme kylpytakkimme oli tyhjä. Säikähdimme ja nousimme hätääntyneenä ylös. Hikinen, rakoille palanut selkämme oli kuitenkin liimautunut lattiaan ja repesi nousun yhteydessä, yhtenä isona siivuna, kuin kärventynyt viipale pekonia. Vaikka emme enää tunteneet kipua, menimme aivan tolaltamme. Verinen selkänahkamme oli jäänyt lojumaan saunan lattialle. Yritimme vilkuilla peilin kautta selkäämme, mutta ei siitä mitään tullut, korvalehtien ulkonäkö oli muuttunut ja vei kaiken huomiomme. Ryntäsimme peilin eteen tuijottamaan peilikuvaamme. Korvat olivat jotenkin venähtäneet suipoiksi ja muistutivat lähes normaaleja haltiakorvia, mitä nyt toinen oli hieman kuumuudesta karrelle käpristynyt. Korvien uusi, tuttu, muoto herätti meissä aitoa hämmennystä.

- Tää, ei, oo, vittu, totta?

Terävä kipu vihlaisi korviamme, mutta emme välittäneet siitä. Tyhjä peilitaso loilotti edessämme sileänä kuin järven jää, siitä oli kaikki viety. Lompakko, puhelin, kello, kylpytakki, siis ihan kaikki oli viety, ja verinen selkänahkamme lojui lattialla. Pirut ja peikot hyppivät ajatuksissamme, mutta lopulta järki voitti ja "Talonmies" välähti mieleemme, se jäteastia. Järkemme sumeni ja ryntäsimme alasti ulos saunatiloista. Vastenmielinen selkänahkamme jäi saunan lattialle lojumaan kuin märkä rätti.

Syöksyessämme kiihkon vallassa kellarin käytävälle olimme kompastua Niemiseen. Hän oli jotenkin päässyt liikkeelle ja lojui nyt saunan pukuhuoneen oven edessä. Taju kankaalla ja turpa lattiaan vääntyneenä. Se oli huvittava näky, mutta huolestuneena me kuitenkin käänsimme hänet takaisin seinustaa vasten nojaamaan. Tahmea veri sotki kätemme, Niemisen kasvot olivat veren sotkemat ja keskellä otsaa oli pahan näköinen, ammottava haava. Katsoimme haavaa otsassa ja käännyimme tuijottamaan kuvajaistamme verilammikosta, joka oli muodostunut kellarin kivilattialle. Nieminen vaikutti elottomalta, enkä saanut pulssia korviini vaikka kuinka höristin niitä. Yritimme kaivaa puhelinta esiin, kun tajusimme olevamme alasti, kellarin käytävällä, ja samassa meidät valtasi käsittämätön kiire haihtua paikalta. Haihtuminen ei nyt kuitenkaan onnistunut, joten me hiippailimme pois. Huomaamattomasti, kuin tonttu konsanaan, vaikka jostain syystä meitä kadutti ja hävetti, lopulta jopa suututti, niin paljon, että noukimme ohimennen lattialta matkaan vanhan tutun kirveemme.

Ihomme oli punainen kuin joulutonttu aattoiltana, arpiset ja palaneet kätemme nokiset kuin takan reunus, kynnet olivat kuin petoeläimellä ja suipoiksi venähtäneistä korvistakin toinen oli karrelle palanut, se muistutti enemmän käpyä kuin korvaa. Kaiken lisäksi selkänahkamme lojui saunan pukuhuoneen lattialla. Tiesin, että olimme kauhea näky, eikä alastomuus tehnyt oloamme yhtään varmemmaksi. Ymmärsin, että meidän oli parasta naamioitua normaaleiksi ennen kuin ryntäisimme ihmisten ilmoille hakemaan Niemiselle apua. Laitoimme kirveen sivuun ja ryhdyimme penkomaan romuja kellarin käytävällä. Toisen roska on toisen aarre, kyllä tämän kaiken kaaoksen keskeltä voi löytyä jotain hyödyllistäkin. Levitimme pehmeän jätesäkin eteemme ja löysimme vanhan mekon. Se toi mieleemme tunikan, vanhan talonpoikaisvaatteen jollaisia ei enää oikein näe pidettävän, mutta jollaisiin miehet ennen pukeutuivat. Ajatus tuntui oudolta, ristiriitaiselta, mutta puimme mekon ylle hymyssä suin. Se oli kuin Mirjamin vanha, kulahtunut kesämekko, eli ei ihan sellainen perustunika niin kuin olin kuvitellut, ja olihan se hieman ahdaskin, mutta sai siis kelvata paremman puutteessa. Viereisestä joulukoristepussista pilkotti tonttulakki, löysimme koristeiden seasta vielä harmaan, huovasta tehdyn lakin, ja vedimme sen päähämme, niin syvälle että suipot korvamme jäivät sen alle. Kaiken sen hädän, kiireen ja sotkun keskellä, koristeita ja tähtiä nostellessamme, joulutunnelma valtasi mielemme ja ryhdyimme hyräilemään joululauluja samalla kun etsimme vielä jotain paljaisiin jalkoihimme. Kenkiäkin oli loputtomasti ja niiden penkominen kävi ihan voimille. Oli lasten talvisaappaita, naisten korkokenkiä, luistimia, hiihtomonoja, mutta lopulta silmiimme osui viereisen kellarikomeron ovensuussa lojuvat tuohivirsut. Ne olivat sinkoutuneet hämärän kellarin valokeilaan ja erottuivat muista, ne näyttivät kerrassaan upeilta. Sovitimme niitä ja ne istuivat, tuntuivat kotoisilta, aivan kuin olisi villasukat vetänyt jalkaan. Tyytyväisinä pengoimme vielä romun sekaan hukkuneen kirveemme esiin ennen kuin pysähdyimme huilaamaan. Kellarikäytävä oli järkyttävän sotkun peitossa, mutta se ei synkentänyt onnistumisen tunnettamme. Ihastelimme itseämme kaiken sen romun keskellä. Olimme kuin jonkin hyvin erikoisen muotinäytöksen runwayn päässä, olimme oikea showstopper. Kääntyilimme ja esiinnyimme itsellemme. Persoonalliset vaatteet tekivät meistä varmasti vangitsevan näyn ja pyörähtelimme kaiken sen romun keskellä kuin huippumallit Milanon catwalkilla. Vaatteet piristivät mieltämme, ne tosiaan tekivät miehestä tontun tai miten se sananlasku nyt meni. Kirveskin tuntui istuvan kouraan, se tuntui nyt oikein luonnolliselta ja oli jo kuin osa meitä. Kirves ei enää tuntunutkaan niin pahalta, kaupungissakaan. Haltioissamme me otimme muutaman tanssiaskeleen, ihan pari steppiä vain, samalla kun kiiruhdimme hakemaan tavaroitamme, tai siis puhelinta, tai oikeastaan apua herra Niemiselle.

Hiivimme huomaamatta talonmiehen kellariasuntoon ja jäimme ovensuuhun vakoilemaan häntä. Ovi oli auki, joten kaikki oli vaivatonta. Talonmies, Stalker, istui nojatuolissa, tuijotti tv:tä ja joi hienosta kristallilasista jotain. Viinaa luultavasti, koska hänen edessään pöydällä oli tyhjä viinapullo, samaa viinaa kuin Niemisellä oli ollut. Jaloissa hänellä oli loppuun tallatut lenkkarit ja siniset haalarit, jotka oli solmittu hihoista vyötärölle. Ylävartaloa peitti valkoinen hihaton paita ja kaulassa roikkui köyden pätkä, oikeastaan hirttosilmukka, samanlainen kuin alastomalla hiipparilla ohjelmassa, jota hän katsoi. Asunto oli kuvottavassa kunnossa, täynnä mitä ihmeellisempää romua. Nyrkkeilysäkki roikkui katossa, yhdessä kulmassa oli painonnostovälineitä ja seinillä puolialastomia miehiä pullistelemassa lihaksiaan. Stalker huomasi meidät, mutta ei antanut tunkeilumme häiritä. Odottamaton paljastuminen alkoi kuitenkin hiljalleen ahdistaa meitä ja päätimme köhiä äänemme auki, samalla kuin mietimme miten avaisimme pelin.

- Tässä oli varkaita.

Stalker kääntyi katsomaan meitä äärimmäisen häiriintyneellä ilmeellä.

- Voi helvetti, munko duuni se on ottaa varkaat kiinni? Oonko mä joku sellanen ihme talokyttä, semmonen Van Damme, joka pätkii rosvot nippuun ja paketoi mennessään?

Mielemme teki haihtua, mutta olimme tilanteessa kiinni kuin kärpänen tarrapaperissa. Stalker tuijotti meitä väkivaltainen ilme kasvoillaan ja noteerasi kädessämme roikkuvan kirveen välinpitämättömällä käden heilautuksella.

- Kirves, semmonenkin, voi helvetti. Noi käytävät on täynnä sun ja sun naapureittesi romuja. Paskaa, jotka mun pitäs nyt jostakin ihmeen syystä korjata pois vai? Sitäkö sä tulit tänne kertomaan?

Käänsimme katseen pois, meitä hävetti ja välttelimme Stalkerin tuimaa katsetta. Sivusilmällä näimme kuitenkin kuinka Stalker jäi ihmettelemään meitä, mulkoili meidät päästä varpaisiin.

- Sä oot se B-rapun kaveri. Onko sulla joku vitun teatteri-ilta menossa? Rosvo-Roope tai jotain?

Tuohivirsut jalassa, piukka kukkaismekko päällä ja tonttulakki päässä meitä hävetti ja heilautimme hermostuneena kirveen olalle.

- Ei kun ihan perus saunailta vaan, tai siis, tulin just saunasta.

Stalker jäi tuijottamaan meitä kuin hullu puuroa ja äkkiä syntyi hiljaisuus josta vaivaantuneena me ryhdyimme silittämään rypyssä olevan mekkomme helmaa. Stalker tuijotti meitä nyt entistä häiriintyneemmin, joten annoimme katseemme paeta takaisin seinille. Yhdellä seinällä oli Bruce Lee -juliste, Brucella oli siinä nunchakut kädessä, eteen ojennettuna, ja silmissä paloi tuima katse, aivan kuten Stalkerilla. Turvauduin siihen.

- Siisti juliste.

Stalker selkeästi innostui oivalluksestani ja ampaisi pystyyn nojatuolistaan ja teki itsestään oikein pollean.

- Niin on. Bruce oli kuningas, eikä mikään vitun Elvis.

Olomme helpottui, kirosanasta huolimatta, saimme keskustelun edullisesti auki, enää piti nostaa ongelmat esiin.

- Onhan toi kellari ihan myllätty, niin kuin sä sanoit, mutta en mä sen takia tullut. Olin tossa saunassa ja mun kamat, puhelin-.

Stalker iski tyhjän viinalasinsa kädestään pöytään niin että kolahti ja kääntyi kuuntelemaan minua. Tuima tuijotus hiljensi minut, mutta keräsin rohkeutta ja jatkoin niin kuin parhaaksi koin, kevyesti ja tunnustellen.

- Niin, tosiaan, olin tossa saunomassa ja löylyhuoneen ovi jotenki jumittui ja sillei, kiuaskin on varmaan rikki, veti aika lämpimäks.

Stalker raapi päätään ja voivotteli.

- No jaa, pitää käydä tarkistamassa se, joskus, kun tässä ehtii. On niin paljon kaikkee.

Stalker istahti alas, nojautui takaisin tuoliinsa ja nosti jalkansa ylös ryhtyen lukemaan Tarzan-sarjakuvalehteä. Vastaus ei tyydyttänyt meitä, eikä Stalkerin passiivisuus sopinut yhtään ajatuksiimme. Pidimme enemmän siitä energisesta ja varuillaan olevasta kaverista, joten heitimme lisää vettä kiukaalle.

- Sit toi A-portaan Nieminen makaa tajuttomana tossa kellarin käytävällä, säikähdin jo että onko se kuollut, kun en tuntenut, tai saanut sen-.
Stalker havahtui, säpsähti heti, kun kuuli Niemisen nimen.
- Eikä? Siis tää Raksa-Nieminen? Tää joka viinapäissään rymyää missä milloinkin. Voi vittu, mennääs hei heti kurkkaamaan se tilanne, mitä se äijä on tällä kertaa keksinyt, se kyllä aina keksii jotain hauskaa.
Stalker ryntäsi ohitseni niin, että jouduin kiirehtimään perään.
- Olisin soittanut apua, mutta mun kamat vietiin. Kännykkä, kello ja...
Stalker ei jäänyt kuuntelemaan meitä joten vaikenimme.
Kahlasimme Stalker perässä romun läpi saunan ovelle. Nieminen lepäsi kalpeana paikoilaan ja näytti aivan kuolleelta. Olimme aistivinamme kuoleman ja äkkiä olimmekin tilanteesta ehdottoman varmoja. Huomasimme, että aloimme heti miettimään, mikä oli meidän osuutemme Niemisen kuolemaan. Olimmeko me kiireellä ja itsekkyydellä, omalla välinpitämättömyydellämme jotenkin syyllisiä kuolemaan? Epävarmuus kalvoi meitä, mutta ymmärsimme kuitenkin mitä meidän täytyi tehdä.
- Pitää varmaan soittaa poliisi?
Stalker nuuhkutteli ilmaa ja nyrpisteli nenäänsä. Nyt mekin vasta huomasimme, että ilmassa tosiaan haisi jokin iljettävä, saimme lemusta puistatuksia ja pyyhimme nenäämme. Ympärillä oli kaiken maailman romua ja saattoihan se olla vaikka Stalker, jonka saastunut käry nousi nenäämme, mutta emme olleet siitä varmoja. Emme voineet kuin ihmetellä.
- Mikä täällä haisee?

Stalker nuuhkutteli ilmaa kääntyessään vastaamaan.

- Kaikki.

Huomasimme maassa nesteen, joka virtasi Niemisen alta ja sekoittui hyytyneeseen verilammikkoon. Nieminen oli laskenut alleen. Virtsa ja uloste oli vallannut nenäontelomme, Stalker huomasi saman.

- Paska, paska täällä haisee, perkele. Nieminen saatana, minä en siivoa tätä-.

Samassa Stalker tuntui tajuavan jotain, säikähti ja kumartui nopeasti Niemisen äärelle. Me huomasimme kuinka hän piilotti Niemisen vierellä lattialla lojuneet nunchakut haalareihinsa ja tajusimme samalla, että viinapullo Niemisen haalarintaskusta oli kadonnnut. Paska tosiaan haisi, mutta nyt tässä lemusi kyllä jokin muukin. Samassa hetkessä Stalker tarttui Niemiseen ja ravisteli tätä.

- Hei, kaveri, oot sä elossa?

Kauhistelimme mitä oli tapahtunut, peräännyimme askeleen ja jäimme seuramaan kuinka Stalker läpsi Niemisen elotonta poskea.

- Hei, haloo, herää apina. Herää?

Tuijotimme Stalkerin ronskia toimintaa kauhuissamme, hän tuntui ottavan koko tilanteen hyvin viileästi.

- Tais tulla Niemisen maksamarinointi viimein valmiiksi.

Nieminen ei tosiaan antanut mitään elonmerkkejä ja lopulta Stalker istahti ruumiin viereen lattialle, virtsaa varoen ja syvään huokaisten.

- Pitkään se jaksoikin, yllättävän pitkään. Se on yllättävää miten moni nykyään dokaa itsensä hautaan, ihan noin vain, huomaamatta.

Tuijotimme Stalkeria epätoivoisina samalla kun hän löysi lattialta, kämmenensä alta jotain.

- Katos mitä mä löysin.

Stalker nousi, tuli luoksemme ja näytti meille kynttä, jonka hän oli löytänyt lattialta ruumiin vierestä. Tunnistin sen heti, se oli se meidän irronnut keskisormen kynsi. Kiire valtasi mielemme ja etsimme hädissämme ulospääsyä ympäriltämme. Käytävän varrella näkyi wc:n ovi, mutta hätä ei ollut nyt sen laatuinen, joten me jähmetyimme aloillemme. Tuijotimme Stalkeria, joka nyökytteli päätään ja kuljetti omia pohdintojaan kohti tiivistunnelmaista ratkaisua.

- Tästä ne kytät pääsee heti jyvälle, niillä on kato nykyään sellaiset systeemit. Kyllä tämä tästä selviää, älä hätäile. Meillä on tässä konkreettista todistusaineistoa.

Tuijotimme Stalkeria ja tämän sormien tiukkaa pinsettiotetta, joka piteli lattialta löytynyttä kynttä kasvojemme edessä. Ajatuksemme meni lukkoon kuin Mirjamin herkkukirstu joulun jälkeen. Suumme aukesi raolleen, olimme kai sanomassa jotain, mutta sanat juuttuivat kurkkuumme, kutisivat siellä kuin ruokatorveen juuttunut ruoto ja meitä alkoi yskittää. Stalker vilkaisi meitä häiriintyneenä, mutta ei antanut yskimisemme häiritä hyvään vauhtiin päässeitä pohdintojaan.

- Eiköhän tämä ole sen kellarirosvon kynsi, sen joka täällä on pyörinyt. Kato nyt vittu tätä mestaa, eihän tässä ole mitään järkeä. Tää on ihan hullua.

Kuivan yskän nostamat vedet peittivät silmämme, kirosana viilteli korviamme, mutta katselimme kellarikäytävää, ympärillämme olevaa sotkua ja nyökkäilimme kuin ymmärryksen merkiksi. Stalker nyökytteli myös.

- Mä en ole ikinä edes miettinyt, tajunnut, että ihmisillä on näin paljon romua niiden kellarissa. Ihan sekopäistä toimintaa ja nyt joku täyskaheli on levittänyt tän kaiken paskan esille, sotkenut koko systeemin.

Stalker loi meihin tyytyväisen ja hyvin itsevarman katseen.

- Ja nyt se kaheli, joka tän koko sotkun on aiheuttanut, on myös murhaaja. Meistä tulee kuuluisia, päästään lehteen ja kaikkee.

Säikähdimme, emme me halua lehteen, emme me kaipaa kuuluisuutta. Varjoissa on ihan hyvä, rauhallista ja mukavaa. Sitä paitsi tuohan oli meidän kynsi, emmekä me olleet murhanneet ketään. Kaikki oli väärinkäsitystä ja halusimme korjata tilanteen, ennen kuin olisi liian myöhäistä.

- Siis, toihan on meidän, tai siis minun kynsi.

Näytimme Stalkerille keskisormea, sitä sormea josta se kynsi puuttui.

- Se irtos, kun mä raahasin tätä Niemistä pois tuolta saunaosastolta, se oli kuukahtanut sinne mun vuorolla, mutta kyllä se elossa oli-, tai siis, että oli ihan hyvässä kunnossa, kun mä sen tohon jätin.

Stalker tuijotti kasvojensa edessä olevaa keskisormea, kynnetöntä keskisormea, ja veti häkeltyneenä jonkin ihmeellisen roolin päälle, ja alkoi hyvin teatraalisesti esittämään jotenkin mukamas kauhistunutta.

- Varmasti oli "hyvässä kunnossa", kun jätit? Näkeehän ton, oli ihan helvetin hyvässä kunnossa, aivan varmasti.

Eloton ja verinen Nieminen istua pönötti edessämme. Tilanne synkkeni hetkessä, ymmärsimme mitä Stalker ajoi takaa, emmekä enää oikein tienneet miten olisi pitänyt puolustautua.

- Älkääs nyt, pelkkä kynsi, eihän nyt joku vitamiinin puutostila tee musta mitään murhaajaa.

Stalker oli aivan äimänkäkenä tai ainakin esitti olevansa.

- Vittu vitamiineja. Voi vittu, murhaaja. Jätkä lähtee istumaan. Heitteillejättö nyt ainakin. Ensikertalaiselle viis vuotta, tai jotain sellaista, - ehdotonta.
Tunsimme kuinka mieli alkoi peittyä sumun alle ja järkemme leikata kiinni.
- Nyt sä kyllä menet liian pitkälle. Oikeasti me-
Stalker ei jäänyt kuuntelemaan selityksiäni vaan poistui. Kiirehdimme perään, kirves kourassa.
- Hei, mihin sä nyt meet?
Stalker kampesi itseään eteenpäin romujen seassa, taakseen katsomatta.
- Meen soittaa kytät.
Hätä valtasi ja sekoitti ajatuksiamme samalla, kun yritimme pysyä Stalkerin perässä.
- Kytät? Hei, älähän nyt hosu, oikeesti. Keskustellaan nyt ensin mitä täs on ihan oikeasti oikein tapahtunut?
Stalker pysähtyi naurahtaen ja palasi luoksemme.
- ”Oikeasti tapahtunut”? Hei, ihan ensiks sun täytyy tajuta, että tää on sun sotku, sun oma sotku ja sun täytyy ottaa vastuu tästä.
Pysähdyimme käytävällä olevan romun sekaan, tuijotimme sotkua ympärillämme, mutta emme ymmärtäneet yhtään mistä Stalker oikein puhui. Stalker luki kiusaantuneita kasvojamme kuin avointa kirjaa.
- Sun pitää ottaa vastuu tästä sotkusta, muuten mä meen ja sä saat yksin selitellä niille ihan mitä sä haluat. Tajuatko? Tää on nyt tässä, eikä muuksi muutu, mutta mä autan sua, jos sä vaan hyväksyt nyt mistä tässä on oikein kyse. Joko sinä tai se rosvo? Minähän en ole ollut Niemisen kanssa missään tekemisissä koko iltana, onko tämä nyt selvä?
Katsoin Stalkeria, joka seurasi reaktioitani epäilevä ja odottava ilme kasvoillaan. Nojauduimme seinää vasten

pää painuksissa.

- Anna mä mietin hetken.

Stalker turhautui.

- "Mietin hetken?" Mitä helvettiä sä oikein mietit? Etkö sä haista, että täällä haisee paska?

Olimme aivan sekaisin ja pyöritelimme kirvestä kädessämme.

- Täs on nyt täytynyt tapahtua jotain muutakin? Me jätettiin Nieminen tohon ihan nätisti --

Stalker menetti malttinsa.

- Just. Mä lähen nyt soittaa kytät.

Stalker kääntyi romujen sekaan ja oli jatkaa käytävää eteenpäin, mutta me estimme aikeen ja tartuimme häntä olasta kiinni.

- Pysähdy nyt, mä mietin vielä.

Stalker kääntyi ja tarttui meitä rinnuksista kiinni.

- Älä kuule ala repimään mua, mä oon kuule nähny kaikki Bruce Lee -leffat useammin ku sä oot nähny yhtään mitään.

Annoin kirveen pudota lattialle ja tartuin Stalkeria rinnuksista puolustautuakseni. Stalker yritti irroittaa otettamme ja tartui tiukasti palaneisiin käsivarsiimme. Siitä käynnistyi lapsellinen pystypaini jonka lopuksi Stalker sai väännettyä minut takaisin käytävän seinää vasten.

- Sun täytyy kuule nyt vaan hyväksyä sun omat ongelmat ja hoitaa ne kuntoon. Ihan ite. Tajuutsä?

Kiukku kihisi päähäni.

- Mun ongelmat?

Stalker työnsi viinalta lemuavan naamansa kasvojemme eteen.

- Niin, sun ongelmat on sun ongelmia, niin sen täytyy mennä. Ne kun sä hoidat kuntoon niin kaikki on taas ihan jees. Maailma seuraa jotenkin perässä, näin tää homma kato pyörii.

Stalker väänsi käsiämme, pyöräytti meitä ja lensimme toiselle seinälle. Jostain Stalkerin haalarien sisältä putosi nunchakut lattialle ja pystypainimme taukosi. Pysähdyimme molemmat katsomaan maassa lojuvia nunchakuita. Hämmennystä hyväksikäyttäen Stalker irroiti otteensa ja työnsi itsensä irti meistä. Nahka palaneista käsivarsistamme kuoriutui hänen käsiinsä. Järkyttynyt Stalker tuijotti verisiä nahkanriekaleita käsissään ja perääntyi epäuskoinen ilme kasvoillaan.

- Mitä helvettiä?

Peruuttaessaan Stalker astui nunchakuidensa päälle ja liukastui, lensi selälleen niin, että hänen päänsä iskeytyi rajusti kivilattiaan. Emme voineet kuin ihmetellä tilannetta, se oli käsittämätön lento. Stalker jäi tajuttomana aloilleen ja takaraivosta alkoi pikkuhiljaa levitä yhä enemmän ja enemmän verta kellarin lattialle. Eloton Nieminen nojasi viereisellä seinällä ja seurasi tilannetta kuolleella katseellaan, kuset ja paskat housuissaan. Koko tilanne kärysi karmealta. Tunsimme yhä Stalkerin pulssin ja kiirehdimme pelastamaan mitä pelastettavissa oli. Siirsimme varoen Stalkerin päätä tyrehdyttääksemme verenvuodon, mutta nostaessamme takaraivoa pieni pala aivoja putosi haljenneesta pääkopasta lattialle ja kätemme sotkeutui tulvivaan vereen. Se oli hurjaa, ihan absurdia, joten suustamme karkasi ensin naurun hörähdys ja sitten meitä alkoikin jo naurattaa ihan mahdottomasti. Pian me nauroimme jo katketaksemme, tilanne oli niin käsittämätön. Ruumiita ilmestyi ympärillemme kuin sieniä sateella, ihan itsestään. Rojahdimme lattialle nauramaan, pitelimme vatsaamme ja silmämme kyynelehti. Miten ihmeellistä ja arvaamatonta elämä oli, kaikkea sitä sattuukin, ja taas meitä nauratti. Uskomatonta, ihan järjetöntä.

Naurulta toivuttuamme me raahasimme molemmat ruumiit saunan pukuhuoneeseen, riisuimme ne ja veimme löylyyn. Sai Nieminenkin vihdoin istua saunan lauteilla, eikä löyly tehnyt pahaa Stalkerillekaan. Se oli kaunis tilaisuus, ihan niin kuin ennen vanhaan, silloin kun kuolleiden viimeinen voitelu vielä tehtiin saunassa. Tilanne näytti nyt siltä kuin nämä kaksi yksinäistä olisivat löytäneet toisensa ja sammuneet yhdessä saunaan. Kuolleet rauhassa ja onnellisina. Olin tyytyväinen makaaberiin esitykseen, jonka olin onnistunut lauteille rakentamaan. Lopuksi pyyhimme vielä kellarin lattian, sakea veri oli ehtinyt jo kuivua, mutta onneksemme saimme siivota aivan rauhassa, ketään ei tullut enää sinä iltana saunaan tai kellariin. Näin jälkeenpäin ajateltuna se oli hyvä, olin meinaan aika hurjan näköinen silloin, enkä olisi osannut selittää tilannetta ulkopuolisille. Kuvittele nyt, mekkoon pukeutunut saunatonttu luuttuamassa veristä kellarin lattiaa, kaiken sen romun keskellä. Ei siitä olisi tullut yhtään mitään, jos joku olisi meidät silloin keskeyttänyt. Se olisi luultavasti muuttanut tämän tarinan suuntaa ihan kokonaan, mutta sitä me emme nyt saa koskaan tietää. Nyt pitää tyytyä tähän mihin Antti Auterisen tarina oikeasti loppui. Palasimme kotiin, kuljimme tyytyväisenä ja ilman pelkoa hissillä. Vaihdoimme jopa kerroksemme katossa palaneen lampun uuteen ja nautimme hetken sen tuomasta valosta. Kaikki tuntui viimein loksahtelevan kohdilleen. Loppu hyvin, kaikki hyvin.

Seuraavana aamuna, kun heräsimme sohvalta, piha vilisi poliiseja, eikä se tuntunut ollenkaan hyvältä asialta. Saunasta kannettiin kaksi ruumista ruumisautoihin ja valokuvia otettiin. Paikalla oli virkavaltaa, mediaa ja naapureita. Mattson kertoi suureleisesti poliisille havaintojaan edellisen illan kohtaamisestamme ja huitoi kädellään meidän porrasoven suuntaan. Railo oli lähes liimautunut nuoreen poliisimieheen ja seurasi huomattavan kiinnostuneena kuinka tämä nosti minun pihamaalle heittämäni kynän varovasti pieneen läpinäkyvään todistusaineistopussiin. Nyt minä vasta huomasin, että jopa "HK" oli paikalla - siis aivan kaikki naapurit olivat paikalla. Ja he kaikki seurasivat tilannetta innoissaan, teeskennellen muodollisesti hieman kauhistuneita, samalla kun päivittelivät matkapuhelimiaan. Meidän aivoihimme syöksyi kaiken maailman ajatuksia, hyvin ristiriitaisia ajatuksia. Tunsimme iloa ja surua, syyllisyyttä ja tyytyväisyyttä, paniikkia ja toivoa, ristiriitaisten ajatusten tulva oli loputon ja toivoton. En ymmärtänyt enää itseäni, en tunnistanut maailmaa ympärilläni. En enää tuntenut kuuluvani tämän kaaoksen keskelle. Samassa ovikelloni soi ja hiippailimme eteiseen, kohti ovea, jonka takaa kantautuu tiukka käsky.

- Poliisi, avatkaa heti tai tulemme sisään.

Näimme itsemme eteisen peilistä. Yllämme oli verinen mekko ja päässämme oleva harmaa tonttulakki oli vinossa, niin että kärventyneet suippokorvat törröttivät esillä. Käsivarret olivat kuoritut ja rujot, kynnetkin olivat kuin petoeläimellä. Kasvot olivat nokiset ja nenä näytti nyt terävämmältä kuin ikinä ennen. Lisäksi silmämme olivat kääntyneet hiilen mustiksi. Olimme kauhea näky, oikea hirviö. Ovikello soi yhä uudestaan ja uudestaan kuin hälytyskello ja ovea hakattiin kuin sotarumpua.

- Poliisi, avatkaa!

Hiivimme ääneti takaisin sohvalle, istahdimme alas ja nostimme aseen leukamme alle. Painoimme liipasinta ja luoti iskeytyi aivoihimme.

Nousin takaraivoon muodostuneesta kraaterista savun mukana ulos. Seinällä oli jonkin verran veriroiskeita, mutta kaikki oli paljon siistimpää kuin olin kuvitellut. Antti vaikutti normaalilta, hyvin rauhalliselta ja kuolleelta. Jäin uteliaana katonrajaan seuraaman kuinka poliisit rynnäköivät sisään ja jäivät suu auki ihmettelemään Antti Auterisen hirveän näköistä ruumista. Haihduin kuitenkin nopeasti paikalta, en kestänyt sitä ihmismassaa, siinä oli liikaa saastetta. Kyllä, poliisitkin ovat vain ihmisiä, heilläkin on omat sotkunsa, kuten meillä kaikilla, jopa tontuilla. Elämä on sellaista, sotkuista. Eikä se aina ole niin siistiä kuin miltä se päälle päin näyttää, mutta kaikki, vaikeimmatkin sotkut ratkeavat lopulta jotenkin, tavalla tai toisella. Antti Auterisen kadotus oli lopulta minun syytäni, mietin liikaa itseäni ja hukkasin Antin. Minun takiani Antti menetti inhimillisyytensä ja kadotti otteensa elämästä. Sekosi kunnes-. Kauhea tragedia, kerta kaikkiaan hyvin surullinen tapaus, ja minä jouduin taas mierontielle. Minun täytyi etsiä itselleni seuraava sauna, johon asettua. Elämä jatkuu, muodossa tai toisessa, ikuisesti.

Kaipaan jo löylyä, minusta on mukava vakoilla ihmisiä. Katsoa kuinka he istahtavat lauteille syntymäasuissaan, paljaina ja rehellisinä, ja seurata mitä löyly saa heissä aikaan. Jotkut ihmiset ovat apuni ulottumattomissa, mutta onneksi suurin osa tuntuu vain kaipaavan jonkinlaista puhdistusta.

Kolmas luku
"Jeesus Kristus"

"Yllättävän usein jonkun pienen ja mitättömän tarinan loppu on jonkun suuren ja mahtipontisen tarinan alku."

- Saunatonttu,
Aika ja paikka tuntematon

Niinhän siinä kävi, että Antti Auterisen traaginen kohtalo ajoi minut takaisin maaseudulle, kotikonnuille pieneen ja vaatimattomaan Rasivaaran kylään. Uuvuttavaa edestakaisin reissaamista, höyrynä sinne ja häkänä takaisin, mutta en mahtanut itselleni mitään, minun oli pakko päästä pois kaupungista. Asfaltti, kivi ja betoni, ihmiset tiiviisti kaiken sen elottoman materian seassa, se oli kauheaa, kuin kerros kerrokselta rakennettua saastetta, jonka alle elämä hautautui. Kaiken maailman tavaraa oli joka puolella, minne silmä osui, ja enemmän kuin tarpeeksi. Mitä se kaikki romu siellä kellarin lattialla oikein oli; suurin osa vaikutti unohtuneelta, pois silmistä viedyltä jätteeltä. Miksi ihmiset varastoivat asioita, joita he eivät tarvitse? Mirjamilla oli aina tapana rakentaa kokko keskellä kesää, siinä ne kaikki tarpeettomiksi jääneet romut aina roihusivat, eikä niitä tarvinnut mihinkään lattialautojen alle säilöä, kuin joitakin perunoita. Menneet paloivat savuna ilmaan ja tuhkasta nousi aina edeltäjäänsä vihreämpi nurmi, niin se elämä jatkui. Tulta valvottiin pitkään, aina sammuneeseen hiillokseen asti, ja sen jälkeen saunottiin. Puhtaana oli mukava istahtaa nurmelle ja seurata kuinka aurinko laskeutui taivaanrantaan ja jäi sen reunalle polskuttamaan pitäen yön poissa. Ilmassa tuoksui palanut puu ja aamun kaste, puhtaus; se oli keskikesän taikaa, eikä poltettuja romuja kaivannut kukaan. Toista se oli kaupungissa, jossa ihmiset hukkuvat pian tavaroidensa alle, jos eivät opi luopumaan niistä. Eikä tuo romu ollut edes pahinta, ei todellakaan, sitä vain lojui tiellä, joka puolella, mutta se "sähkökiuas", sen nopeat ja veitsenterävät löylyt uhkasivat jo henkeäni. Heti valmis sauna kiireeseen ja hoppuun, se oli viimeinen pisara, kaupunkilaiselämä ei vain sopinut itseään kunnioittavalle saunatontulle. Kaupunki elää kiireestä ja saasteesta, se on kuin loputon tunkio. Niin paljon ihmisiä, huonoa oloa, sairauksia, Jeesus sentään-. Anteeksi, minun ei pitäisi sotkea Jeesusta tähän, meillä on muutenkin niin haastava suhde. Sellainen se on ollut aikojen alusta lähtien, annetaan sen nyt vain olla, mutta kaupunki, se ei siis vain kerta kaikkiaan sopinut minulle. Kokemus opettaa ja hyvä niin.

Olisihan minun pitänyt tietää paremmin, "kyllä routa porsaan kotiin tuo", sitähän se Mirjami aina virkkoi. Mirjamin mies oli kova viinanpolttaja ja hukkui joskus metsään päiväkausiksi. Mirjami ei päästänyt häntä humalassa tilalle, koska tiesi, ettei siitä seuraisi mitään hyvää. Mirjami oli viisas, hän uskoi veret seisauttaviin tarinoihin, jotka olivat muille pelkkiä satuja. Aikoinaan meistä tontuista liikkui paljon kaikenlaisia tarinoita, varsinkin minusta. Jostakin syystä ne väkivaltaisimmat tarinat jäivät aina kiertämään, eivätkä ne, joissa saunottiin ja lotrattiin viinalla päättyneet ikinä hyvin. Älkää ymmärtäkö minua väärin, olen rauhaa rakastava Saunatonttu ja kunnioitan elämää. Sauna ja saunojat ovat minulle kaikki kaikessa ja vaalin niitä henkeni edestä, en luovu yhdestäkään saunojasta ilman painavaa syytä. Tästä huolimatta olen joutunut päättämään liian monen ihmisen päivät, joskus löyly ei vain riitä. Uskokaa, kun kerron, että päihteiden taakse paennut ihminen on todella vaikea puhdistaa. Todellisuudesta irtautuminen huumeilla tai raskaan arjen tasoittaminen alkoholilla koituu yllättävän monen turmioksi. Se on kauheaa, hyvin traagista, mutta en voi sille mitään, en voi auttaa, jos et ole kanssani. Jonkun täytyy istua lauteilla ja ottaa löyly vastaan, enkä minä voi sinuksi muuttua, kuten Antti Auterisen tapaus osoitti.

Maaseutu, ihanaa olla täällä taas. Raikasta ilmaa ja

rauhaa, sirkat soittaa ja kärpäset surisee, niityt kukkivat ja elämä kukoistaa. Mukava palata tuttuihin maisemiin kotikonnuille, vaikka ei täälläkään kaikki ole enää niin kuin ennen, niin kuin olin kuvitellut. Rasivaaran vanha kyläkauppa oli suljettu. Vanhanaikaiset sukset oli naulattu ruksiksi oven eteen ja kahva oli teljetty ruosteisella kettingin pätkällä. Minun oli vaikea hyväksyä sitä, niin pitkään se oli taistellut olemassaolostaan ja palvellut kylän asukkaita. Kirkonkylälle asti täytyi nyt ihmisten lähteä, jos kauppaan mielivät. "Raskas on taival, liian raskas." hirnui Rehupuntinkin tamma pihassaan, kun valjaita soviteltiin. Ladon takana seisoi ruosteinen Volvo maahan vajonneena, joten vanhaan uskolliseen hevoseensa joutui maisemaan unohtunut korvenraivaaja-Matti turvautumaan. Ohjat rävähtivät rivakasti ja niin lähti Rehupuntin tamma matkaan, vastusteluista huolimatta. Ihan sääliksi kävi. Toista se oli ennen, omasta pellosta käänsivät Mirjamin vanhemmat vielä ruokansa. Navetan väki ruokittiin heinällä ja kanalan kotkotus palkittiin viljalla. Vettä tuli kaivosta ja se mitä ei omasta takaa löytynyt, vaihdettiin naapurista. Kaikkea oli, mutta se ei riittänyt, ihmiset halusivat enemmän ja muuttivat sen ajatuksen perässä pois. Elämää kukoistava maaseutu hylättiin, jätettiin haaveisiin ja romanttisiin muistoihin, kunnes se unohtui. Nykyajan ihmiset, sellaiset joihin minä täällä törmään, ovat usein pelkkiä rauhaa ja puhtautta etsiviä "lomailijoita". Kaupungissa itsensä henkisesti ja fyysisesti loppuun ajaneita hiilidioksidihirviöitä, jotka vain istahtavat seuraani ja kuvittelevat puhdistuvansa itsestään. Ihmiset ovat niin täynnä itseään, kokevat kai olevansa elämän ehto, maailman napa, niin etteivät edes näe, saati ymmärrä, mitä heidän ympärillään tapahtuu. Ihmisethän saastuttavat kaiken minne lihansa levittävät, maailma on mennyt aivan mahdottomaksi. Noh, saan ainakin työskennellä rauhassa ja töitä riittää, se on paljon se, nykyaikana.

Maaseudulle päästyäni kävin ensi töikseni katsomassa vanhaa kotiani. Minun oli ikävä Mirjamin vanhaa maatilaa, tunsin sitä kohtaan henkistä yhteenkuuluvuutta, se oli täynnä lämpimiä ja tärkeitä muistoja. Muistan yhä kaikki synnytykset saunan lauteilla, ujostelevien hääparien peseytymiset ja rakkaiden omaisten viimeiset voitelut, enkä todellakaan ole unohtanut sen sadistisen sotamiehen silmiä, jotka pullahtivat ulos kuopistaan kallon pirstoutuessa käsieni väliin. Se oli ties kuinka mones kerta, kun ihminen sai minut käyttäytymisellään lihallistumaan. Enkä muistele näitä kertoja mielelläni, mutta en vain saa tappamiani ihmisiä pois mielestäni. Inkarnaatiot, nämä minun ruumiillistumiseni, ovat aina hyvin raskaita ja vaativia prosesseja, enkä minä pidä niistä ollenkaan. Haluaisin vain olla usvana, leijua järven pinnalla ja pysytellä ihmisille sellaisena henkisenä tukena. Mutta, kaunis järvimaisema ei enää riitä. Ihmisillä pitää olla rahaa, autoja, hienoja vaatteita ja kaiken maailman statuksia. Niillä ihmisten hyvinvointi nykyään mitataan. Lihaa leikataan ja saunoja poltetaan, tälläistä tämä nyt sitten on, tavallisen saunatontun elämä. Uskomatonta.

Vanhan, maahan palaneen saunani kohdalla kasvoi jo horsmaa. Se oli ymmärrettävää, se oli elämää, mutta muuten Mirjamin tila vaikutti unohtuneelta ja oli surullisessa kunnossa. Kanalan katto oli romahtanut talven kinoksien alla, ladon ovet olivat selkosen selällään ja painuneet pois saranoiltaan. Navetan seinällä roikkunut tikkataulu maatui pitkän heinän seassa ja mökin ikkuna oli lyöty sisään. Kaikki kelvollinen irtaimisto oli viety ja seinät oli sotkettu maalilla. Piha, koko tila rehotti elämää, mutta oli umpeen kasvanut ja jotenkin vinoon not-kahtanut. Se oli kauheaa katsottavaa, suorastaan muser-tavaa, mutta se sai minut ajattelemaan myös sitä, mitä meille jää, jos maaseutu autioituu. "Kaupunki", pelkkä ajatuskin sai höyryni värisemään. Voimattomana otin tuulen vastaan ja annoin sen kuljettaa minut pois, uusiin maisemiin. Trombin lailla kuljin tilalta toiselle etsien sopivaa paikkaa johon asettua, mutta kaikki saunat olivat odotetusti jo asutettuja, enkä halunnut jäädä muiden tonttujen nurkkiin pyörimään. Lopulta tunsin kutsumuk-seni ja autere kuljetti minut tänne, metsän keskelle, reserviläisten telttasaunaan.

Erikoinenhan tämä on, mutta kolmesti tämä on nyt lämmitetty ja saunanhenkeä se kutsui, täällä minua nyt tarvitaan. Yllättävän monella näistä sotakertauksiin kut-sutuista tuntuu olevan jotain sakkautunutta likaa sisäl-lään. Hetki luonnonhelmassa tekee heille hyvää ja täällä saunassa he kokevat puhtauden, jota he eivät ole aikoi-hin tunteneet. Valitettavasti tämä on vain väliaikaista. Ihmisten silmällä pitäminen, vakoilu ja tarkkailu, on oi-kein antoisaa ja mukavaa työtä, mutta välillä tulee huo-nojakin päiviä. Myöhään eilen illalla minulle selvisi, että kohta tämä sauna puretaan ja jään taas työttömäksi. Minua harmittaa olla työtön, mutta toisaalta koen olevani onnekas, että minulla on aikaa kirjoittaa. Tässä iän-ikuisessa Saunakirjassa on vielä paljon tyhjiä sivuja, useampaankin tarinaan, enää täytyy keksiä mistä ihmiset haluaisivat lukea. Siihen ei taida olla oikeaa vastausta, ihmiset kun tuntuvat lukevan sitä mikä kiinnostaa ja toiset sitä mitä on tarjolla. Minulla ei ole tarjota kuin näitä omia omituisia juttujani, enkä tiedä kiinnostavatko ne ketään. Olen miettinyt ja pohtinut myssyni puhki, minulla on niin monta hienoa tarinaa, jotka haluaisin kertoa, mutta mikä niistä on kertomisen arvoinen. Hyvä, kiinnostava, kauhea, merkittävä, kaikki on niin suhteellista, kaikki muuttuu usein pieneksi tai olemattomaksi ajan saatossa. Minusta tuntuu, että ei tästä ole kauaakaan, kun Ruotsin kuningas Kaarle Juhana kylvetti Ranskan keisaria Napoléon Bonapartea länsirannikkomme parhaassa saunassa, mutta ei siitäkään kukaan tiedä mitään. Saunakirja paloi Turun mukana ja kaikki saunassa laaditut sopimukset kaatuivat Venäjän keisarin voitonparaatiin. Pietari Suuri, Napoleon, Hitler, kaikki aikansa hienot ja upeat ihmiset, maailman valloittajat, ovat kylpeneet vuoroillaan saunoissamme, mutta ei niistä kukaan kerro tarinoita. Vain se kerrotaan, mitä halutaan muistaa ja usein on paljon helpompi unohtaa. Historian kirjat ovat kuin värityskirjoja, joita kukin värittää mielensä mukaan, parhaaksi katsomallaan värillä. Koululaitoksissa luetaan näitä kirjoja ja vapaa-ajalla muita, mutta siitä olen kuitenkin vakuuttunut, että suurin osa lukijoista tuntuu etsivän kaukaa tulevia, mahtipontisia ja suuria tarinoita. Suomalaiset varsinkin ovat niin sisäänpäin kääntyneitä, että tuntuvat välillä jopa häpeävän omia "pieniä ja mitättömiä" juttujaan. En ymmärrä sitä ollenkaan, meillä on täällä niin musertavan hieno ja verinen historia täynnä toinen toistaan suurempia tarinoita. Ei sitä tule oikein edes ajateltua, mitä kaikkea tässä on vuosien varrella koettu. Ehkä suomalaiset eivät vain tunne tai halua tuntea omia tarinoitaan. Joskus ne kaikista lähimmäksi osuvat tarinat ovat niitä kaikista kauheimpia; niitä joita ei haluta lukea, koska ne jäävät vainoamaan ajatuksia liian pitkäksi aikaa. En minäkään pidä niistä kaikista kauheista ja verisistä asioista, joita olen vuosien saatossa joutunut tekemään, mutta en häpeä niitä ja muistan yhä ne kaikki, kuin eilisen päivän. Ne vähäpätöisimmät ja pienimmätkin jutut. Yllättävän usein jonkun pienen ja mitättömän tarinan loppu on jonkun suuren ja mahtipontisen tarinan alku.

Mieleeni tuli yksi hyvin "pieni ja mitätön" tarina, joka tapahtui kauan kauan sitten. Silloin, kun Suomi oli vielä suurimmilta osiltaan pelkkää suota, turvetta ja metsää. Rauha ja harmonia vallitsivat ihmisten keskuudessa, karhuja palvottiin ja tonttuihin yhä uskottiin; kaikki oli hyvin. Suomen naapurit, Ruotsin kuningas lännessä ja Venäjän keisari idässä kuitenkin pelkäsivät toinen toisiaan ja halusivat turvata rajansa sekä ottaa haltuunsa rantojemme hyvät merireitit. Niinpä he vuoroin tunkeutuivat sotajoukkoineen maahamme, ja siinä jäi suomalainen talonpoika kaikessa surkeudessaan kuninkaan ja keisarin väliin ihmettelemään täysin sekopäiseksi muuttuvaa maailmaa. Sotaa, raiskauksia, nälkää ja kuolemaa vuodesta toiseen, vuosikymmenien ajan. Suomalaisten kärsimykset olivat sanoin kuvaamattomia ja tulitaukojen aikana ihmeteltiin aina uutta hallitsijaa, joka kirjoitti koko historian uusiksi. Muistan hyvin vielä sen kesän, kun tämä nykyinen hallitsija otti vallan Suomessa, eikä se ollut mikään kuningas tai keisari, vaan itse Jumala.

Viikate heilui ja heinää kaatui. Navettatonttu Rauno makoili heinäpaalussa vaahtoava olutkolpakko kourassaan ja seurasi kuinka Eero Juhananpoika heilutti viikatetta. Aurinko huokui lämpöä kuin kiukaan kivi ja olutta lipittävä Raunokin hikoili kuin talonpoika viikatteen päässä. Rauno oli sellainen pulska ja iloinen tonttu, joka joi mallasta aina janon iskiessä, ja muulloinkin. Tarjosi hän juomaa myös talonpojille, mutta vasta päivän päätteeksi, näin hän sai heidät hymyilemään ja niittämään tavallista rivakammin. Minä paistattelin tavalliseen tapaani päivää saunan katolla. Höyryni väreili auringossa malttamattomana ja odotin jo iltaa, jolloin kaikki tulisivat saunaan pitämään minulle seuraa. Kuten jo varmasti ymmärsit, meidän tonttujen elämä oli tuolloin astetta rennompaa. Me pidimme yhtä ihmisten ja eläinten kanssa, eikä meidän tarvinnut pelätä, jos joku sattumalta näki meidät leijuvan savuna saunan katolla tai ihan vain tonttuna heinän seassa. Tuo aurinkoinen loppukesän päivä toi kuitenkin mukanaan muutoksen, jonka jälkeen mikään ei enää palanut ennalleen.

Kaikki alkoi rististä, joka oli tuolloin vielä vieras; pelkoa ja kunnioitusta herättävä symboli. Se heilui korkealla, niittämättömän heinän yläpuolella ja lähestyi viikatetta heiluttavaa Eeroa ja oluttaan lipittävää Raunoa. Kultainen risti kimalteli auringossa ja sen säteet iskivät Eeroa silmiin. Eero keskeytti niittämisen, pyyhki hikeä otsaltaan ja pysähtyi tuijottamaan lähestyvää ristiä. Pian korkean heinän seasta putkahti esiin lyhyt tukeva mies, jonka kaljua päälakea reunusti hiuksien kapea seppele. Miehellä oli yllään jalkoihin ulottuva yksinkertainen kaapu ja sandaalit. Odottamaton vieras huomasi Eeron, korjasi hieman suuntaansa ja käveli Eeron luo. Askel askeleelta vieras tukeutui pitkään kävelykeppiinsä, jonka päässä oli heinän yläpuolella heilunut kultainen risti. Eero ihmetteli ristiä yhä suu auki, kun vieras jo seisahtui hänen eteensä ja ryhtyi vapaalla kädellään halkomaan ilmaa. Käsi liukui ilmassa ylhäältä alas ja vasemmalta oikealle ja sitä seurasi vielä tuolloin täysin vieras "rukous".

- Kuin uskollisuus auringon, olkoon siunaus ylläsi loputon. Kuin Luoja loi sinut sanallaan, hän täyttäköön päiväsi kokonaan.

Tämän lausuttuaan vieras kuivasi hikeä pois oluen turvottamilta kasvoiltaan ja kaivoi kaapunsa suojista esiin kirjan, jonka kannessa oli myös kultainen risti.

- Onko vapahtajamme Jeesus Kristus teille jo tuttu?
Eero raapi hämmentyneenä takamustaan ja etsi katseellaan apuja heinäpaalun päältä, mutta navettatonttu Rauno oli jo livistänyt tiehensä. Kevyt tuuli heilutti enää heinää siinä kohtaa missä Rauno oli vielä hetki sitten juonut kaljaansa. Yksin, vieraan ja painostavan katseen alla, Eero lopulta vaivaantui ja sai puisteltua päätään. Vieras ei vaikuttanut yllättyvän.

- Ei se mitään poikani, ei se mitään. Herran suojaan on jokainen eksynyt karitsa tervetullut.
Vieraan puhe oli lipevää ja vierasta, nasevaa kuin ruotsinkieli, mutta suomea. Eero nojasi viikatteeseensa eikä käsittänyt ollenkaan, mistä ihmeen karitsasta vieras höpötti, mutta ei jäänyt vaivaamaan sillä päätään.

- Minulla on tässä vielä muutama paalu heinää tekemättä, mutta tuvassa on sian potkaa sekä suolakalaa ja kyllä emäntä kaivaa kellarista juomaakin esille, jos herraa janottaa?
Vieras hymyili tyytyväisenä, kumarsi kohteliaasti ja ryhtyi katselemaan ympärilleen. Eero osoitti pientä tönöä pellon takana, sen piipusta nousi savua. Talo oli kaukana, mutta vieras suuntasi empimättä kulkunsa sinne.

- Ehkä minun on hyvä viedä Herran sana myös tupaan.
Eero katsoi hetken loittonevan vieraan perään ennen kuin jatkoi niittämistä päätään puistellen.

- Kaikkea sitä heinäpellostakin esiin putkahtaa.

Vartosin saunan katolla Eeron niittotöitä, mutta ei ehtinyt aurinko edes mailleen, kun oli jo täysi kaaos päällä. Kotitonttu Wihtori kömpi laukkuineen makuukammarin ikkunasta ulos ja tömähti maahan, eikä edes taakseen vilkuttanut, kun jo katosi metsään. Raunokin ryntäsi reppunsa kanssa navetasta ja jätti ovet selälleen lähtiessään loikkimaan pellon poikki. Torpan kissa katosi hänen peräänsä. Äkkiä tunsin olevani viimeinen tonttu koko tilalla ja se oli outoa, uutta ja ihmeellistä. Arvasin sen johtuvan siitä keppiä kantavasta kaljusta pienestä miehestä, joten suuntasin höyryni välittömästi mökin ikkunan taakse ja ryhdyin vakoilemaan. Harvoin olin tuvan ikkunasta kurkkinut, mutta nyt siihen oli hyvä syy. Jokin tuntematon uhka ajoi tontut pois ihmisten ilmoilta ja minun oli saatava selville mikä se oli.

"Jeesus Kristus", sitä se kalju lihava ihminen hoki itselleen tuvassa, kerätessään katon rajassa kiertäviä tauluja pois. Taulut esittivät meitä, tonttuja.

- Jeesus Kristus, herregud, mitä syntiä. Piruja on täällä seinille maalattu, perkele sentään.

Kalju oli niin lyhyt, että joutui rahille nousemaan yltääkseen tauluihin. Nuori emäntä seisoi nöyränä, katse tiukasti lattiassa hänen alapuolellaan ja otti tauluja vastaan. Emännän pelokkailla kasvoilla valuivat kyyneleet. Wihtorin ja Raunon kuvat oli jo korjattu alas, samoin Tuli-tonttu, Riihitonttu, Myllytonttu, kaikki tonttuja esittävät kuvat olivat jo nuoren emännän sylissä. Vain minun kuvani oli enää esillä, siihen kalju ei ollut vielä päässyt käsiksi, koska se roikkui takan päällä, muista tontuista erossa. Hengästyneenä, kuin raskaan työn tehneenä, tämä pulska kalju mies laskeutui rahilta ja komensi emäntää.

- Polttakaa ne.

Emäntä puisteli päätään ja hautasi tonttuja esittävät kuvat syliinsä kuin rakkaan pienokaisen. Kaljun silmät leimahtivat ja hän käski uudestaan.

- Viskaa tuleen nuo saatanan kuvat tai...

Emäntä puisteli yhä sinnikkäästi päätään. Silloin kalju nosti esiin oman kirjansa, sen missä oli kultainen risti kannessa ja kajautti painavalla äänellä ilmaan pelottavan rukouksensa.

- Kaikki valtias Jumala anna minulle kärsivällisyyttä ojentaa näitä saatanan pauloihin joutuneita pakanoita, anna minulle voimia kohdata tämä käsittämätön pahuus. Kalju asteli tuvan pöydälle ja löi kirjansa pöytään niin, että ikkuna edessäni värisi. Nuori emäntä säikähti eikä ehtinyt edes puolustautumaan, kun kalju jo tarttui ja riuhtaisi taulut hänen sylistään. Emännän paita repesi ja hänen povensa tuli esiin. Kalju hieman pelästyi ja perääntyi tonttutaulut sylissään, mutta lopulta hän hymyili lempeästi. Emäntä peitti povensa parhaansa mukaan ja yritti kiiruhtaa kammarin oviaukosta pakoon, mutta kalju astui hänen eteensä ja eväsi poistumisen mairea hymy yhä suupielessään.

- Eipäs hoppuilla, taulut täytyy vielä polttaa.
Emäntä yritti ohi, mutta kalju pudotti taulut sylistään ja tarttui häntä käsistä, vääntäen ne auki. Nuoren emännän povi paljastui ja kalju tuijotti edessään heiluvia rintoja silmä kovana. Hiki valui kaljun kasvoilla ja pisarat tavoittivat ylähuulen, jota iljettävä kieli lipoi hermostuneena. Emäntä itki jo vuolaasti ja uikutti hiljaa.

- Päästäkää minut, olkaa kiltti.
Kalju päästi emännän pakenemaan makuukammariin, mutta asteli itse heti perässä.

- Haureutta ja syntiä koko tupa täynnä. Sinun on nyt tullut aika ottaa herrasi vastaan ja rukoilla anteeksiantoa, mutta älä huoli, minun armeliaalla avustuksellani me saamme kyllä taivaanportit auki.
En nähnyt tuvan ikkunasta enempää, joten kiersin talon ja riensin makuukammarin ikkunalle.

Kalju oli ehtinyt ajaa pelokkaan ja itkuisen emännän kammarin nurkkaan ja lähestyi tätä uhkaavasti.

- Älä suotta pelkää, pieni, eksynyt karitsani. Katuva saa syntinsä anteeksi. Anna minun auttaa, olla paimenesi. Minä johdatan sinut sauvallani lauman tykö.

Tämän sanottunaan kalju nosti kaapunsa helmaa ja kaivoi jäykistyneen siittimensä esiin, lähestyen ja esitellen sitä ylpeänä kauhistuneelle emännälle.

- Ei. Älkää. APUA!

Kalju syöksyi tukkimaan emännän suun voimalla ja väkisin.

- Turpa kiinni portto.

Kaljun käsi peitti emännän suun sekä nenän, estäen hapen saannin. Emäntä yritti rimpuilla, mutta turhaan. Kaljun armoton ote piti hänet aloillaan eikä emäntä lopulta voinut kuin tuijottaa vangitsijaansa kauhusta laajentuneilla, vetisillä silmillään. Minun oli vaikea katsoa tuota kaikkea sivusta, mutta en voinut auttaa. Minulla ei ollut asiaa mökkiin, vaikka siellä liikkuisi mitä saastaa, en voinut puuttua kotitontun rauhaan vaikka tiesin, että Wihtori oli jo poissa. Nopeasti hapeton emäntä kävi voimattomaksi ja lannistui. Sillä hetkellä kalju päästi emännän valumaan lattialle, kiskoi alushameen pois ja painoi väkisin tämän jalat levälleen.

- Nyt hetki aloillasi sekin vääräuskoinen pakana tai palat vielä roviolla.

Emäntä kävi yhä heikommaksi ja niiskutti räkäiseksi muuttunutta itkuaan, joka tukki hänen nenänsä. Kalju ei tästä välittänyt vaan survaisi siittimensä nuoreen emäntään kuin sonni ja ulvahti nautinnosta. Emäntä parkaisi ja alkoi nyyhkyttää kohtaloaan. Kalju ei kestänyt tätä valitusta ja yritti vaimentaa sitä kovalla kämmeniskulla.

- Aloillasi, äläkä valita. Ei tämä teille mitään uutta ole, senkin syntinen nauta.

Emäntä niiskuttiniin hiljaa kuin kykeni ja kalju suoritti

rauhassa raiskauksensa loppuun. Muutamia pitkiä se-
kuntteja myöhemmin kalju päästi yltäkylläisen voihkai-
sun ja loittoni emännästä nousemalla ylös. Hengästynyt
kalju piilotti lerpahtaneen elimensä kaapunsa alle, siisti
vaatettaan ja katsoi sitten lattialla lojuvaa emäntää tyy-
dytetty ilme kasvoillaan.

- Ylös siitä, ei tässä ole syytä nyyhkytellä. Herra on
ottanut teidät nyt omakseen ja astunut sisäänne, ymmär-
rättekö te? Kaltaisesi likainen pakana voi pitää sitä siu-
nauksena, sinun tulisi kiittää minua.

Emäntä kampesi tasapainoa etsien itsensä pystyyn, otti
hieman etäisyyttä kaljuun ennen kuin vilkaisi tätä varo-
vasti alta kulmain. Emännän huuli oli halki ja turvok-
sissa, mutta hän ei välittänyt kasvoistaan vaan alkoi sol-
mia repsottavia paidan riekaleita yhteen piilottaakseen
povensa. Kalju käänsi häpeissään katseensa pois.

- Kiireesti nyt, minun on nälkä. Kai täällä heinänkin
keskellä sentään evästä nostetaan pöytään, kun vieraita
tulee?

Paidan jotenkin solmittuaan nuori emäntä kiiruhti tupaan
jättäen kaljun yksin kammariin. Kalju käveli ikkunalle,
jossa minä olin höyryksi tiivistyneenä. Raivoni tihkui
pisaroina ja valui yli karmien. Olisin halunut saada tuon
kuvotuksen heti käsiini, mutta en vielä voinut tehdä asi-
alle mitään. Höyryni kuitenkin sumensi ikkunan, eikä
siitä nähnyt oikein ulos. Ikkunan edessä seisova kalju ei
tästä piitannut, hän vain tuijotti ikkunaa tyhjä ilme kas-
voillaan ja pyyhki kämmenellään paljasta päälakeaan,
johon oli muodostunut hikikarpaloita.

- Jeesus Kristus.

"Jeesus Kristus", mitä nuo kaksi toistuvaa sanaa tulisivat
vielä joskus merkitsemään, siitä minulla ei vielä tuolloin
ollut aavistustakaan. Tajusin siinä kuitenkin, että ei tuo

kalju mies edes yrittänyt katsoa ulos vaan sisälle, omaa peilikuvaansa, itseään hän tarkkaili.

Auringon laskiessa tuvan ovi viimein narahti auki ja Eero asteli tupaan. En ollut koskaan odottanut mitään näin paljon. Eero seisahtui ovensuuhun ja vaistosi heti, että jokin oli pielessä. Tunnelmallinen tuli paloi takassa ja kylläinen pöytä oli katettu ruisleivällä, possun lihalla sekä suolakalalla. Keskellä tuvan lattiaa oleva kellari-luukku oli nostettu auki ja alhaalta kantautui kaljun tyy-tyväinen hyräily. Kalju oli juuri hetkeä aiemmin laskeu-tunut sinne hakemaan lisää juotavaa. Tuvan hämärässä kulmassa kyyhötti nuori emäntä, vaatteet rikki revittyinä ja huuli haljenneena. Itkuinen emäntä vei etusormensa huulien eteen ja hyssytteli hiljaa Eerolle. Eero säikähti ja ryntäsi hätääntyneenä puolisonsa luokse.

- Kultaseni käpyseni, mitä-.

Emäntä ei kuitenkaan päästänyt Eeroa lähelleen vaan vetäytyi pois hänen ulottuviltaan. Eero pysähtyi hämäs-telemään puolisonsa outoa käytöstää, verisiä kasvoja, re-paleista paitaa ja sen alta pilkottavaa paljasta povea.

- Mitä täällä on oikein tapahtunut, kaaduitko sinä? Olisit tullu hakemaan, eihän tämä-.

Nuori emäntä murtui lopullisesti Eeron katseen alla, itki ja tärisi minkä jaksoi. Silloin näin kuinka viha ja raivo kihisivät nuoren isännän kasvoille. Nyt hän ymmärsi mi-tä oli tapahtunut. Avonaisesta lattialuukusta kantautui yhä tyytyväistä hyräilyä ja Eero kääntyi sitä kohti kiuk-kua täynnä. Hetken päästä kalju vieras nousi esiin kel-larista, mukaan pieni tynnyri olutta.

- Iltaa isännällekin. Tulitte juuri sopivasti, löysin meille täältä olutta. Tiesinhän minä, että kyllä sitä jos-sain on, eihän noita peltotöitä muuten jaksa.

Eero oli jo hyökkäämässä kaljun kimppuun, mutta väliin

ryntäävä emäntä esti aikeen.

- Eero älä.

Kalju säikähti, kiersi tulistuneen Eeron ja istahti pirttipöydän ääreen valuttaen itselleen kolpakollisen kuohuvaa. Juotuaan kulauksen olutta kalju katsoi kiivastunutta Eeroa, jota nuori emäntä joutui yhä pidättelemään.

- Pakanoita, roviolleko te haluatte? Se on kohtalonne, jos emme pääse yhteisymmärrykseen noista kuvista, jotka poltimme ja siitä mitä täällä on oikein tapahtunut.

Vasta nyt Eero ymmärsi mitä tuvan takassa paloi ja katsoi tuvan tyhjää katonrajaa säikähtänyt ilme kasvoillaan.

- Tontut.

Eero ryntäsi takan eteen ja noukki yhden etureunaan jääneen taulun pois tulesta. Se oli minun kuvani. Istua kyyhötin siinä mustavalkoisena, hyvin pelkistettynä, alasti, luisevana ja myssy päässä. Synkkä se oli, mutta nokiset kasvot, pitkät, kärventyneet suippokorvat, terävä nenä ja pitkät, likaiset hiukset vioittuneen silmän suojana olivat hyvin tunnistettavia piirteitä. Eero tuijotti oikeasta reunasta palanutta kuvaa kauhistuneena.

- Saunatonttu, eikö muita enää ole jäljellä?

Kalju seurasi Eeroa pöydän ääressä ja survoi suolakalaa suuhunsa.

- Se meinasi unohtua. Huomasin sen lopulta, kun etsin ristille paikkaa.

Eero katsoi takan yllä roikkuvaa puista ristiä suuren hämmennyksen vallassa. Kalju otti palan painikkeeksi pitkän hörpyn kolpakostaan ja röyhtäisi perään.

- Teidän on tullut aika ottaa Herra vastaan. Jeesuksen Kristuksen risti on nyt se, jolta apua pyydetään ja kaikki muu on kiellettyä. Laki on erittäin ankara sen suhteen. Monia vääräuskoisia on jo poltettu Jumalan pilkkaajina tai jopa noitina. Pyhä kirja kertoo teille kaiken, mikä teidän tulee tietää uudesta Vapahtajastanne.

Kalju laski kätensä pöydällä olevalle tummalle kirjalle, jossa oli kultainen risti kannessa. Eero katsoi kirjaa ja käänsi sen jälkeen pelokkaan ja kysyvän ilmeensä kohti itkuista emäntää, joka pelokkaana vain nyökkäili kaljun puheille. Eero tuijotti itkuista puolisoaan epäuskoisena ja puristi palanutta kuvaani kädessään.

- Onko tämä todella ainut?

Emäntä ryntäsi Eeron luokse, veti taulun itselleen ja ryntäsi itkua tiristäen pihalle.

- Anteeksi, minä tein parhaani.

Emännän mentyä Eero ja kalju katsoivat toisiaan. Lopulta jokin ajatus alkoi huvittaa kaljua.

- Parhaansa teki. Vastusti, mutta taipui ja antautui lopulta. Herran siemen on nyt istutettu talon emäntään, eikä hän tule sitä unohtamaan, uskokaa pois.

Eero tuijotti kaljua, joka hymyili lempeästi. Hän todella halusi, että Eero ymmärtäisi mistä hän puhui, koska hän tiesi, ettei Eero voinut tehdä asialle mitään, jos halusi välttää seuraukset, joihin vääräuskoiset tuomittaisiin. Röyhkeästi ja hyvin itsetietoisena, jopa ylpeänä, kalju päätti vielä jatkaa tilanteen tarkentamista.

- Jouduin minä hieman ääntäni korottamaan ja vähän vaatteita riuhtomaan, mutta kerran, vain kerran minä läpsäisin, niin että nuori emäntä ymmärsi mikä oli hänelle parhaaksi. Naiset, kun ovat niin-, no, kyllähän nuori isäntäkin sen ymmärtää.

Eero puri leukansa lukkoon ja yritti kuristaa kaljua katseellaan. Hermostuneena kalju valutti Eerolle kolpakon olutta ja osoitti paikkaa pöydän päässä.

- Isäntä on hyvä ja istuu, riittää tästä sinullekin.

Eero istahti vihaa ja kiukkua uhkuen, otti raivoisan kulauksen olutkolpakostaan ja tuijotti ulos tuvan ikkunasta.

Leijuin ohuena usvana ikkunan edessä, enkä voinut olla huomaamatta, miten viha haihtui Eeron silmistä. Ymmärsin heti mitä Eeron mieleen oli juolahtanut, kun hän katsoi lävitseni. Takanani, pihan perällä häämötti sauna.
- Pistänkö saunan lämpiämään?
Kalju joi oluttaan ja röyhtäisi taas tyytyväisenä perään.
- Kerrassaan mainio idea, saisikohan sen emännän vielä selän pesijäksi. Minä kun en oikein taivu enää. Vuodet painaa ja on niin raskasta tämä Jumalan sanan levittäminen.
Eero nousi pöydästä ja lähti kohti ulko-ovea, mutta seurasi halveksivalla katseellaan ruokaa ja juomaa ahmivaa kaljua.
- Tietysti, eiköhän se tuosta jouda, jos herra niin toivoo.
Kalju ei nostanut katsettaan ruuasta, mutta hymyili itsekseen, kun Eero viimein astui ulos ja poistui tuvasta.
- Ei sitten liian lämpimäksi, meillä on Ruotsissa totuttu hieman sivistyneempiin löylyihin.
Keskiyöllä kalju nuokkui yhä tuvan pirttipöydän äärellä puoliunessa ja piereskeli. Minä olin yhä ikkunan takana ja odotin saunaan seuraa, kun yhtäkkiä kauhea lemu valtasi nenäonteloni. Käry tuli tuvasta, se tunkeutui ikkunakarmien läpi ja hyökkäsi armoa tuntematta nenäni herkkään aistiin. Haju oli niin vahva, että en heti tunnistanut sitä. Olisiko se voinut olla kalman haju? Oliko vieras syönyt ja juonut itsensä hengiltä? Samassa kalju kuitenkin säpsähti hereille ja oli oksentaa ylleen.
- Herre gud, mikä tämä löyhkä on? Jeesus Kristus. Isäntä!
Huuto kajahti kovaa ja pitkälle yön pimeydessä, mutta ei se hajua poistanut. Kauhea, epäinhimillinen lemu vain levisi tuvassa. Kalju oksensi, puoliksi pöydälle, puoliksi

lattialle ja otti sen jälkeen tukea pirttipöydästä puntaten itsensä seisomaan. Silloin hänen punottavat, pyöreät kasvonsa vääristyivät voimattomaan ja surkeaan irvistykseen. Löysää ulostetta valui melkoisen pärinän kanssa pitkin hänen kinttujaan tuvan lattialle. Itseensä pettyneenä, hieman tyrmistyneenä ja hajua yökäten kalju tarttui edessään olevaan kolpakkoon ja joi sen tyhjäksi. Olutta valui pitkin suupieliä rinnuksille ja juotuaan hän löi savikolpakon pöytään niin, että se pirstoutui iskun voimasta. Sirpaleita lensi pitkin pöytää ja lattialle, oksennuksen ja ulosteen seuraksi. Sotkua väistellen kalju ähkyi ja ponnisteli itsensä ikkunalle. Saunarakennus tuprutti kutsuvasti savua metsän laidalla. Näky nosti hymyn kaljun suupieliin ja aikaa tuhlaamatta hän hoiperteli ulos tuvasta. Hetki hänen jälkeensä Eero astui tupaan. Hävitys pirttipöydän äärellä oli armoton. Ruuantähteitä, astian sirpaleita, olutlätäköitä, haisevaa oksennusta ja ruskea, pätkittäinen ulostevana jatkui pöydältä ovelle. Käsittämätön näky ja järkyttävä haju sai Eeron nostamaan kädet nenän ja suun suojaksi.

- Sika.

Kieltämättä tässä kaljussa vieraassa oli jotain samaa kuin tuossa omaan ulosteeseensa suojatuvassa eläimessä, mutta ei uloste minulta suojaa. Minulla on keinot perusteelliseen puhdistukseen.

Torpan sauna sijaitsi pihan syrjimmässä kolkassa, metsän siimeksessä. Heittäydyin ruohon sekaan ja liuuin usvana saunan pihaan juuri ennen kuin kalju puuskutti paikalle sääret ulosteen peitossa. Se oli ihanaa, minä oikein tunsin kuinka höyryni alkoi jo tiivistyä. Saunaan oli tulossa ihana, oikein likainen kylpijä, sellainen omia saastaisia halujaan toteuttava sontaläjä. Juuri sellainen, joka saisi vereni kiertämään ja lihani syntymään. Minun oli vaikea pidätellä itseäni, en malttanut odottaa puhdistuksen alkamista. Se löyhkäävä kalju kehtasi kuitenkin vielä pysähtyä ja jäädä empimään metsän katveessa olevan vaatimattoman ja synkän saunarakennuksen eteen. Ennätin jo ihan pelästyä, että hän muuttaa mielensä, mutta kun näin säärillä valuvan ulosteen niin huoli katosi kuin tuhka tuuleen. Minun piti vain tehdä saunasta hieman houkuttelevampi, eikä se ollut vaikeaa, se oli minulle tuttua kuin heinän teko. Kietoidun vain kaljun sontaisiin jalkoihin ja aloin pikkuhiljaa levittämään hentoa usvaverhoa pitkin saunan pihaa. Tein ilmasta kostean sekä raikkaan ja maisemasta lumoavan. Puhalsin vielä vieraani lämmintä verta himoitsevat itikat metsään ja kaikki oli valmista. Kalju jäi haltioituneena seuraamaan ympärilleen muodostuvaa usvaa ja kuuntelemaan yön hiljaisuutta. Ei itikan itikkaa inisemässä ja kuin taikaiskusta tuo pieni ja vaatimaton saunamökki oli jotenkin entistä houkuttelevampi. Lopulta savupiipusta tupruttavan palaneen koivun tuoksu hiipi seisahtuneen vieraan sieraimiin ja sai tämän liikkeelle, siirtymään peremmälle. Hykertelin tyytyväisenä, kun kalju astui sontaisia helmojaan nostellen saunan matalasta oviaukosta sisään ja katosi sen pimeyteen. Malttamattomana minä änkesin itseni hirsien välistä heti hänen perässään.

Kalju kävi kiireellä peremmälle, mutta säikähti seinähirsien narinaa ja pysähtyi kuuntelemaan. Palavien puiden rätinä kiukaan tulipesässä säesti aavemaista hiljaisuutta. Minä asetuin höyrynä lauteiden alle, lempipaikalleni vakoilemaan ja odottamaan mitä tuleman piti. Löylyhuoneen ainoan ikkunan edessä oli pesuvati täynnä kaivon raikasta vettä ja se kiinnitti kuvottavan hajun saunaan mukanaan tuoneen vieraan huomion. Kalju riisui kiireellä vastenmielisen, ulosteen kyllästämän kaapunsa ja pudotti sen inhoten löylytuvan lattialle. Oksettava haju valtasi koko pienen, ahtaan tilan ja vaikka kalju kuinka yritti pitää loput ahmimastaan illallisesta sisällään hän antoi lopulta ylen. Sianpotkaknöllejä ja ruotoisia suolakalan paloja keltaisessa vatsahappokastikkeessa roiskui pitkin saunan lattiaa. Kuvotus sai minut pakenemaan hirsien väliin ja koko löylyhuone narisi jälleen liitoksistaan. Kalju ei huomannut mitään, koska oli pahalta haisevan hengityksenä orja ja ryki happea pysyäkseen hengissä. Pelästyin jo, että hän kuolee sydänkohtaukseen tai tukehtuu, mutta kuvottava ulosteen ja oksennuksen haju saikin hänet toimimaan odottamattoman ripeästi. Kiireen ja hädän keskellä ei mennyt aikaakaan, kun hän pesi paskaisen perseensä sekä säärensä ja huuhteli oksennukset saunan lattialta. Sontaisen kaavun hän laittoi likoamaan vatiin ja kantoi sen ulos haisemasta. Lopulta, kun hän kuvitteli olevansa puhdas, hän heitti löylyä ja kävi ylimmälle lauteelle makaamaan huokaisten syvään.

- Jeesus Kristus.

Voitte kuvitella kuinka nopeasti levitin löylyn ja aloin nostaa lämpöä. En halunnut ukon nauttivan, halusin hänen paistuvan. En kuitenkaan pystynyt kunnolla keskittymään lämpöön, epävarmuus sotki ajatuksiani. Perusteellinen puhdistus vaati aikaa ja rauhaa, tiesinhän minä sen, mutta tästä huolimatta en ollut huolehtinut valmisteluista asiaan kuuluvalla huolellisuudella ja tarkkuudella. Vastentahtoani minun oli vielä jätettävä kalju, lähdettävä varmistamaan, että työtäni ei tultaisi häiritsemään kesken kaiken. Nousin savuna piipun hormia ylös ja poistuin saunasta.

Ohut pilvenviiru hipoi kuunsirppiä ja musta yötaivas oli täynnä pieniä, kirkkaita tähtiä. Se oli kuin-.

Pahoittelen, en tiedä miten kuvailisin tuota taivasta niin, että se ei kuulostaisi sadulta. Kaikki se valosaaste, jonka keskellä ihmiset nykyään elävät, johon kaupunkilaiset ovat tottuneet, on niin kauheaa, että minun on vaikea kuvitella sinun ymmärtävän. Tuollaisia tähtitaivaita näkee enää harvoin, joskus maaseudulla, oikein kauniina syysiltoina. Kaupunkilaiset eivät näe tähtiä enää kuin elävissäkuvissa, mutta nekin ovat nykyään niin keinotekoisia. Tähtikirkas, tuona iltana oli kaunis tähtikirkas taivas. Ei, et sinä enää usko edes kauneuteen. Haluat vain, että kiirehdin takaisin sinne haisevaan ja vastenmieliseen saunaan, jossa se kalju pullukka makaa kuin norppa Saimaan kesäisellä kalliolla. Sinne sinä haluat ja nopeasti, koska kuvittelet jo tietäväsi miten tämä vastenmielinen tarina päättyy. Mitä minä tässä jostain perkeleen tähtitaivaista selitän, kun ei se ole kiinnostavaa. Asia ymmärretty, mutta malta mielesi, paha saa aina palkkansa, mutta annetaan asioiden kuitenkin tapahtua omalla painollaan, omaa vauhtia. "Hiljaa hyvä tulee" kuului Mirjaminkin suusta usein, kun saunaa lämmitti.

Laskeuduin taivaalta alas ja leijuin kiitämällä latoon, jonne nuoripari oli piiloutunut. Seinähirsien välistä seurasin kuinka nuori emäntä käänsi kylkeä rakentamallaan heinäpedillä ja pyyhki kutittavan korren pois itkuisilta kasvoiltaan. Eero seisoi ovensuussa alakuloisena, mietteliäs ilme kasvoillaan. Hän tiesi, että tuon päivän koettelemukset eivät unohtuisi yhdessä yössä ja voisi kestää vielä hyvinkin pitkään, ennen kuin emäntä palaa mökkiin, saati makuukammariin. Eero raapi kynsillään karmia ja seurasi ovenraosta saunaa.

- Ihrakasa söi ja joi koko varaston tyhjäksi ja nyt se oksentelee tuolla. Tuvassakin oli paskaa ja oksennusta pitkin ja poikin.

Heinäpedissä makaava emäntä nousi istumaan ja katsoi huolestuneena puolisoaan.

- Anna olla, aamulla tuo selviää.

Hermostunut Eero säikähti ja kääntyi katsomaan heinän päällä makaavaa puolisoaan.

- Ai mikä selviää? Mit-mitä sinä tuolla tarkoitit?

Nuorenparin katseet kohtasivat, Eero tiesi mitä "tuo" tarkoitti, mutta ei uskaltanut paljastaa ajatuksiaan edes itselleen. Emäntä huokaisi ja laskeutui taas makaamaan heinien päälle.

- Kulta, kyllä sinä tiedät.

Eero kääntyi taas kohti ovenrakoa ja suuntasi katseensa takaisin saunalle.

- En tiedä, kerro.

Emäntä kääntyi kyljelleen ja sulki silmänsä.

- Kyllä sinä tiedät.

Eero tuijotti yhä saunaa, mutta vaikutti samalla selvittelevän ajatuksiaan ja pohtivan jotain. Oli selvää, että hän tiesi mistä puhuttiin, mutta halusiko hän sitä, siitä minäkään en ollut aivan varma. Eero kuitenkin tuijotti saunaa ja vaikutti pohtivan mitä tapahtuisi, jos ne hirveimmät tarinat saunatontusta olisivatkin totta? Muistinhan minä mainita, että meistä tontuista liikkui tuolloin, ennen, kaikenlaisia tarinoita, varsinkin minusta. Taisin minä sen mainita. No, tuon asian äärellä Eero nyt oli. Mitä, jos saunassa tapahtuisi jotain? Jotain, joka voisi tappaa vieraan. Eeron valtasi kauhea tunne, hänen silmänsä laajenivat kauhusta ja hän ryntäsi salamana noutamaan lyhtyä.

- Jos se kuolee tuonne niin me saadaan siitä syyt niskoillemme.

Eero ryntäsi lyhty edellä ulos ladosta ja syöksyi pimeyteen. Emäntä säntäsi pystyyn ja juoksi perään.

- Eero odota.

Emäntä otti Eeron kiinni pihalla ja pysäytti.

- Jos sinä nyt menet keskeyttämään sen saunomisen joillakin ihmeen saunatonttu-tarinoilla niin se voi vaikka tappaa sinut siihen paikaan. Mieti nyt. Se näkisi sinussa vain taikauskoisen pakanan, joka pilaa hyvän löylyn. Olisit sen silmissä kurja sairas pakana, ymmärrätkö. Anna sen nyt vain saunoa rauhassa ja katsotaan mitä aamu tuo tullessaan.

Eero pysähtyi miettimään, eikä ollut enää varma mitä halusi, ei tiennyt mikä olisi oikea ratkaisu. Minä uskon, että hän pysähtyi koska tiesi emännän olevan oikeassa. Yhteisellä sanattomalla päätöksellä Eero ja nuori emäntä jäivät pihamaalle seisomaan ja katsomaan saunan ikkunasta ulos loimuavaa pehmeää valoa. Eero otti puolisonsa kainaloon, siipiensä suojaan ja hymyili puhuessaan.

- Jumala, Jeesus, Raamattu, oli sillä pitkä liuta kaiken maailman pelastajia ja vapahtajia, joita se jatkuvasti nosti esiin. Ehkä joku niistä suojelee sitä. Katsotaan tosiaan, katsotaan mitä aamu tuo tullessaan.

Emäntää hymyilytti, Eero puhui ihan höpöjä. Yhteismielin he lopulta kääntyivät ja palasivat latoon. Minä jäin maireana nurmelle tanssahtelemaan, kaikki vaikutti viimein olevan valmista ikimuistoiseen saunailtaan. Juhlani olivat kuitenkin ennen aikaisia ja aiheettomia. Eero telkesikin emäntänsä vain latoon ja ryntäsi itse kuin takaa ajettuna kohti saunaa, huutaen mennessään.

- Anteeksi rakas, mutta kyllä sinä kuulit mitä se sanoi. Meidät poltetaan roviolla, jos asiat eivät mene niin kuin hän haluaa.

Pelko ruokki Eeron uskoa kuin happi tulta ja tilanne roihahti käsiin arvaamattomalla tavalla. Kaikki meni päin mäntyä. Eero pelkäsi jo henkensä edestä kaikkea sitä mitä tämä kalju vieras oli sanonut. "Jeesus Kristus" kaikui synkkänä mielessäni, se tulisi leviämään kuin kulkutauti, jos tämä yksi paskakinttu kaljupää pystyi levittämään tälläista pelkoa. Eihän tämän rinnalla meidän tonttujen hyväntahtoisuus ja olalle taputtelu enää riittänyt. Tuona iltana minä sen tosiaan tajusin, se oli ikimuistoinen hetki. Oli tähtikirkas yö ja pitkä yhteinen elo ihmisten rinnalla oli tullut tiensä päähän. En unohda sitä koskaan. "Uskonpuhdistus", joilla nämä kaikki käänteentekevät tapahtumat historiankirjoissa muistetaan, oli täysin pysäyttämätön. Me, tontut, hävisimme.

Eero ryntäsi saunaan, mutta haju löylytuvassa pysäytti hänet kuin seinään. Vaikka saunan ikkuna oli pieni ja likainen, pystyin havaitsemaan Eeron kasvoilta oksennusreaktion mukana saapuneita kyyneleitä. Se vastenmielinen kalju köllötteli rauhassa ylimmällä lauteella ja säikähti Eeroa nousemalla istumaan.

- Jeesus Kristus, herregud, mitä tämä rienaus on?
Eero peruutteli ja häpesi tunkeutumistaan, mutta kun hän avasi suunsa pahoitellakseen asiaa niin löyhkä kävi täysillä kiinni hänen hajuaistiin ja oksennus syöksyi kaaressa lattialle. Kalju kiirehti nostamaan jalkansa suojaan ja perääntyi ylälauteille kokonaan. Kiukku kihisi hänen päähänsä.

- Jumala siunatkoon...
Kaljun kiivastunut puhe kasvoi nopeasti pelkäksi huudoksi. Kieli muuttui sekavaksi ja vieraaksi, näin Eeron hölmistyneestä ilmeestä, että hänellä ei ollut mitään käsitystä mistä kalju hänelle raivosi. Ruotsia, latinaa, suomea, kaikkea tuli sekaisin, mutta Eero otti huudon vastaan nöyränä, katse lattiaan naulattuna. Lopulta kalju hil-

jeni, keräsi happea ja jäi tuijottamaan Eeroa. Eero ei us-
kaltanut vielä puhua, joten kalju närkästyi.

- Va-, helvete, mitä sinä siinä seisot kuin sotamies?
Eero nosti varovasti katseena lauteilla istuvaan kaljuun
ja esitti asiansa hyvin varovasti ja niin pelkistetysti kuin
uskalsi.

- Hyvä herra. Sauna ei ole teille hyväksi. Teidän ei pi-
täisi-. Täällä ei ole turvallista. Saunatonttu ei-.
Kalju pöyristyi, oli kuin klapilla päähän lyöty, mutta no-
peasti hänen ilmeensä vääntyi pettymystä esittäväksi
naamioksi. Silmät levisivät kuin ihmeen edessä ja suu-
pielet valuivat alas samalla kun alahuuli vääntyi mut-
rulle.

- Voi kamala, "saunatonttu ei pidä", voi ei, miten
minun nyt käy, kun "Saunatonttu ei pidä minusta".
Kalju oli olevinaan tolkuttoman vakava ja onneton tie-
dosta, jonka oli juuri vastaanottanut. Eero nyökkäsi aras-
ti ja laski katseensa takaisin lattiaan. Kalju meneti malt-
tinsa ja lopetti esittämisen.

- "Saunatonttu ei pidä". Minusta vai? Raamatusta?
Kenties Jeesuksesta? Tätä tämä nyt on saatana, kun ale-
taan täällä Jumalan selän takana uskoa levittämään.
"Saunatonttu". Voi Jeesuksen Kristuksen Perkele. Tyh-
miä kivenpyörittelijöitä te olette koko sakki. Pellolle sii-
tä ja vie se saatanan tonttu mukanasi. Kohta minä her-
mostun, eikä siitä seuraa sinulle mitään hyvää.
Eero kääntyi voimattona pois, mutta minä tuijotin raivoa
tihkuen ikkunassa tuota lauteilla naureskelevaa kaljua.
Höyryni tiivistyi ja tunsin kuinka mittani tuli täyteen.
Suutuksissani tunkeuduin ikkunakarmeista sisään niin,
että ikkuna helisi ja iskin voimalla kiukaana toimivaa
kiviladelmaan niin, että kumahti. Eero ja kalju katsoivat
ensin ikkunaa ja sitten huoneen nurkkaan kasattuja kiviä.

Molemmat olivat vaiti ja tunsin kuinka pelko täytti löylytuvan. Samassa paskan lemu tunkeutui nenääni ja oksennuksen vatsahapot kirvelivät silmiäni. Vaikka olin yhä höyrynä, koin aisteja inhimillisesti, vailla kontrollia. Olin lihallistumassa, sitä se merkitsi. Tunsin lian, saastan ja kaiken sen henkisen pahoinvoinnin saunassa, se oli hengelleni kuin energiaa, joka vain voimisti ja nopeutti ruumiini inkarnaatiota. Muutosta ei voinut enää pysäyttää, joten leijuin lauteiden alle, saunan synkimpään nurkkaan odottamaan. Eero loi pelokkaan vilkaisun lauteilla istuvaan kaljuun.

- Minä pyydän, poistukaa, ennen kuin on liian myöhäistä.

Kalju tuijotti Eeroa ilmeettömästi.

- Painu nyt helvettiin siitä.

"Helvetti" oli Eerolle vieras, mutta hän ymmärsi lähteä. Eeron poistuttua kalju tarttui löylykauhaan ja heitti vettä kivien päälle.

- Hyvä Jumala sentään, auta armias kuinka yksinkertaista väkeä. Vähä-älyisiä rehupuntteja kaikki. Olisi ollut helpompi polttaa nämäkin maat.

Siirryin vielä hetkeksi höyrynä ikkunaan ja katsoin Eeron perään. Nuori isäntä käveli alla päin kohti latoa, jonka edessä nuori emäntä odotti hymyillen ja viittoi häntä kiirehtimään. Emäntä otti pettyneen miehensä avosylin vastaan, halasi tätä pitkään ja talutti sisälle latoon. Vihdoinkin, en olisi kestänyt enää pitkään, saaste saunassa löyhkäsi nenääni jo kuin härskiksi käynyt maksalaatikko, jonka turvonneet ja käyneet rusinat marinoivat maksan ja pilasivat koko Mirjamin ruokakomeron. Laatikko oli unohtunut joulupöydästä ja ymmärrettävästi sitten kesän lämmössä ilmoitti olemassa olostaan. Se oli inhimillinen haju, unohdus, mutta tämä löylytuvassa käryävä, pilaantunut ihminen oli jotain aivan muuta, jotain joka kuului minun vastuulleni. Leijuin takaisin lauteiden alle ja tunsin kuinka höyryni väreili ja tiivistyi, kunnes se kasvoi lihaksi. Se oli ihanaa, en ollut ikinä odottanut sitä näin, en ollut koskaan aikaisemmin oikein toivonut muuttuvani lihaksi ja vereksi. Enää minun piti odottaa sopivaa hetkeä puhdistukselle, vaikka eihän tuo ihmisen siivoaminen ollut sen kummoisempaa kuin kalankaan. Pyynti, sitten tainnutus ja verestys, jotka tulee tehdä heti pyynnin jälkeen. Sitten enää nylkeminen, suolistus ja paloittelu tai miten itse tykkää, olen minä usein fileoinutkin. Tärkeää on vain se, että koko ihminen, saalis, tulee heti käyttöön ja mahdollisimman hyvin, joko ravinnoksi tai muuhun käyttöön. Sen verran pitää arvostaa ja nähdä vaivaa, että mikään kelvollinen ei mene hukkaan. Nahkassakin on paljon hienoja makuaineita ja pää, selkäranka sekä sisälmykset ovat ravintopitoisuuksiltaan ja maultaan hyvin monipuolisia. Metsän eläimet, hyönteiset sekä kasvit tykkäävät. En itse tietenkään käytä kaikkea, se olisi epäkohteliasta. Annetaan hyvän kiertää, näin yksi saastainen ihminen muuttuu hyväksi ja leviää metsään kuin savupilvi öiselle taivaalle. Nopeasti ja vaivattomasti. Aah, rakastan työtäni. Puhtaus on puoli ruokaa.

Kalju lojui lauteilla ja huokaili raskaasti lämmön noustessa. Voi että miten se nousi, voitte varmasti kuvitella miten pistin parastani. Pian kalju jo kuitenkin aavisteli jonkin olevan pielessä ja nousi istumaan. Sauna oli jo todella kuuma, polttavan kuuma. Kalju laskeutui lauteilta ja pyrki kiireellä ulos, mutta turhaan, siitä minä pidin huolen. Ovi ei hievahtaisikaan ennen kuin minä sen sallin, näitä henkimaailman asioita, en osaa tarkemmin selittää. Kalju säikähti teljettyä ovea ja yritti työntää sitä auki kovempaa, yhä uudestaan ja uudestaan, mutta turhaan, ovi ei hievahtanutkaan. Pian kiulussa oleva vesi alkoikin jo kiehua ja tämä höyryävä, kupliva vesi sai kaljun hätääntymään.

- Herran Jumala, mitä tämä on?

Kalju tunsi jo kuinka kuumuus korvensi hänen punoittunutta nahkaansa ja alkoi poltella. Pian kipu sotki hänen mielensä ja hädän kasvaessa syntyi paniikki, joka sai hänet heittäytymään päin ovea ja huutamaan.

- Hjälp mej...

Tunsin kuinka Eero ja varsinkin kovia kokenut nuori emäntä pimeässä ladossa hykertelevät, kun kuulivat saunasta kantautuvat tuskaiset hätähuudot. Sain siitä lisää energiaa, voimaa, minun on helppo kerätä ihmisten pahansuopaisuus itseeni. Kuumuus saunassa oli jo epäinhimillinen, paistava, ja tarkkailin lauteiden alta kuinka kalju taipui ja laskeutuin kontilleen lattialle ristien kätensä.

- Herra Jumala auta minua, minä rukoilen.

Kalju kellahti saunan lattialle kyljelleen, Eeron oksennuksen ja oman ulosteensa sekaan ja kääriytyi niin pieneksi kuin hädissään osasi. Kuumuus laskeutui pikku hiljaa alemmas ja alemmas, eikä päästänyt kaljun lihaa otteestaan. Kirkkaanpunainen iho alkoi jo kupruilla, kuplia rakoille ja kalju huusi tuskasta. Minä tarkkailin tuota kaikkea ja nautin näkemästäni, näin jo lopun edessäni, aah, mikä ihana loppu. Kohta tuon kuvotuksen sydän pettää järkytyksestä tai aivot sulkeutuvat kivusta, joka tapauksessa liha saa paistua kypsäksi. Lihanukkeni kaipaa jo ravintoa, se tässä luisevassa vartalossa on heikkoa, sitä pitää myös ruokkia. Kalju rukoili yhä "Jumalaansa" lattialla, naama kivusta vääristyneenä, selkä sekä käsivarret olivat täysin rakoille paistuneet. Rukoilun sävy muuttui kuitenkin hyvin pian erilaiseksi, siitä tuli vihaisempi ja kiukkuinen. Kalju huusi nyt kivusta.

- Jeesus Kristus, minä palan. Auttakaa. Jumal-auta, minä palan. Helvetti, helvetti, onko tämä-. Saatana. Auttakaa nyt joku, Jeesus Kristus-.

Tämän jälkeen huuto muuttui sekavaksi, suusta purkautui ruotsia ja latinaa sikin sokin, enkä enää jaksanut kuunnella, joten suljin, siirsin pitkät laihat käteni korvieni suojaksi kin ihminen. Silloin tuo kalju huomasi minut, liikkeeni oli pyyhkinyt varjon edestäni. Kalju makasi tuskissaan lattialla ja tuijotti lauteiden alle, synkimpään nurkkaan, jonne minä olin jalkani ristinyt.

- Herregud.

Istuin paikoillani ja katsoin kohti tuijottavaa kaljua kaikeassa rauhassa. Luotin siihen, että hän tunnistaisi minut vaikka ei tavoittaisikaan katsettani kasvoilla roikkuvien hiusten takaa. Jäin tyynenä odottamaan jonkinlaista reaktiota ja huomasin ajattelevani kaikkia tuntomerkkejäni, joita kalju etsi minusta; nokisia kasvojani, suippokorviani, jotka pilkottivat myssyni alta, terävää koukkunenääni, joka varmasti työntyi esiin kasvoilla roikkuvien takkuisten hiusten lomasta. Kyllä, olin varma, että hän lopulta tunnistaisi minut. Kalju nousi polttavaa kuumuutta uhaten seisomaan, koko ajan tuijottaen minua. Hämmästys ja ihmetys levisi hänen kasvoilleen, kun hän lopulta tunnisti minut.

- Saunatonttu.

Olin itseäni täynnä, niin täynnä itseäni kuin lian, saastan ja henkisen pahoinvoinnin ruumiillistuma voi vain olla. Kalju tuijotti minua suu auki ja minä nautin hänen huomiostaan. Ymmärsin, mitä tämä merkitsi tuolle pienelle miehelle. En ollut enää mikään mielikuvitus-tonttu vaan yhtä todellinen kuin hän. Tunsin, että minun oli nyt parasta nousta esiin ja näyttäytyä hänelle koko komeudessani. Kalju seisoi ja tuijotti kuumuudesta välittämättä kuinka kumarruin lauteiden alta ja nousin ylväänä hänen eteensä. Kalju katsoi minua niska vääränä ylöspäin, koska olin huomattavasti pidempi kuin hän. Minä puolestani jouduin tuijottamaan häntä alaspäin. Paljas päälaki oli jo rumasti palanut ja korvalehdetkin kärventyneet kuumuudessa rullalle. Se huvitti minua, minunkin suippokorvani olivat kärventyneet osin karrelle, tosin aikoja sitten, mutta kuitenkin. Minun yhä pohtiessa noita meidän yhteisiä piirteitä, kalju edessäni vaikutti saavan jonkinlaisen hepulin ja meni täysin pois saranoiltaan, ryntäsi päin saunan ovea kuin päätön kana.

   - Jeesus Kristus.

Sieltä ne taas tulivat, nuo kaksi uutta ja vierasta sanaa; "Jeesus Kristus". En vain voinut käsittää niiden voimaa, vaikka aavistin, että ne tulisivat vielä muuttamaan kaiken. Häkeltyneenä, täysin mietteisiini upottautuneena unohdin teljetä oven, eikä kalju jäänyt ihmettelemään, kun ovi vastoin hänen odotuksiaan aukesikin. Seurasin hätäistä, mutta vaivalloista ja kivuliasta pakoa suuren hämmennyksen vallassa ja täysin huoletta. Kalju teki parhaansa ja kampesi itseään ulos saunasta niin nopeasti kuin kärsimyksiltään kykeni ja jostain syystä tuo turhuus huvitti minua, enkä voinut loputa enää pidätellä nauruani. Nauruni oli hyvin maltillista ja pientä, sellaista hyvin karheaa ja kantavaa hekotusta.

   - Heh, heh, heh... (tilanne hymyilyttää minua yhä)

Alaston, palanut ja yhä kuumuudesta höyryävä kalju seisoi saunan pihalla ja teki kaikkensa pysyäkseen pystyssä.

   - Apua. Hjälp mej.

Seurasin saunan ikkunasta kuinka Eero tuli ladon ovelle

ja katsoi saunalle, mutta ei puuttunut asiaan vaan vetäytyi takaisin latoon teljeten oven perässään. Kalju jäi toivottomana seisomaan aloilleen keräten hengitystään.

- Jeesus Kristus.

Hiivin ulos saunasta ja seisahduin ääneti aivan hänen selkänsä taakse odottamaan. Hän kuvitteli kai selviävänsä, olevansa tarpeeksi puhdas jatkamaan, mutta ei, ei hän ollut. Hän oli yhä se sama saaste, joka hän oli, kun astui saunaan. Annoin hänen kuitenkin kuvitella, annoin hänelle sen pienen tarvittavan hetken, jotta hän saisi kerättyä kaiken sen hapen, jota hän kohta tarvitsi huutaakseen keuhkonsa tyhjäksi silkasta tuskasta.

- Jeesus Kristus.

Tämän kalju vielä huokasi väsyneenä, ennen kuin otti lyhyen askeleen. Silloin minä pysäytin hänet, astuin hänen eteensä ja tuijotin häntä silmiin hiilenmustalla silmälläni, joka oli tullut esiin hiusten lomasta. Kaljun kasvot vääntyivät kauhusta.

- Je-Je-Jees-

Iskin terävät ja pitkät raatelukynteni kiinni hänen takaraivoonsa ja painoin niin, että veri tirskui. Kalju kiljui kuin karitsa teuraalla. Kypsä päänahka oli vielä lämmin ja pehmeä, riuhtaisin sen yhdellä voimakkaalla vedolla vaivatta kaljun kasvoille roikkumaan. Päänahkansa sokaisema kalju säntäsi hätääntyneenä liikkeelle. Jäin ihailemaan, kuinka pääkallon verinen päälaki kiilteli kuutamossa ja kuinka roikkuva päänahka heilui hänen kasvoillaan kuin kanan heltta, säntäilyn poukkoillessa edestakaisin muutaman metrin aluetta. Verta roiskui pitkin pihanurmea ja hätäinen kiljunta kaikui äänettömällä yötaivaalla. Lopulta kalju rauhoittui heilumaan saunan eteen kuin juopunut lavatansseissa, enkä voinut olla hymyilemättä vetäessäni kirvestä irti saunan vieressä olevasta hakkuupöllistä. Epäilin terän olevan liian tylsä kaulan katkomiseen, joten päätin käyttää hamaraa. Odottelin rauhassa, annoin oman päänahkansa sokaiseman väsähtäneen kaljun hoippua aikansa sinne tänne, puolelta toiselle, kunnes hän lopulta horjahti minua koht,i ja iskin häntä hamaralla jämäkästi keskelle päälakea. Isku pudotti kaljun maahan, jossa hän sätki tuskallisen kauan, ennen kuin luovutti. Rauha laskeutui, hyttysten tuttu ininä palasi ja pystyin taas haistamaan palaneet puun tuoksun ilmassa. Täysi annos likaa oli saanut oloni tunkkaiseksi ja tunsin ansaittua helpotusta. Saunan piipusta tuprutti yhä savua raukealle yötaivaalle ja tähtikirkas kuutamo näytti uskomattoman kauniilta. Mieleeni ei juolahtanut, koska olisin viimeksi ollut niin uupunut päivän jälkeen. Kaikki johtui varmasti siitä, että en ollut vielä syönyt mitään. Uudelleen syntynyt lihani kaipasi ravintoa.

Teurastin kaljun saunassa. Onneksi minulla oli vyölläni oma veitseni, joka oli aina terävä ja valmiina, se leikkasi kaljun hyvin kypsyneen nahkan vaivatta auki. Istahdin hetkeksi alimmalle lauteelle ihailemaan kapeaa, punaista puroa, joka lorisi lattiakaivoon. Minusta oli mukavaa seurata, kuinka veri juoksi iloisesti eteenpäin, vaikka se tiesi, että leikki loppuisi kohta. Nälkäisenä en kuitenkaan malttanut odotella pitkään vaan ryhdyin nylkemään nahkaa. Tein tarvittavat viillot jalkateristä nivusiin, kämmenistä kaulaan, kiersin terälläni vyötärön, halkaisin selkänahan sekä vatsan navasta kaulaan ja riisuin koko nahan kuten kuoret hedelmältä. Lopulta paljas, verta tirskuva liha pötkötti edessäni synkällä saunan lattialla kuin herkullinen paisti. Mietin jo, mitä valmistaisin siitä ensin ja miten. Läskiset osat houkuttelivat, mutta lempiruokani oli kivien päällä hitaasti

kypsennetty sisäelin. Nälkäisenä ajattelin kuitenkin en-
siksi herkutella raakaa lihaa, kylmää alkupalaa, joten
tartuin toisen käsivarren hauislihakseen. Upotin kynteni
ja painoin sormeni tiukasti sen ympärille ja ryhdyin
repimään. Jänteet ja kaikki lihaksen siteet pitivät sitä
kuitenkin niin tiukassa, että turhauduin ja jouduin lo-
pulta riuhtaisemaan lihaksen voimalla irti.
    - Jeesus Kristus.
Kalju avasi silmänsä ja puhui. Hämmennyin niin, että
olin pudota lauteilta. Se oli elossa. Nyljetty, mutta elos-
sa. Minä olin kuvitellut, että se kuoli, kun löin sitä
kirveen hamaralla päähän, mutta ei, se oli elossa. "Jeesus
Kristus", nousiko se kuolleista. Luulin jo kokeneeni
pitkän elämäni aikana kaiken, mutta tämä oli uutta.
Hämmentyneenä työnsin ruokaa suuhuni ja aloin mu-
tustella lihaa ihmetellen edessäni silmät pyöreänä mul-
koilevaa kaljua. Kyllä se yhä hengitti, silmät olivat auki
ja ne häiritsivät minua niin, että käänsin irti revityn
päänahkan niiden eteen. Tämän tehtyäni kalju alkoi ään-
nellä kuin kupliva lima. Se oli kuvottavaa, niin kuvot-
tavaa, että tartuin teurasveitseeni ja iskin sen voimalla
kiinni ruhon vatsaan. Teurasveitseni hamarapuolella on
suolistukseen tarkoitettu koukku, niin kuin onkikoukku,
mutta huomattavasti isompi. Se repi kätevästi suolet
mukanaan, kun vedin terän ulos vatsasta. Nyt se loppui,
siihen se kuoli, ja söin kädessäni olevan lihan rippeet
rauhassa loppuun, mutta en enempää. Sen palan jälkeen
minulle ei enää maistunut. Suolet sotkivat kauniin lihan
ja pilasivat ruokahaluni. Uupuneena ja pettyneenä jätin
saunan huolimattomasti siivottomaan kuntoon.
    Aamukaste helmeili yhä nurmella auringon noustessa
ja linnut lauloivat pirteästi. Olin metsässä piilossa, mi-
nua hävetti ja halusin pitää kauhean fyysisen muotoni

piilossa, varsinkin näin valoisalla. Seurasin puiden takaa, kuinka Eero ja hänen nuori puolisonsa astuivat ulos saunasta. He olivat shokissa, tai Eero oli, emäntä pyörtyi pian saunasta ulos astuttuaan ja kaatui veren sotkemalle nurmelle. Eero ei kyennyt välittämään, katsoi vain makaavaa puolisoaan nurmella, kasvoillaan turtunut ilme.

- Tätäkö me odotimme?

Verta tuntui olevan joka puolella, saunassa ja pitkin pihaa. Eero seisoi aikansa ihmetellen maisemaa, mutta palasi lopulta saunaan. Hetken päästä Eero raahasi nyljetyn ruumiin ulos ja palasi siivoamaan löylytupaa. Pian varikset saapuivat nokkimaan lihaa ruumiista ja sitä mukaa, kun ravintoa irtosi, meteli kasvoi. Lintujen innokas rääkyminen herätti emännän, joka hätisti varikset pois ruumiin ääreltä. Silmät linnut ehtivät nokkimaan mukaansa. Järkyttynyt, täysin pois tolaltaan oleva emäntä nosti suolistetun ja verettömän ruumiin syliinsä. Se vaikutti yhä raskaalta, mutta ei se enää niin paljoa painanut etteikö maatilan raskaisiin töihin tottunut emäntä olisi sitä jaksanut kantaa. Luulin aluksi, että emäntä veisi raadon tupaan, turvaan linnuilta, mutta tyhjä ilme kasvoillaan hän jatkoikin tielle. Eero kuurasi yhä tietämättömänä saunaa, eikä huomannut emäntänsä virkoamista, eikä poistumista. Hämmentyneenä ja huolestuneena päätin lähteä seuraamaan emäntää, minusta ei ollut normaalia kulkea tiellä nyljetty ruumis sylissä.

Kuljin metsän reunaa, puiden varjoissa. Hämärien havupuiden suojassa tunsin oloni turvalliseksi ja pystyin vakoilemaan emäntää ilman pelkoa. Pelkoa ruokkiva tietämättömyys oli saanut otteen minusta. Tuntui kuin yö olisi tuonut mukanaan jonkin muutoksen. En enää luottanut ihmisiin. "Jeesus Kristus" pyöri ajatuksissani ja tunsin, että minun oli parasta pysyä piilossa ja ottaa

122

selvää tästä valloittavasta ajatuksesta, ennen kuin voisin taas palata ihmisten ilmoille. Siksi päätin olla huomaamaton, jäädä varjoihin ja täällä minä olen yhä. En minä vielä tuolloin arvannut, että jäisin pysyvästi piiloon ja yksin, että minun tulisi vielä ikävä Raunoa ja Wihtoria sekä muita tonttuja. Tunsin oloni ensi kertaa hyvin yksinäiseksi ja sitä minä olen vieläkin, yksinäinen, mutta en ole antanut sen häiritä. Ehkä tonttujen kuuluukin olla yksin ja piilossa, hiippailla varjoissa ja kurkkia ikkunapielien takaa. Eihän tuo Jeesuskaan itseään esittele sen enempää. Henkinen muoto on yhtä tärkeä kuin fyysinenkin muoto. Minusta on reilua antaa ihmisten itse valita mitä haluavat nähdä ja uskoa. Tärkeintä on, että kaikki tekevät omat valintansa.

Nuori emäntä kulki pitkään ja kauas, useita kilometrejä. Seurasin ja vakoilin metsän puolelta kuinka emäntä vain käveli maantiellä, aivan kuin jonkinlaisessa transsissa tai shokissa ja kantoi nyljettyä ruumista yhä sylissään. Nyljetty raato hänen sylissään varmasti jo löyhkäsi. En voinut olla huomaamatta kuinka helteinen aurinko oli saanut mätänevän lihan nostamaan jo käryä, mutta ei edes se saanut emännän ilmettä värähtämään. Emäntä ei välittänyt edes kasvoilla pyörivistä kärpäsistä, eikä suolista, jotka valahtivat maahan ja raahautuivat pölyisellä tiellä heidän perässään. Hänen oli täytynyt menettää järkensä ihan kokonaan. Näkihän tuon, aivan hullua ja järjetöntä hommaa. Normaalisti emäntä ei olisi jaksanut kantaa edes kirnua näin pitkälle. Kaupungintielle kääntyessä emäntää vastaan ratsasti hevosrattaat, joita ohjasti kruunun sotamiehet. Sotilaat kauhistuivat nyljettyä ruumista kantavaa emäntää, mutta saivat itsensä lopulta järkiinsä ja ryhdistyivät. Auttoivat tiedottomalta vaikuttavan emännän kyytiinsä ja taistelivat nyljetyn ruumiinkin lopulta rattaisiin. En muista ikänä hykerrelleeni niin makeasti. Kaksi miestä ja yksi kevyt raato saivat aikaan aikamoisen esityksen. Ruumista potkittiin ja pyöriteltiin pitkin tietä ja lopuksi ne sotilaiden ilmeet, kun raatoon piti tarttua, jotta se voitaisiin nostaa vaunuihin. Voi että, se nyljetty raato oli ihan tomun ja hiekan peitossa, kun he lopulta saivat sen rattaiden kyytiin. Eihän siitä enää ravinnoksi ollut, en tarjoisi tuommoista edes susille. Pilalle se meni, ei sille voinut enää mitään. Emäntä istui vaunuissa koko tuon irvokkaan esityksen ajan, seurasi järjettömänä ja rauhallisena tapahtumien kulkua ja mutisi hiljaa itsekseen.

- Saunatonttu, Saunatonttu, Saunatonttu...
Sotilaat yrittivät hiljentää emäntää, mutta eivät tavoittaneet häntä. Järki oli mennyttä ja ilmeisesti turvatoimena emäntä köytettiin ennen kuin matka pääsi jatkumaan. Rattaiden lähtiessä kaupunkia kohti minä päätin palata Eeron seuraksi saunalle.

Eero oli tehnyt siistiä jälkeä. Sauna löyhkäsi yhä, mutta nahkat, veret, oksennukset ja ulosteet olivat poissa. Pihan nurmi oli huuhdeltu ja verijäljet poissa. Eero pyyhki hikeä otsaltaan ja haikaili tupaan. Piipusta ei kuitenkaan tupruttanut savua ja se sai Eeron huolestumaan. Minä jo kuvittelin, että aamupuuron keittäminen olisi tehnyt hyvää Eerolle, mutta ei hän jäänyt puuroja keittelemään vaan ryntäsi tielle ja lähti etsimään kadonnutta puolisoaan.

Kolme viikkoa seurasin kolkossa ja viileässä kellarissa kuinka Eeroa hakattiin raipalla, viilleltiin puukolla ja poltetiin kiehuvalla vedellä. Hirveää huutoa ja itkua, mutta Eero pysyi tarinassaan, vaikka se ei käynyt kuulustelijoiden järkeen. Missään ei minusta ollut mitään järkeä. Paikalla oli kuitenkin itse Ruotsin kuninkaan valtuuttamia sotilaita, kurinpitäjä ja "pappi", joka kuulusteli Eeron vointia ja hoki yhtenään "Jumalaa" ja "Jeesusta". Lopulta paikalle tuotiin se palanut kuva minusta, Eero tunnisti sen ja hänet nostettiin narun jatkoksi, hirtettiin, keskellä toripäivää ihmisten ihmetellessä.

Eeron puolisoa, nuorta emäntää, en löytäny tuosta kellarista, mutta tuona samaisena iltana, kun Eero teloitettiin, järjestettiin karnevaalit kaupungin torilla. Keskelle aukiota tuotiin puupaalu johon nuori emäntä kahlittiin. Emäntä oli mennyt hurjan näköiseksi ja heiveröiseksi, hän oli tuskin tajuissaan, kun heinää, oksia ja kaiken maailman puuromua tuotiin hänen ympärilleen. Se oli kuin Mirjamin keskikesän kokko, mutta nyt nuori emäntä paloi mukana. Oli karmeaa katsoa kuinka liekit herättivät emännän rääkymään kivusta, kuinka kuumuus kuori ihoa kerros kerrokselta hänen kasvoiltaan ja käsivarsiltaan. Hiukset sekä silmäripset paloivat hetkessä ja lopulta silmät poksahtivat kuumuudesta, kuin myyjän pudottamat kananmunat torin kivetykseen. Kokkoa katsomaan oli saapunut sankka ihmisjoukko ja oli paikalla tietysti myös torimyyjät, joiden myynti kävi hurjana. Lopulta, kun koko tori alkoi löyhkätä palaneelta lihalta, alun riemu ja juhla katosi. Ihmiset hiljenivät järkytyksestä ja oksentelu alkoi. Yksi oksensi toisen jalkoihin ja tämä alkoi voimaan pahoin oksentaen oksentajan niskaan. Kohta koko tori oksenteli ja paniikki sai massan liikkeelle. Moni loukkaantui ja kaksi pientä lasta talloutui kuoliaaksi. Olin järkyttynyt, tunsin olevani vastuussa tästä. Ymmärsin mitä oli tehtävä, minun oli kadottava. Tonttujen oli kadottava.

Seurasin pitkään "Jeesus Kristuksen" mukana tullutta "uskonpuhdistusta". Kirkko korvasi saunan, tai niin minä sen ainakin ymmärsin. Useat toimitukset, mitkä ennen tehtiin saunassa siirtyivät sinne. Tonttujen tilalle tuli Jumala, Jeesus, kirkot ja kirkon väki. "Vääräuskoiset pakanat" teloitettiin; ammuttiin, hirtettiin tai poltettiin, jotkut tosin kuolivat jo kylmään ja kosteaan tyrmään odotellessaan kuolemantuomiotaan. Jumalan nimeen tämä kaikki sallittiin ja vaikka minä en sitä käsittänyt, en voinut tehdä asialle mitään. Ihmiset loivat maailmasta itselleen juuri sellaisen kuin halusivat. Tämä oli nyt se mitä haluttiin. Nopeasti jokainen maatila puhdistetiin tontuista, se oli valtava urakka kirkolle ja kirkon väelle. Meitä tonttuja oli tuolloin niin paljon, eivätkä kaikki ihmiset olleet heti valmiita korvaamaan meitä sillä uskomattomalla partamiekkosella, joka käveli vetten päällä, muutti veden viiniksi ja taikoi tyhjästä leipää sekä kalaa. Ihmeparantumiset ja ikuinen elämä olivat kuitenkin houkuttelevia, joten pikku hiljaa kansa taipui. "Raamattu", se kirja jossa oli se kultainen risti kannessa, käännettiin lopulta kansankielelle, suomeksi, ja ihmiset opetettiin lukemaan sitä. Minä opin siinä mukana, mutta lukutaidon yleistyessä Jeesus vain kasvatti suosiotaan ja ajoi tontut lopullisesti pois ihmisten arjesta. Tuolloin tuo pyhäkirja kuitenkin mainitsi meidät, heti ensimmäisellä sivullaan; "saatanan kätyreitä", mutta mainitsi kuitenkin ja se todisti, että kirkko otti meidät vakavasti ja uskoi meihin. Näistä nykyisissä painoksista meidät on jo kuitenkin poistettu ja pyyhitty pois historiasta, voittajien kirjoittamasta historiasta.

Ei minua häiritse elää täällä varjoissa ja olla tuntematon. Tykkään elää saduissa, joihin kukaan ei usko. Niin kauan kuin tarinat elävät niin minä olen täällä, pelkästään sinua varten. Tonttujen on vain sopeuduttava ympäröivään maailmaan ihmisten mukana ja maailma muokkautuu ihmisten mieltymysten mukaan, se todella on juuri nyt sellainen kuin ihmiset haluavat. Uskomaton juttu, mutta niin se vain on. Ei enempää, eikä vähempää. Sotia tuntuu olevan aina, raiskauksia, kuolemaa, verta ja kärsimyksiä, kaikkea on. Aivan kuin ihmiset olisivat valinneet elää lian, saastan ja henkisen pahoinvoinnin keskellä. Jeesus Kristus ja kirkko toivat mukanaan käsittämättömän paljon verta ja kärsimystä, mutta myös paljon hyvää. Nykypäivän Suomi olisi hyvin paljon erilaisempi ilman kristinuskon tuomaa kirjakieltä. Maa, ihmiset, kulttuuri, ihan kaikki olisivat toisin, jos "Jeesus Kristus" ei olisi löytänyt tätä kansaa metsän keskeltä. Ehkä "uskonpuhdistus" ja "Jeesus" oli kuitenkin, lopulta, hyvä juttu? Ainakin suomalaisuuden kannalta. Järkyttävä, aivan kauheahan tuo meidän ensimmäinen kohtaamisemme oli, mutta nyt minä pystyn kirjoittamaan siitä, suomenkielellä. Mieletön juttu. Tämä minun tekstini ei ehkä ole hyvä esimerkki, oikeastaan tämä on ihan kauhea esimerkki. Minä sovittelin joitakin kohtauksia, oikaisin asioita ja tiivistin paljon-. Ei, älä usko sokeana kaikkea mitä luet tai kuulet, vaan käytä omaa päätäsi ja vapauta ajatuksesi kaikesta saastasta. Voit kirjoittaa oman tarinasi juuri sellaisena kuin haluat, eikä sinun ei tarvitse uskoa minuun tai mihinkään. Sinulla on vapaus valita mihin uskot. Eikä se ole oikein tai väärin, niin se vain on.

Neljäs luku
"Verilöyly"

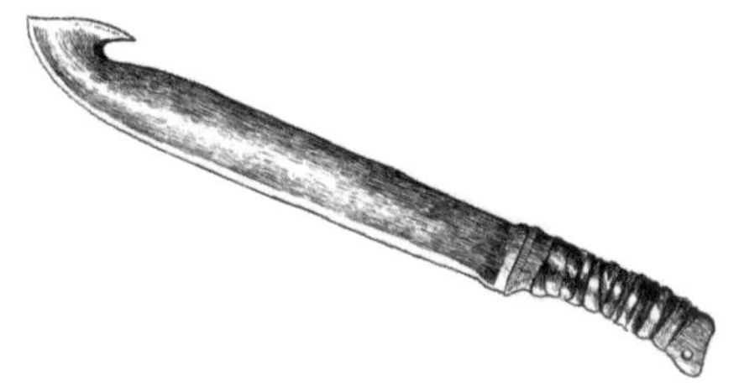

"Voitte varmasti kuvitella mitä tämmöinen lian, saastan

ja henkisen pahoinvoinnin ruumiillistuma kuljettaa

mukanaan, jos tekin tunnette sisällänne jotakin päivän

valoa karttavaa.."

- Saunatonttu,
Aika ja paikka tuntematon

Jeesus Kristus, voiko väkivaltaisemmaksi ja kuvottavammaksi enää mennä? Ei sitä olisi ikinä uskonut, että aurinkoiselta, elämää pursuavalta heinäpellolta voidaan päätyä tuollaiseen, suorastaan vastenmieliseen loppuun. Tämmöistä tämä on, elämä, koskaan ei voi tietää mitä päivä tuo tullessaan, sitä ei voi kuin katsella ja ihmetellä. Minulle päivät ovat tavallisesti niitä valoisampia hetkiä ja illat synkempiä, mutta olen huomannut, että ihmisille kaikki on paljon monimutkaisempaa. Totuus ei riitä, keksitään kaiken maailman ennustuksia ja ihmeellisiä päätelmiä, mistä milloinkin. En käsitä sitä, en kai koskaan tule täysin ymmärtämään ihmisten tapaa kuvitella tuntemattomia asioita. Muistan yhä kuinka Mirjamilla oli tapana aamuisin vain oikaista niskansa kohti taivasta ja kuvitella, ennustaa päivä jotenkin sään mukaan. Aurinkoisella säällä oli aina "kaunis päivä", mutta ei, ei se niin mene. Aurinko paistoi kun Mirjamin käsivarsien luut murtuivat ja repivät tiensä lihan läpi esiin. Mirjami kuoli aurinkoisena päivänä, valui kuiviin tahmean veren ja maantiepölyn koristellessa hänen järkyttyneitä kasvojaan. Ei se ollut mitenkään kaunista ja jos ei lika, saasta ja henkinen pahoinvointi olisi vetänyt minua puoleensa, olisin seurannut tuota Mirjamin rumaa loppua iltaan asti. Kuun valossa Mirjamin vanhat, elottomat kasvot olisivat kenties muuttuneet kauniimmiksi. Mirjami olisi ansainnut kauniin lopun, hän oli niin huomaavainen ja ajatteleva ihminen, mutta ei, aurinko pilasi kaiken. Se oli tuonakin päivänä, kuten yleensä, hyvin raaka ja armoton. Ihmisten käsitys auringon mukana kulkevasta kauneudesta on ihan järjetön, tai ainakin hyvin ajattelematon. Auringon välinpitämättömyydelle ja lapsellisuudelle ei löydy vertaa, se puistatuttaa minua. Teidän olisi pitänyt nähdä kuinka se suorastaan leikki valoilla ja varjoilla kun Antti Auterisen aivon kappaleet valuivat olohuoneen seinällä, sen naurettavan pienen verimäärän lisäksi. Ei, kyllä aurinko vain sotkee ja pilaa kauniita loppuja. Se häikäisi myös Eero Juhananpojan pullistuvia silmiä, kun silmukka hänen kaulallaan kiristyi, kunnes kuristi. Kaikki se sätkiminen raastoi kaulan ohutta ihoa ja sai sen vereslihalle. Lopulta kiristyvä köysi kuristi kurkkutorven kasaan ja Eero kuoli. Aurinko jäi kimaltelemaan kaulan verisille hiertymille, eikä edes yrittänyt kaunistella Eeron kuolemaa; ei se tehnyt muuta kuin sai paikalle ahtautuneen kansan janoiseksi. Tuon saman päivän iltana, kun liekit jo nuolivat ihokerroksia irti Eeron puolison kirkuvilta kasvoilta, aurinko loimusi horisontissa kilpaa tulen kanssa ja yritti varastaa huomion. Onneksi palaneen lihan käry sai katsojat pahoinvoiviksi ja oksentelemaan, että edes nuori emäntä sai huomion arvoisen lopun. Aurinkoinen päivä ei siis todellakaan tarkoita, että luvassa on "kaunis päivä" vaan yhtä hyvin päivä voi olla helve-. No, kyllä minä nyt sen kehtaan jo sanoa; helvetin vastenmielinen päivä. Ajatelkaa sitä, jos tiedätte mistä puhun. *HELVETIN – VASTENMIELINEN - PÄIVÄ.*

Helvetti on hyvin käytännöllinen, se tuli kristinuskon mukana. Ihmiset ottivat sen heti käyttöön ja nyt minäkin jo manailen päiviä sen mukaan. Kaikkea sitä ihmiset keksivätkin ja ajatella, että historia on täynnä tätä likaa ja saastaa. Asia kuin asia, eikä tarvitse kuin hieman pintaa raaputtaa, niin kimaltavan pinnan alta paljastuu kaikkea epäpuhdasta. Ai että, se on ihanaa, kertakaikkisen ihanaa. Olo tuntuu huomattavasti kevyemmältä, kun on käsitellyt pahoja ja likaista asioita. Olen minä pitkän historiani aikana nähnyt ja kokenut paljon hyviäkin asioita, mutta jotenkin nämä epämukavat asiat ovat jääneet päällimmäisinä mieleen. Niitä minä olen tässä enemmän käsitellyt ja pohtinut. En ymmärrä miten muistot oikein toimivat tai pysyvät tallessa, mutta jostakin ne aina tupsahtavat esiin, jostain käsittämättömästä syystä. Hyviä hetkiä on tietysti helppo muistella, mutta vaikeita ja karuja muistoja, ne ahdistavat ja tuntuvat raskailta, ei niitä kukaan kaipaa. Aina ne kuitenkin jostain löytävät tiensä esiin, tökkivät hereille ja aiheuttavat ahdistuskohtauksia juuri silloin kuin pitäisi levätä. Makaa siinä sitten rauhallisesti, utuna veden päällä, kun kuumuudesta pullistuvat silmämunat räjähtävät silmille. Jostakin ihmeen syystä nämä kauheat muistot ovat jääneet vainoamaan minua ja löytävät minut aina väsyneenä, kerta toisensa jälkeen. Se on ihan käsittämätöntä. Olen kuitenkin opetellut hyväksymään ne, istunut löylyssä ja käsitellyt niitä. Lopulta olen tullut siihen tulokseen, että näillä pahansuovillakin muistolla on arvaamattoman suuri merkitys siihen, keitä me olemme. Uskon, että kaikki, ihan kaikki muistot ovat hyvin tärkeä osa meitä, juuri ne tekevät meistä ainutlaatuisia. Menneisyys kulkee tällä tavoin mukanamme, se on meissä, halusimme tai emme. Tottakai sekaan mahtuu rankkojakin hetkiä, itse kullakin, mutta kaikki on otettu vastaan mitä elämä on eteen kuljettanut ja tässä sitä yhä ollaan. Ei menneisyyttä ole tarvetta paeta, oli se millainen tahansa. Jos se tuottaa tuskaa niin täytyy vain ymmärtää, että se on takana ja elämä on aina edessäsi, tässä ja nyt. Elämä on suora lähetys; koskaan ei voi tietää mitä seuraava hetki tuo tullessaan, ja se piristää uupunutta mieltä kuin ropiseva sade kuuman löylyn jälkeen. Nautitaan siitä.

Ihmiset mittaavat elämän vuosiensa kautta, mikä on minusta hieman outoa. Tehän olette täällä niin lyhyen aikaa, että eihän teistä edes ole mittariksi. Sama kuin lämmittäisi saunaa jossa ei ole kattoa, ihan järjetöntä, koko homma haihtuu taivaan tuuliin hetkessä. Eihän elämää mitata ajassa, vaan se on kaikkialla ja koko ajan, ympärillämme. Pienissä hetkistä, joista me saamme muistomme, joita minä yritän tässä kirjoittaa. Hetket ja kokemukset ovat aikaa tärkeämpiä. Sitä voi pyöriä täällä satoja vuosia, kuten minä, mutta lopulta vain niillä hetkillä, jotka luovat muistoja, on merkitystä. Nämä minun muistoni ovat hautuneet myssyni alla pitkään, ehkä jopa liian pitkään, mutta ovatpahan ainakin kypsiä kerrottavaksi. Jostain ihmeen syystä minusta tuntuu, että nyt tosiaan on näiden aika.

En ole ennen tehnyt tätä, jakanut omia tarinoitani, tai "stoorejani", kuten nykyään on tapana ilmaista. En ole uskaltanut tai kehdannut. Olen kuvitellut pääni sisällä, että ei ketään kiinnosta jonkun ikivanhan saunatontun homeiset tarinat kaiken maailman verilöylyistä ja hävennyt näitä omia ajatuksiani. Olen kai seurannut ja vakoillut ihmisiä niin kauan, että olen oppinut vaikenemaan kuten te. Suomalaiset ovat niin arkaa ja hiljaista kansaa, että moni ajatus jää varmasti oman pään vangiksi. Ihmiset eivät täällä liikaa lörpöttele, varsinkaan niistä epämiellyttävistä asioistaan. Saunan lauteillakin istutaan joskus ihan tuppisuuna. Olen kuitenkin huomannut, että lähes kaikki ihmiset kuljettavat mukanaan asioita, joista he haluaisivat puhua, mutta eivät puhu, ja mitä kauemmin he asioitaan sisällään säilövät, sitä kauheammiksi ne muuttuvat. Minulle on tainnut käynyt vähän samalla tavalla. Voitte varmasti kuvitella, mitä tämmöinen lian, saastan ja henkisen pahoinvoinnin ruumiillistuma kuljettaa mukanaan, jos tekin tunnette sisällänne jotakin päivänvaloa karttavaa. Toisin kuin teillä, minulle kaikki kauhun ja pahan olon lähteet ovat ravintoa, joista minä saan voimani. Imen ne itseeni, löyly kerrallaan, parhaani mukaan. Näin teidän ei tarvitse kantaa mukananne kaikkia niitä epäpuhtauksia, joita te olette matkoiltanne mukaan keränneet. Minä olen täällä sitä varten. Minä olen, elän teidän synkimmistä ajatuksista ja kuvottavimmista teoista. Te olette näiden kauheiden ja veristen tarinoideni lähde.

Minusta on alkanut tuntua, että tämä saunakirjan tyhjille sivuille kirjoittaminen jotenkin puhdistaa minua. Pelkkä ajatuskin siitä, että te luette näitä kauheita ja vastenmielisiä tarinoita, joita minä henkeni pitimiksi kirjoitan, lämmittää luisevaa ja nokista vartaloani. Eikö ole mielipuolista, voitteko kuvitella. Lukemalla näitä muistelmiani, te siis tavallaan puhdistatte minua, niin kuin minä puhdistan teitä, kun te istutte saunan lauteilla. Me autamme toisiamme, tuo ajatus piristää minua kuin kaivon raikas vesi kuuman löylyn jälkeen. Teidän ansiostanne minusta tuntuu, että minä tavallaan kuulun tähän maailmaan. Voisin halata teitä, niin onnellinen minä nyt olen, mutta ei, ei se ole mahdollista. En voi näyttäytyä teille, koskaan. Ette pystyisi käsittelemään minua, menisitte sekaisin ja tulisitte hulluiksi. Sen takia minä pysyn aina täällä, piilossa, yksin. Minua ei ole olemassa, koska en kuulu teidän maailmaanne.

Kuvitelkaa nyt minut nykyaikaan, minun kaltaiseni saunatonttu päivittelemässä kuulumisiaan somessa ja kuljeskelemassa vapaasti ympäriinsä, joka puolella. Ottamassa kuvaa Tuomiokirkon portailla. Miltä se tänään näyttäisi? Ihmisillä menisi vellit ja puurot ihan sekaisin, koko maailma sekoaisi. Kaikki kuvaisivat minua ja jakaisivat otoksiaan älylaitteissaan, että jotkut tykkäisivät tai seuraisivat heitä. Saisin paljon seuraajia, kommentteja ja mielipiteitä, joista syntyisi varmasti erimielisyyksiä ja riitoja. Lopulta, luultavasti hyvinkin pian, historia sitten toistaisi itseään ja minua sekä seuraajiani vainottaisiin. Olen nähnyt tämän kaiken aikaisemminkin, kauan ennen älypuhelimia. Ei kiitos, yksi "uskonpuhdistus" riitti minulle. Ei tästä maailmasta tule koskaan sellaista, että kaikki hyväksyttäisiin, että kaikki olisivat tasa-arvoisia toistensa rinnalla; ei, kaikille on täällä oma paikkansa ja ihan hyvä niin. Erilaisuus on rikkaus, jota on syytä vaalia. Minunkin on parempi vain pysyä piilossa. Yksikin kuva tai video minusta synnyttäisi jonkin nykyaikaisen insta-ilmiön, jonkin käsittämättömän hetken, josta syntyisi pelkkää turhaa huomiota.

Tästä tulikin mieleeni, että on minua kerran yritetty kuvatakin. Jokunen vuosikymmen sitten pieni kameraryhmä tuli tekemään elokuvaa minusta. Niillä oli tietenkin sijaisnäyttelijä, joka vain esitti saunatonttua, ja erikoisia ihmisiä esittivät puolestaan hyvin tavalliset ihmiset. Elokuva ei kuitenkaan koskaan valmistunut, se jäi kuvaamatta. Puhdistin koko elokuvaporukan ja syötin ne metsän elukoille. Se koko elokuvaidea oli ihan suonsilmästä ja koko elokuvaporukka oli täynnä pelkkiä huonosti käyttäytyviä juoppoja. Aikansa perusnuorisoa. Ei nuo nuoret elokuvaihmiset ymmärtäneet yhtään mitä he olivat tekemässä. Kuvittelivat, että minä olen joku heidän mielikuvitusolentonsa ja aikoivat vielä polttaa saunan, koska se oli heidän ohjaajansa mukaan hyvä idea. Minä tap-, puhdistin, vapautin heidän omista saastaisista kehoistaan. Siitä illasta muodostui oikea verilöyly, sanan jokaisessa merkityksessä. Voisin oikeastaan kertoa siitä, onhan se tavallaan kiinnostavaa elokuvahistoriaa. Minähän ikään kuin leikkasin koko elokuvan jo ennen kuin sitä oli edes kuvattu. Kauheaa, kuvitelkaa sitä. En voi itselleni mitään, mutta hekottelen

täällä taas yksikseni; tuota verilöylyä edelsi hyvin aurin-
koinen päivä.

Satoi kaatamalla. Piiskaava tuuli repi lehtiä irti saunan
vieressä seisovasta koivusta ja vettä pärskyi räystään yli
kuin kaivon pumpusta. Kesä oli ohi ja seurasin saunan
ikkunasta syksyn saapumista, yksin. Mirjami oli yllät-
täen pakannut laukkunsa ja pakottanut miehensäkin mu-
kaan kaupunkiin. Heidän poikansa oli löytänyt asunnon
ja aloittanut opiskelut. Minua hieman jännitti jäädä
yksin, mutta vaikka olin kuinka vakoillut ja kurkkinut
aamusta iltaan, ei minulle selvinnyt kuinka kauan he
aikoivat olla poissa, kuinka kauan tätä yksinäisyyttä tu-
lisi kestämään. Mirjami hoki vain, että Antti sitä ja Antti
tätä, eikä sanallakaan maininnut mitään tärkeää kuten
esimerkiksi "Huomenna me sitten tulemme ajoissa takai-
sin.". Juuri tämän takia talossa pitäisi aina olla tonttu.
Kotitontulta olisi ollut helppo tiedustella näitä asioita,
eikä olisi tarvinnut jäädä tiedottomaan tilaan odottele-
maan ja miettimään, että "huomenna hän tulee". Miten
ne kotitontut saattoivat olla niin herkkähipiäistä kansaa,
että katosivat sillä tavalla, eivätkä koskaan palanneet
ennalleen. Eläimet kuljettavat niistä yhä tarinoita, että on
niitä yhä olemassa, ja koko ajan syntyy uusia, sitä mu-
kaan kun talojakin, mutta eivät ne enää oikein asetu
aloilleen. Pyörivät aikansa talonsa ympärillä kuin kot-
taraiset ja katoavat sitten ennen pitkään, yks kaks savuna
ilmaan. Ei se Jeesus nyt niin pelottava ole, eikä täällä pii-
lossakaan eläminen ole niin kauheaa, kunhan vain osaa
jättää ihmiset rauhaan. Minusta, nyt kun me tontut emme
enää voi olla ihmisten kanssa suoraan tekemisissä, mei-
dän pitäisi huolehtia toisistamme. Minä kaipaan seuraa,
muistan vielä hyvin ajan, kun jokaisessa rakennuksessa

oli oma tonttunsa, ja sen lisäksi joka puolella pyöri kodittomia tulitonttuja. Tulitontut olivat kaikki hyvin äkäisiä kavereita, alkukantaisia juntteja, jotka eivät ymmärtäneet häipyä vaikka tulet muurattiin mökkien ja saunojen sisään. Useat heistä jäivät toimettomana sijoillensa norkoilemaan ja aiheuttamaan hämminkiä. Turhia metsäpaloja ja sen sellaisia syntyi missä milloinkin. Eikä niistä ollut oikein seuraakaan, vaikka tuona hämäränä ja sateisena päivänä olisin heitellyt vaikka kipinöitä tulitontun kanssa, jos se olisi ollut mahdollista, niin tylsää minulla oli. Ei edes naapurin kissa käynyt tervehtimässä. Kimmo oli arka kolli, eikä se pitänyt sateesta. Ymmärsin sen hyvin, ymmärrän eläimiä paremmin kuin ihmisiä.

Useita aurinkoja tuli ja meni, kuurosateita, yksinäisyyttä ja pimeitä öitä. Tunsin jo houkutusta lähteä kaupunkiin Mirjamin perään, vaikka en tuolloin vielä tiennyt oliko kaupungissa edes saunoja. Jäin kuitenkin aloilleni, tunsin että Mirjami tulisi vielä takaisin, enkä halunnut jättää saunaa yksin, vartioimatta. Eräänä aurinkoisena aamuna, muutamia kuutamoita myöhemmin, kuulin moottoriajoneuvon äänen pellon takana kulkevalta tieltä. Nousin lämpönä aaltoilemaan saunan katolle ja seurasin kuinka haalean sininen pakettiauto kääntyi maantieltä mökkitielle ja ajoi pihaan. En osannut odottaa mitään tällaistä, olin ihmeissäni ja valahdin huomaamattani katolta alas tiivistyen höyryksi nurmelle. Olin niin täynnä intoa, että suhjahdin äkkiä seinälautojen raoista saunaan ja liimauduin kosteudeksi ikkunaan. Tuijotin tuota Mirjamin pihaan eksynyttä vierasta autoa hyvin tarkasti ja toivoin salaa, että se jäisi ja toisi mukanaan saunojia. Vieraat toivat aina uusia, tuoreita kuulumisia maailmalta ja minä tykkään kuunnella kaiken maailman keskusteluja, joita lauteilla käydään.

Sininen pakettiauto kaarteli ja kurvaili aikansa pitkin pihanurmea, kunnes lopulta peruutti mökin oven eteen, pysähtyi ja sammutti moottorinsa. Auton etuosan toinen ovi aukesi ja kopista kantautui ilmoille rämisevää musiikkia, jollaista en ollut ennen kuullut "...on pitkä kuuma kesä ja tahdon elää sen, pitkä kuuma kesä...". Lopulta esiin kömpi pitkä ja laiha nuorimies, Möyhy, joka venytteli pitkän ajomatkan puuduttamia raajojaan ja haukotteli. Kuski, Juissi, nojaili yhä uupuneena rattia, kun auton sivuovi liukui auki ja ulos astui neljä nuorta miestä: Mättö, Rami, Jartsa ja Sallinen.

- Hei, kattokaa, tuolla se on.

Herkkiin korviini kantautui Möyhyn innokas oivallus ja säikähdin. Möyhy oli saanut jäykät raajansa oikaistua ja tuijotti nyt minua.

- Tulkaa ny kattomaan, tuola se on.

Pelästyin niin, että lasi edessäni halkesi. Hyvä ettei koko ruutu sentään mennyt säpäleiksi, pieni särö vain, ruudun alanurkkaan. Tajusin kuitenkin nopeasti, ettei Möyhy minua tuijottanut, vaan saunaa. Olin taas turhan herkkä, mutta koittakaa ymmärtää, että tuolloin ja vielä nykyäänkin minulla kestää aina hetki, muodossa kuin muodossa, tottua vieraiden ihmisten tuijotteluun. Saunaa osoittavalla Möyhyllä oli pitkät, hartioille ylettyvät takkuiset hiukset ja yllään polvista rikki revenneet vaaleat farmarit sekä hihaton paita, jossa luki "Dingo". Vaatteet saivat hänet näyttämään laihalta ja hontelolta, lähes yhtä luisevalta kuin minä. Mättö asteli hänen viereensä, riisui hihattoman "Gym"-paidan yltään ja läväytti Möyhyä kämmenellään takaraivoon.

- No-niin, mikä nyt noin saa mopon keulimaan.

Siilitukkainen Mättö ryhtyi pumppaamaan hauis- ja rintalihaksiaan auringossa ja ihasteli niiden jännittyneitä muotoja tiukka ilme kasvoillaan. Hän ei vilkaissutkaan minua, tai siis saunaa. Juuri sivuovesta pihaan astunut Rami tajusi jotain ja ryntäsi takaisin autoon, Jartsa seurasi häntä. Sallinen, lippalakki päässä, vaalea t-paita ja vihreät reisitaskuhousut yllään, käveli Möyhyn ja Mätön taakse.

- Möyhy, Mättö, viedään kamat sisään, että päästään tutkimaan kuvauspaikkoja.

"Kuvauspaikkoja", tuo sana jäi heti mieleeni, mitä ihmettä se tarkoitti. Sallinen otti lippalakin päästään, pyyhki hikeä otsaltaan ja jäi tuijottamaan minua, siis saunaa. Joskus minulta unohtuu, että olemme kaksi eri asiaa.

- Näyttää ihan helvetin siistiltä. Kattokaa nyt tota metsää sen takana, maaginen. Möyhy rupee sä vetää sitä relettä ja maskia päälle, kun saat kamasi purettua. Kuvataan jotain testejä heti auringon laskettua. Ennen saunaa.

"Sauna", minä tiivistyin onnesta ja minulta karkasi kyynel, joka valui lasia pitkin ja aurasi tiensä höyryn läpi ikkunakarmille. Möyhy nyökkäsi, kääntyi ja lampsi tiehensä. Mättö jäi Sallisen viereen paistattelemaan aurinkoa ja pullistelemaan lihaksiaan.

- Vittu ku on kuuma. Kylmä kalja maistuis.

Sallinen tuijotti yhä saunaa ja hymyili.

- Joo, pullistelehan kaljat ja ruuat sisälle niin päästään hommiin.

Tämä sai minut värisemään. Sauna ja kalja, se ei ole ollut ikinä hyvä yhdistelmä. Käytöstavat unohtuvat, vaaratilanteita syntyy ja lopulta aivan mitä tahansa voi tapahtua.

Aurinko oli jo kääntynyt laskuun, kun havahduin. Olin höyrystynyt makuukammarin ikkunaan ja vakoilin Ramia ja Jartsaa. Rami oli pukeutunut mustiin reisitaskuhousuihin ja t-paitaan. Hän puhdisti kameransa linssiä. Pyyhki sitä keskittyneesti, hyvin kevyesti ja tarkasti valkoisella pehmeällä liinallaan. Jartsa seisoi vähän matkan päässä isot kuulokkeet korvilla. Hänellä oli yllään tummat, kolmiraitaiset collegeshortsit sekä harmaa "Levi's" t-paita, ja hän kannatteli kädessään pitkää puomia, jonka päässä oli jonkinlainen mikrofoni, johon hän toisteli numeroita.

- Yksi, kaksi. Yksi, kaksi.

Kaulassa roikkui leveän hihnan varassa jokin tekninen laite, jonka kyljessä oli pieniä nupikoita, joita hän väänteli vähän väliä, yhä samoja numeroita toistellen.

- Yksi, kaksi. Yksi, kaksi.

Tämän jälkeen Jartsa vain tuijotti sylissään roikkuvaa laitetta naama mutrussa ja vaikutti hyvin epäilevältä. Minua hieman jännitti vakoilla heitä, sillä tunnistin nuo laitteet, tiesin mitä niillä pystyi tekemään. Ne olivat tallennuslaitteita, joilla pystyy vangitsemaan kuvaa ja ääntä. Laitteet oli helppo tunnistaa vaikka kamera oli huomattavasti pienempi kuin tv-lähetyksissä vilahdelleet ja mikrofoni oli kiinni pitkän puomin nokassa, eikä pöydällä kuten uutisissa. Kamera ja äänilaitteet kiehtoivat minua, olisin halunnut tutkia niitä lähemmin, vaikka oikeastaan minun pitäisi pysytellä mahdollisimman kaukana niistä. Kuvitelkaa nyt elävää kuvaa minusta, mitä kaikkea siitä voisi syntyä. Ennennäkemätöntä hysteriaa, ihmiset sekoaisivat ja minä olisin äkkiä kuuluisampi kuin se hyppyrimäen Matti teeveessä. Kauhistellessani yhä kuinka paljon huomiota ja julkisuutta yksi ainoa kuva minusta aiheuttaisi, seisahtui Sallinen odottamatta huoneen oviaukkoon. Hän katsoi Jartsaa, joka yhä seisoi kuulokkeet korvillaan ja väänteli sylissään olevan äänilaitteensa nipukoita. Sallinen hymyili.

- Kuuluuko mitään?

Kameran kanssa häärivä Rami huomasi oviaukkoon pysähtyneen Sallisen, vilkaisi, mutta ei sanonut mitään. Jartsa vain väänteli yhä nipukoita keskittyneenä, eikä reagoinut Sallisen kysymykseen yhtään mitenkään. Sallisen hymy hyytyi ja hän kääntyi katsomaan Ramia.

- Äänimies, joka ei kuule mitään, hieno homma. Mites kuva?

Katsettaan kamerasta irrottamatta Rami nosti peukkunsa pystyyn ennen kuin kumartui lajittelemaan "VHS-kasetteja" joita oli hänen edessään lattialla. Sallinen asteli mikrofonia puomin nokasta irrottavan Jartsan luo ja koputti tätä olalle.

- Haloo? Jartsa?

Jartsa säikähti, repi kuulokkeet korviltaan ja kääntyi kohti Sallista.

- Mitä?

Sallinen taputti Jartsaa kevyesti olalle ja rauhoiteli.

- Sori, anteeksi, ei ollu tarkoitus säikäyttää. Mites ääni?

- Ihan jees, ihan kunnossa, joko mennään?

- Ei vielä. Odotetaan auringonlaskua, ja saunaa. Mättö on sen asian kimpussa. Hei Rami, laita vaan kasettia sisään, kyllä me varmaan jotain kuvataan. Pitää ainakin kameran läpi katsoa miltä se Möyhy näyttää niissä sen vaatteissa ja maskissa.

Rami nyökkäili, mutta ei sanonut mitään. Lopulta, pitkän ja ahdistavan hiljaisuuden jälkeen Sallinen poistui huoneesta lippalakkiaan ojentaen ja mitään sanomatta. Rami ja Jartsa vilkaisivat toisiaan päitään puistellen, kun yhtäkkiä höyryni värähti ja irtosi ikkunasta. Tunsin kuvotuksen, joka riuhtoi minua voimakkaasti saunalle päin. Suojelusvaistoni heräsi, nyt oli tosi kyseessä, joten sukelsin ruohon sekaan ja ajelehdin henkeni edestä saunalle.

Saunan löylyhuoneessa minua odotti hirveä näky. Möyhy loikoili luisevan vartalonsa kanssa lauteilla, savuava sätkä suussaan ja nauraa räkätti kuin rastas. Mättö kakosi ja sylki oksennusta pitkin löylyhuonetta, ennen kuin törmäili itsensä ovikarmien kautta pieneen pukutilaan, jossa kakominen ja sylkeminen jatkui. Syljettyään nurkkaan viimeisetkin limat kurkustaan Mättö viimein istahti kapean pukutilan seinustalla olevalle pirttipenkille ja hengitti raskaasti.

- Huh, huh mitä myrkkyä.

Hymyilevä Möyhy seisahtui löylyhuoneen oviaukolle sätkä suussaan ja katseli Mättöä.

- Tekee hyvää sun lihaksille, poistaa vähän ylimääräisiä nesteitä.

Mättö piristyi kuultuaan tämän ja alkoi heti pumpata oikean käden hauistaan.

- Ai, luuletsä. Oikeesti?

Möyhy hymyili entistä leveämmin, veti viimeisen pitkän henkosen sätkästään ja nyökkäsi Mätölle.

- Kyllä.

Möyhy pudotti loppuun poltetun sätkänsä lattialle, talloi sen tennareillaan sammuksiin ja kumartui saunan matalasta oviaukosta ulos.

- Siivoahan toi sotku, mä lähden tästä sovittaa niitä Saunatontun varusteita.

"Saunatontun varusteita". Mitä ihmettä minä olin oikein kuulevinani? Varusteista viis, mutta "saunatonttu", muistan yhä miten oudolta se kuulosti ääneen sanottuna, niin monen vuoden, vuosikymmenen tai ehkä vuosisadan jälkeen. Vaikka tunsin voimakasta, jopa pakon sanelemaa vetoa jäädä saunaan huolehtimaan hengestäni, minun oli lähdettävä seuraamaan Möyhyä. "Saunatonttu", minulla ei vielä tuolloin ollut aavistustakaan mistä tuosta oli oikein kyse, mutta kaikki selvisi minulle vielä tuon saman illan aikana. Tämä nuortenmiesten pieni ryhmä oli tullut Mirjamin tilalle kuvaamaan elokuvaa, joka kertoi minusta, ja Möyhy esitti minua. Olin hyvin ylpeä tästä kaikesta, niin ylpeä, että hyvä ettei luuni lyöneet heti yhteen ja lihani kasautuneet, että olisin voinut itse esittää oman osani. Nämä nuoret siis todella uskoivat minuun, he olivat tulleet tekemään elokuvaa minusta. Tunteet risteilivät, hetken olin kauhuissani, mutta lopulta olin kuitenkin hyvin onnellinen. Näin metsän taakse laskeutuvan auringon, joka jo punersi ja muistan miettineeni, että kerrankin, kerrankin, aurinkoinen päivä vaikutti päättyvän kauniisti.

Seurasin mökin ulko-oven vieressä olevasta pienestä ikkunasta kuinka Möyhy kapusi porstuasta nousevia kapeita portaita ylös vintille. Minä leijuin katolle ja savupiipusta sisälle. Tunkeuduin puuhiilen hiukkasina ulos vinttikammarin takasta ja piilouduin hätäisesti lattianrajassa olevaan hämärään. Möyhy seisoi ison, vaalean ja muovisen "Lihatukku"-laatikon äärellä ja kaivoi esiin kaikenlaista romua. Lopulta hän puki ylleen tunikan, joka oli melkein samanlainen kuin minulla on aina ylläni, siis silloin kun olen lihallisessa muodossani. Vanha tuttu, päältä puettava yksinkertainen talonpoikaisvaate. Erittäin käytännöllinen ja mukava päällä. Nykyajan oloasuhan on sellainen verryttelyasu, mutta en minä pysty kuvittelemaan itseäni sellaisissa "verkkareissa". Nehän ovat ihan naurettavat, kaksi lahjettakin, varmasti todella hidas ja monimutkinen pukea, varmasti epämukava. Kai satoja vuosia palvelleissa tunikoissa olisi lahkeet, jos niillä olisi jotain virkaa. Kyllä se riittää, että on pieni helma suojelemassa herkkiä paikkoja kipinöiltä ja tulelta, sääret kestävät kyllä.

Tämä Möyhyn tunika oli upea, se oli uudempi ja puhtaampi kuin minun, se tuoksuikin puhtaalta. Se oli varmasti rakkaudella valmistettu. Olin vielä tunikan lumoissa, kun Möyhy jo asetteli vyötärölleen vyön. Se oli nahkasta valmistettu ja siinä oli kiinnostavia metallisia solkia. Se oli ilmeisesti hevosen valjaista tehty, kerrassaan upea hanke. Ihmettelin miten en ollut itse keksinyt tuota, tuunata hienoa vyötä vanhoista valjaista tai jostain. Minulla on aina roikkunut vyötäisillä pelkkä köysi, tavallinen hamppuköysi, joka ei ollut kelvollinen edes hirttoköydeksi. Lumouduin Möyhyn vyöstä niin, että minua ihan yökötti. Halu ja kateus aiheuttivat pahaa oloa, mutta vyö oli kertakaikkisen upea, huomattavasti upeampi kuin omani, se oli yksi hienoimmista asioista joita olen koskaan nähnyt. Tunika, vyö, olin jo tiivistyä höyrypatsaaksi, mitä vielä? Höyryni väreili ja tuhka pölysi hämärässä. Pelkäsin jo paljastuvani, jos kiusaus ei kohta loppuisi. Möyhy ei onneksi kiinnittänyt mitään huomiota pölyävään lattiakulmaan vaan haroi sormillaan pitkiä tummia hiuksiaan. Takussa olevia, puhtaita ja kiiltäviä, hiuksiaan. Olin haistavinani jopa shampoon, joilla hiukset oli pesty. Vieras puhdas tuoksu saapui sieraimiini raikkaana, enkä enää pystynyt olemaan hiljaa. Mielihyvän äännähdys, joka minulta tuossa kohtaa karkasi, matki tarkasti ja hyvin yksityiskohtaisesti takassa romahtavan hiilloksen ääntä. Pieni pehmeä romahdus levisi huoneeseen pehmeänä kuin pölyävän hiilloksen hiukkaset. Vintin äänettömässä peräkammarissa Möyhy kuitenkin kuuli sen ja kääntyi katsomaan lattianrajaa missä minä lymyilin. Kauhistuin, luulin jo hetken paljastuneeni, mutta onneksi Möyhy jatkoi pukeutumistaan sen kummempia ihmettelemättä. Seu-

raavaksi hän nosti laatikosta virsut. Puhtaat, vasta-
punotut tuohivirsut. Minun teki mieli lihallistua ja repiä
Möyhyltä pää irti, niin hienot ne olivat. Kateus sai minut
valtaansa, en voinut sille enää mitään. Kun liikkuu vuo-
sisatoja samoissa likaisissa ryysyissä, sitä näköjään kai-
paa puhdistusta. En saisi inhimillistää itseäni, se ei ole
viisasta, mutta minkä minä itselleni voin. Kateus tässä
tulee väkisinkin pintaan, kun katsoo toisen rikkauksia.
Olen vakoillut ja seurannut ihmisiä niin pitkään, että
tässä oppii väkisinkin ihmisten tavoille. Eikä kateus ole
ainut, olen minä muitakin tunteita kokenut viime aiko-
ina. Haikeutta, jopa surua, iloa ja riemua, että kyllä me
tontutkin osataan olla ihmisiksi, vaikka ei uskoisi, siitä
kun ei ole mitään hyötyä. Ihmiset kun ovat niin, niin, mi-
ten tämän nyt muotoilisi-. Turhamaisia ja yksinkertaisia.
Tarkoitukseni ei siis todellakaan ole loukata, sanon
tämän vain siksi koska olen ymmärtänyt, että ihmiset
joskus loukkaantuvat asioista, joita he eivät täysin ym-
märrä. Älkää siis loukkaantuko, jos loukkasin. Me tontut
emme koskaan tarkoita mitään pahaa, me olemme täällä
auttaaksemme.

Ihmisten käsittämättömästä turhamaisuudesta ja yk-
sinkertaisuudesta, olisi sittenkin pitänyt sanoa tyhmyy-
destä, tuli heti eteeni uusi hyvä esimerkki. Möyhy ni-
mittäin ryhtyi sotkemaan ja rikkomaan uusia virsujaan,
jotka hän oli juuri nostanut esille. Jalkineet tuhoutuivat
silmieni edessä ja pian ne näyttivät jo siltä kuin olisivat
olleet vuosia käytössä, uudet virsut. Eikä siinä kaikki,
hän teki saman tunikalle, sotki puhtaan ja ehjän vaatteen
kauttaaltaan noella sekä hiilellä ja poltti siihen hirveän
näköisiä reikiä, tahallaan. Lihani oikein värisi inhosta,
pian tuo uusi vaate näytti jo lähes samalta kuin omani,
satoja vuosia vanha tunika. Ihmisten älytön sotkeminen

ja kaiken tuhoaminen ei ollut minulle uutta, mutta tämä oli kyllä jo ennen näkemätömän härskiä. Mirjamin homeiset sinappisillit sentään, sotkea ja pilata nyt hienot vaatteet. Minusta tuntui, että olisin voinut muuttaa muotoani jo pelkästä vihasta, mutta eihän siinä nyt olisi ollut mitään järkeä. Täytyyhän tällä ihmisellä, Möyhyllä siis, olla jokin syy tälle järjettömyydelle.

Se on vain tämä minun tietämättömyyteni, mikä synnyttää näitä inhimillisiä tunteita ja ajatuksia, vihaa ja katkeruutta. Lihallistua nyt hetken mielijohteesta, ilman todellista syytä, sehän olisi vastuutonta. Inkarnaatio ei ole mikään leikin asia, tietoisuus ei lihallistu noin vain, eikä liha hengellisty ilman tarkoitusta. Kyllä nämä ovat teille tuttuja juttuja, Jeesus käytti samoja temppuja - tai ei nämä mitään "temppuja" ole, eikä niihin missään nimessä pidä suhtautua kevyesti, saati harrastaa huomaamatta. Minä joskus hieman innostun ja saatan lihallistua herkästi, mutta syystä, ja olen minä ajan saatossa oppinut läksyni. Useimmiten hiki, vesi ja saippua riittävät ihmisen puhdistamiseen. Tosin joskus, hyvin hyvin harvoin, kun ihmisen lihanukkea ohjaa läpikotaisin saastunut henki, jonka mieli ja halu ovat sotkeneet kokonaan, se täytyy tuhota. Yksinkertaisesti, silloin kun hyvä saunanhenki ei enää riitä, on fyysisen väliintulon aika. Lihan ja hengen tasapainoiluahan tämä vain on. Jin ja Jang sanoi kiinalainen, kun löylyyn eksyi. Joka tapauksessa henkinen puoli on ihmisen mitta, sen täytyy olla kunnossa, muuten ei pelkkä saippua riitä. Kaikki se mielessä pyörivä lika ja saasta sakkautuu, jos ajatuksia ei välillä siivota. Mielen puhdistaminen vaatii siis itsensä tutkiskelua, mikä on haastavaa, eivätkä siihen kaikki kykene, vaikka se on ihmisen hyvinvoinnin ehto. Rehellinen ja alaston mieli, koristelematon paljas ajatus voi olla joskus musertava, varsinkin jos se pääsee yllättämään. Se on kuitenkin kestettävä. Fyysinen hyvinvointi vaatii henkistä hyvinvointia, eikä niitä voida erottaa toisistaan. Valitettavasti olen kuitenkin huomannut, että yhä useammat ihmiset hoitavat mieltään kätkemällä tai siirtämällä ajatuksia pullosta toiseen tai ohjelmasta seuraavaan. On paljon helpompaa tuijottaa puhelinta tai tv-ruutua kuin omia ajatuksia. Näin se henkinen puoli jää sitten helposti hoitamatta ja ihminen menettää tasapainonsa. Paha olo kasvaa ja ongelmat kasautuvat. Näihin tapauksiin minä törmään usein saunassa, mutta autan toki sen minkä voin, vaikka keinoni ovat rajalliset. Saunassa pystyn kuitenkin luomaan tilan kevyelle ololle sekä mielenrauhalle. Voin peitellä uupuneen ihmisen pehmeällä löylyllä ja antaa hien huuhdella kehon sekä mielen myrkyt pois. Lauteilla on oikeastaan tosi hyvä käydä ajatuksia läpi ja hoitaa mieltä. Aina voi heittää lisää löylyä, jos mieltä kirpaisee tai paha ajatus ei jätä rauhaan. Liha ottaa vastaan sen mitä mieli pakenee, löyly auttaa, siitä minä pidän huolen. Saunassa sakkautunut mieli liukenee ja tukossa olevat ajatukset rentoutuvat. Näin ne on kevyempiä käsitellä ja hyväksyä, juuri sellaisina kuin ne ovat. Omien heikkouksien tunnustaminen ja vaikeiden asioiden käsittely keventää kummasti mieltä. Saunassa puhdistautuminen on hyvin kokonaisvaltaista ja yksinkertaista kuin lauteilla istuminen. On toki niitäkin ihmisiä, jotka pysähtyvät peilin eteen, eihän sekään huono vaihtoehto ole, joskus oma kuvajainen voi pysäyttää ajattelemaan, mutta kyllä lämmin sauna oman peilikuvan voittaa, mitä puhdistumiseen tulee.

Mitä minä tässä teille paasaan, kun omakin pää savuaa mustana silloin tällöin. Möyhyn pilaamat vaatteet kuumensivat ja sotkivat yhä ajatuksiani, kun hän yhtäkkiä

148

nosti esiin puukkonsa. Tuo puukko oli huomattavasti pidempi kuin omani, se oli kuin sapeli ja siinä oli vielä hamarapuolella sellainen hyvin erottuva ja inhottavan näköinen suolistuskoukku. Samanlainen kuin omassani, mutta minun puukossani kaikki on niin onnettoman pientä. Tämä oli isompi, hienompi ja näytti tehokkaammalta, se oli kuin tehty ihmisten teurastamiseen, se oli kerrassaan upea ilmestys. Minä oikein huomasin kuinka oloni muuttui kalpeaksi kuin talvipäivän kuu, minä tunsin hengessäni tiivistyvän kateuden. Tuijotin kuinka Möyhy pujotti tämän upean suolistusveitsensä tunikan hienolle nahkavyölle ja ripusti sen seuraksi vielä pari oikein ruosteista makkaratikkua ja yhden pilalle kuivuneen koivuvihdan. Se oli käsittämätöntä, tämä Möyhyn versio minusta oli upea, hieno ja uusi, minä halusin olla kuten tuo kuvotus, joka näytti hienommalta minulta. Möyhyn oli todella täytynyt perehtyä minuun, että pystyi matkimaan minua noin ilmeikkäästi. Hän oli aivan kuten minä, mutta puhdas. Puhdas minä ja kateus vain tiivistyi minussa.

En oikein vieläkään käsitä, mitä minulle tuolloin oikein tapahtui, mutta huomasin yhtäkkiä seisovani Möyhyn takana, täydessä lihassa. Vaikka Möyhy oli pitkä, olin häntä lähes pään mitan verran pidempi ja vinttikammarin viistokatto pakotti minut hieman kumaraan, mutta siinä minä olin, lihaa ja verta, ilmielävänä. Halusin haihtua, mutta en osannut, en tiennyt miten tuosta tilanteesta olisi voinut enää paeta tai kadota. Möyhy ei huomannut eikä aistinut minua vielä, jatkoi vain puuhasteluaan omissa ajatuksissaan ihan normaalisti ja kaivoi laatikostaan myssyn päähänsä. Myssy oli puhdas ja huovasta valmistettu, erittäin hieno hiippalakki. Kaikki tässä Möyhyn saunatontussa, sotkuisista virsuista ja tunikasta huolimatta, oli jotenkin puhtaampaa ja siistimpää kuin minussa. Se oli kuin kiillotettu versio minusta. Ihastellessani tätä pukuloistoa en edes kerennyt tajuamaan, kun Möyhy jo kääntyi ja säikähti minua.

- Mitä vittua?

En sanonut mitään, en edes tiedä olisinko osannut sanoa mitään, en ollut puhunut sanaakaan uskonpuhdistuksen jälkeen. Möyhy tuijotti ja hämmästeli minua epäuskoinen ilme kasvoillaan. Heilautti kättään edessäni, ikään kuin varmistuakseen, ettei seisonut peilin edessä. Olin metrin päässä hänestä ja seurasin hievahtamatta, kuinka hän tuijotti minua. Lopulta Möyhy kai tajusi etten ollut peili ja alkoi pikku hiljaa, hyvin varovasti, liikuttaa itseään kohti vinttikammarin ovea, jonka takana odotti portaat alakertaan. Astuin oven ja hänen väliin, ehkä hieman harkitsemattomalla ja odottamattomalla liikkeellä, koska Möyhy kirkaisi kuin kiuas terän alla ja perääntyi seinää vasten. Vaistosin pelon sekä kauhun ja halusin jotenkin helpottaa Möyhyn oloa, mutta en keksinyt mitään. Olin mökissä, ei minulla ollut asiaa tänne, ei tämä ollut minun paikkani. Avuttomana ja toivottomana jäin vain tuijottamaan hänen pelokkaita silmiään ja Möyhy tuijotti takasin. Siinä me seisomme, tuijotimme toisiamme, kuin kaksi saunatonttua. En tiedä mitä hän näki, ehkä yhden pikimustan ja elottoman silmän, joka tuijotti häntä kasvoilla roikkuvien hiusten takaa, mutta tunsin kuinka pakokauhu valtasi Möyhyn.

- Pois, mene pois -pois, apua, joku. Auttakaa!

Nostin etusormeni rauhallisesti suuni eteen vaikenemisen merkiksi, halusin hiljentää Möyhyn, koska en halunnut yläkertaan lisää todistajia. Möyhy huomasi hyssyttelevän sormeni suuni edessä ja vaikeni, tuijotti minua silmät täynnä pakokauhua ja perääntyi takanaan olevan ikkunan äärelle.

- Mikä sä oikein olet?

Möyhy avasi ikkunan varovasti pitäen minua koko ajan silmällä. Osoitin luisevilla käsilläni ensin itseäni ja ojensin ne sitten hyvin selkeästi ja rauhallisesti kohti Möyhyä, ikään kuin ilmentäen, että "olen hän" ja "hän on minä". Möyhy tuijotti minua ja vuoroin eteen ojennettuja käsiäni, kuin jotain hullua, täysin vääristynyt ilme kasvoillaan. Häpesin likaisia ja pitkiä raatelukynsiäni, joita hän tuijotti pitkään kauhusta kangistuneena, ennen kuin sukelsi avonaisesta ahtaasta ikkunasta ulos. Kuului vain metallinen kumahdus ja pientä ryminää, sitten tuli aivan hiljaista. Astelin pelästyneenä ja huolissani ikkunalle katsomaan miten Möyhyn oli käynyt. Alastulo oli ollut pehmeämpi ja kivuttomampi kuin olisin osannut toivoakaan, Möyhyllä oli ollut onnea matkassa. Alhaalla ikkunan alla oli pystyssä nojanneet kottikärryt jonka sarvet olivat ottaneet Möyhyn vastaan ja lävistäneet hänet hetkessä, hyvin kivuttomasti. Hyvät vaatteet siinä toki meni pilalle, huopahattukin makasi nurmella ja jäi suusta valuvan veren alle. Möyhy ansaitsi tuon komean lopun, hän oli hieno saunatonttu, vaikka en oikein vieläkään ymmärrä, miten tuossa noin pääsi käymään. Muistan vain, että jäin hämmentyneenä tuijottamaan mökin takana seesteisenä seisovaa peltomaisemaa, jonka laskeva aurinko värjäsi punaiseksi, enkä huomannut, kun vinttikammarin ovi takanani avautui.

- Mitä helvettiä?

Havahduin ja käännyin. Sallinen seisoi ovella ja tuijotti minua epäuskoisena, kuin suurta ihmettä.

- Mitä helvettiä sä olet oikein tehnyt?

Katsoin itseäni, koko hirviömäinen karmeuteni oli esillä ja häpesin sitä. Tunsin ennen kokematonta voimattomuutta, enkä tiennyt miten olisin voinut enää selvitä tuosta tilanteesta. Sallinen ei päästänyt minua silmistään vaan tuijotti tiukasti ja vaikutti nauttivan näkemästään. Hän oikein hymyili ja hykerteli saatuaan minut kiinni, sairas paskiainen.

- Sä oot ihan si-ka makee, siis mitä vittua.

En ehtinyt edes kirosanaa pelästyä, kun Sallinen yhtäkkiä ja varoittamatta kiirehti kiinni minuun. Tutki vaatteitani hyvin tarkasti, sekä kosketteli nokista, arpista ihoani ja väänteli koukkunenääni.

- Miten ihmeessä sä oikein teit tän? Tää on ihan helvetin paljon siistimpi kun mitä mä osasin edes kuvitella.

Sallinen oli peloton, outo ja kiroili paljon, mikä satutti herkkiä korviani, mutta muuten hänen kehumistaan oli kiva kuunnella.

- Ihan vitun siisti, siis törkeen siisti, sairasta. Mä pelkäsin, että täällä odottaa joku puhtoinen kesäteatteriversio saunatontusta, mutta ei helvetti. Sä näytät ihan aidolta. Ihan oikealta saunatontulta. Vittu sä olet makee, ihan sika siisti.

Seisoin hievahtamatta vaikka kirosanat viiltelivät korviani. Mietin sitä siistiä sikaa, se hymyilytti minua ja minusta oli todella mukava kuunnella, kun kerrankin joku kehui minua. Sitä ei ollut tapahtunut aikoihin ja Sallinen oli hyvin vaikuttava kehuja ja hän oli todella tyytyväinen siihen miltä minä näytin.

- Ei saatana Möyhy, sä olet kurko.

Vaikka minulle nyt selvisi, että Sallinen luuli minua Möyhyksi, eikä kehunutkaan siis minua, jatkoin roolissa. Tuijotin hämmentyneenä Sallista, kun hän suuntasi kävelynsä portaisiin.

- Pidä toi. Mä menen kertomaan Ramille ja Jartsalle, että me ollaan valmiita ja että me todellakin kuvataan jotain. Saunatonttu, fuck yeah.

Sallinen katosi kammarista alakertaan vieviin portaisiin kiireellä ja intoa täynnä.

- Nähdään saunalla, sen pitäisi olla jo lämpösenä.

Sauna, olin unohtanut saunan ja kuvotus valtasi minut, kun mietin mitä kaikkea Mättö oli saanut siellä aikaan. Miten minä olin niin vastuuton, että olin jättänyt saunan oman onnensa nojaan.

Minun oli nyt käveltävä saunalle, ihmisten tavoin, koska elämäni oli jälleen vangittu tähän hirveään liha-nukkeen. Vintiltä alakertaan oli ensin ne kauheat, kapeat ja jyrkät portaat, joiden askellaudat olivat pienempiä kuin jalkani. Kattokin roikkui matalalla ja pakotti minut kyyryyn. Ei siitä alas kapuamisesta meinannut aluksi oikein tulla mitään, mutta minä selvisin siitä. Askel ker-rallaan, hitaasti ja varmasti, ja niin minä lopulta pääsin alhaalla odottavaan porstuaan, mikä oli paljon ahtaampi kuin muistin. Lattialuukku jalkojeni alla narisi, muistin sen; sen takana oli maakellari, josta Wihtorilla,vanhalla kotitontulla, oli tapana hakea olutta aina raskaan päivän jälkeen. Oi niitä aikoja. Nostaessani katseeni lattiasta huomasin lähestyvän Juissin, autokuskin, jonka olin ko-konaan unohtanut. Juissi käveli eteeni silmiään hieroen, hän oli ilmeisesti juuri herännyt ja oli matkalla pihalle. Minä seisoin nyt tiellä, porstuassa, ulko-oven ja hänen välissään. Juissi huomasi minut, säpsähti hieman ja jäi tuijottamaan. Minä tuijotin takaisin ja esitin Möyhyä niin hyvin kuin osasin. En tiennyt mitä muutakaan olisin voinut tehdä. Juissi perääntyi puoliaskelta ja katsoi mi-nua kuin pilaantunutta ruisleipää.

- Mitä helvettiä, kuka sä oot?

Juissi ei tunnistanut minua, joten ryhdistäydyin ja ojen-sin kumaraan unohtuneen vartaloni suoraksi, täyteen mittaan. Sitten levitin käteni kohteliaasti, esitelläkseni itseni.

- Mhöö...hyy.

Sanoin "Möyhy", mutta minusta tuntui, että kuulostin enemmän mörisevältä Saunatontulta. Juissi katsoi kauhusta kangistuneena eteensä yläpuolelleen kohonnutta hirviömäisyyttäni ja säikähti mörinääni niin, että kaivoi porstuan kulmasta nojaavien suksien seasta itselleen sauvan, jolla hän usutti minua.

- Ulos, ulos siitä tai...

Nappasin sauvan hänen käsistään ja katkaisin sen kuin tulitikun.

- Mmhöö-hyy.

Sanat eivät yksinkertaisesti sopineet suuhuni ja mörinä vain jatkui. Juissi veti kulmasta toisen sauvan ja iski sen hetkeäkään hukkaamatta lävitseni. Tunikaani tuli uusi reikä eteen, vatsan kohdalle. Kun käännyin katsomaan taakseni huomasin, että sauva oli tullut läpi ja selkäpuolellakin oli reikä. Suutuin niin, että kihisin raivosta. Juissi pelästyi, kääntyi ja oli jo livahtaa karkuun, mutta tartuin häntä molemmilla käsilläni päästä ja käänsin niskan ympäri. Nikamat murtuivat rutisten ja annoin ruumiin valua käsistäni lattialle. Jostakin syystä raatoja tippui nyt eteeni kuin kärpäsiä. Tuo ajatus hymyilytti minua, kun tuijotin Juissin vääristyneitä kasvoja lattialla. Taas yksi ruumis lisää, mitä minä teen kaikella tällä lihalla, säilöminen syksyllä ei onnistu, se on mahdotonta. Ainakin ruho täytyi piilottaa, ihmiset menevät raadoista aina sekaisin. Sekoittavat ruumiin kai jotenkin kuolemaan, niin minä sen olen käsittänyt. Ihmisillähän, aivan kuten minullakin, elämänlaatu vain muuttuu, kun henki jättää ruumiin. Syntyy kaikkea uutta ja ihmeellistä, energia jakautuu ja elämä jatkuu toisessa muodossa. Inhimillinen tiedostaminen siinä kyllä katoaa, kaikki se turha, itsekeskeinen tietoisuus, mutta kuolemaa se ei ole, se on harha. Elämä on ikuista. Ihmiset vain kuvittelevat olevansa elämän napa ja hallitsevansa sitä, mutta ei ihmisten ajatukset ole elämää, vaan kaikki tämä sen ulkopuolla. Ihminen on elämänmuoto siinä missä muutkin, ja Juissi jatkaa nyt toisenlaisena kuin on totuttu, ruumiina.

"Hätä keinot keksii". Nykäisin porstuan lattialuukun auki ja työnsin Juissin ruumiin maakellariin. Ahdashan se oli, mutta kyllä sinne yksi ruho kaksin kerroin mahtui. Siellä Juissi säilyisi huomiseen, nyt minulla ei ollut aikaa ryhtyä teurastamaan sitä. Heitin sauvojen kappaleet perään, suljin luukun ja lampsin pihalle. Haistelin kostean nurmen tuoksua hämärtyvällä pihalla, se teki hyvää nokisille sieraimilleni. Raikkaaseen mieleeni palasi Möyhyn veitsi, joka oli tehnyt minuun lähtemättömän suuren vaikutuksen. Siellä se roikkui mökin takana kottikärryn nokassa ja tuntui kutsuvan minua. Katsahdin saunalle päin, missä Jartsa pystytti kameraansa. Rami seisoi Jartsan vieressä joka seisoi puomi ojossa ja näytti keskustelevan Sallisen kanssa. Höristelin kuuloani saadakseni selvää mistä he keskustelivat.

- Mä ottaisin nyt mielelläni muutaman ilta-atmon talteen, jos saataisiin edes hetken hiljaisuus.

- Mättö on ihan tolkuttomassa kunnossa. Mä en usko, että me saadaan sitä hiljaiseksi.

- Sallinen, sä olet se ohjaaja, se on sun duuni.

- Ihmisiä pystyy vielä ohjaamaan, mutta ei päihteitä ja Mättö on-.

Keskustelu oli kyllä kiinnostava, mutta Möyhyn veitsi houkutteli minua enemmän, joten kävelytin itseni mökin taakse. Askeleet tuntuivat huterilta taas pitkästä aikaa.

Veitsi oli upeampi kuin olin kuvitellut, kevyt kuin

mikä ja ihan puhdas. Pitkä ja komea, ja siinä oli useita mielenkiintoisia yksityiskohtia, kuten esimerkiksi se valtava suolistuskoukku terän hamaralla. Olisin halunut paloitella kottikärryn sarvissa nojaavan Möyhyn, testata veistä heti tositoimissa, mutta maltoin mieleni ja lähdin kävelemään saunalle.

Mökiltä saunaan johtavalla polulla vastaani hoiperteli Mättö, humalassa ja aggressiivisena. Hän tönäisi minua mennessään, pullisteli hauistaan ja örisi jotain mistä en ottanut selvää. Tein tilaa ja otin vastaan tuonkin pahan olon ilmauksen. Imin tästä juoposta kaiken mitä tarvitsin tajutakseni, että tämä mies oli läpimätä, toivoton tapaus, johon olisi hyvä testata uutta veistäni. Mättö hoippui jotenkin ulkohuussiin ja minä seurasin perässä. Hän ehti kuitenkin laitaa huussin oven salpaan edessäni, eikä se auennut vaikka nykäisin sitä.

- Varattu. Painu vittuun.

Mättö sai humalaisella örinällään minut vain vakuuttuneemmaksi, että olin oikealla asialla ja riuhtaisin oven voimalla auki. Mättö kamppaili yhä housujensa kanssa, seisoi huusin matalien portaiden yläpäässä ja katsoi minua silmiään siristellen.

- Mitä vittua.

Ojensin uuden, ison teurastuspuukkoni eteeni, ikään kuin esitelläkseni sen, ja lähdin astelemaan välissämme olevia porrasaskelia ylös. Mättö yritti tuon muutaman askeleen ajan saada selvää minusta.

- Möyhy? Vaikuttavaa, mä oon ihan kusessa, mutta painu nyt vittuun täältä.

Humalainen länkytys hiersi yhä korviani, kun seisahduin Mätön eteen. Hän tuijotti minua kuin idiootti, joka oli juuri hukannut sen viimeisenkin aivosolun.

- Vittu, kohta tulee näköön, jos et haihdu siitä.

Tunnistiko Mättö minut? Outo juttu, mutta ei sillä oikeastaan ollut väliä, haihtumiseni ei ollut enää vaihtoehto. Sen sijaan iskin uuden sapelini voimalla hänen päähänsä. Terä hajosi kappaleiksi ja osia lensi ympäri huussia. Mättö vain seisoi ja huusi päätään paijaten.

- Ai, helvetti. Vitun hullu. Oot sä vittu ihan sekasin? Mättö piristyi ja löi minua nyrkillä kasvoihin, mutta en kiinnittänyt siihen mitään huomiota. Ilmoille lentäneet kirosanat soivat herkissä haltiakorvissani samalla kun ihmettelin uutta, palasiksi mennyttä teurastuspuukkoani. Se ei ollut kovin kestävää tekoa, suorastaan heikko, olin hyvin pettynyt siihen. Mättö löi minua toisen kerran.

- Väistä paskahousu.

Käänsin katseeni kohti Mättöä ja tuijotin häntä suoraan silmiin. Hän huomasi katseeni, mustan pupillin kasvoilla roikkuvien hiusten lomasta.

- Sä et taida olla Möyhy?

Vedin esiin oman puukkoni, joka roikkui yhä vaatimattomalla köysivyölläni. Se oli terävä, se kestäisi iskun, eikä pettäisi minua. Näyttihän se ehkä hieman sirolta kookkaassa kourassani, mutta oli siinäkin sentään pieni suolistuskoukku, kuten asiaan kuuluu. Suolikaapin avaimeksi minä olen sitä joskus kutsunut, niin pieneltä se tuntui. Mättö tuijotti tuota veistä kädessäni kuin tuomiopäivää ja peruutti kiinni huusin istuimeen. Tuijotimme toisiamme ja vaikka hetki oli hyvin lyhyt, ehdin aistia kuinka ahdistava se oli Mätölle, joka vilkuili takanaan olevaa huussin istuinaukkoa. Aukon pohjalla odotti valtava vuori ihmisten ulostetta. Puristin puukkoa kourassani ja olin juuri iskemässä sen edessä seisovan Mätön mahaan, kun hän pakeni, sukelsi paskaan. Seurasin kappaleiksi hajonneesta istuinaukosta huvittuneena kuinka Mättö konttasi pois ulosteesta, yltäpäältä ruskean soseen peitossa. Se oli käsittämätön näky.

Askeleeni olivat vielä huterat, mutta kiirehdin minkä pääsin ladon taakse, jonne Mättö ulosteen seasta konttasi. En ehtinyt kuin kääntyä ladon kulmalta metsän reunalle, kun veren, paskan ja vessapaperin vuoraama Mättö nousi kontiltaan suoraan eteeni. Tuoksu oli nyt jopa hieman kohteliaampi kuin mitä se oli aiemmin, ennen kuin saasteelta löyhkäävä Mättö sukelsi sontaan. Mättö ei ollut uskoa silmiään, kun ilmestyin hänen eteensä kuin tyhjästä. Käytin tuon hämmennyksen hyväkseni ja survasin puukoni hänen vatsaansa helaa myöten ja väänsin puoli kierrosta ennen kuin vedin terän ulos. Mättö parahti tuskasta ja katsoi voimattomana kuinka suolistuskoukkuni veti ohutsuolen nätisti perässään. Mättö tuijotti minua hölmöllä ilmeellä ja yritti kai sanoa jotain, mutta suusta pulppuva veri esti puhumisen. Parempi niin, en usko että hänellä olisi ollut mitään järkevää mielessään. Päästin suolen valumaan nurmelle ja Mättö romahti polvilleen keräämään sitä, yrittäen sulloa sitä takaisin sisälleen ulosteen vuoraamilla käsillään. Se oli vastenmielistä, toivotonta ja Mättökin sen lopulta tajusi. Hän loi vielä viimeisen katseensa minuun ennen kuin menetti tajuntansa ja tömähti ladon seinää vasten. Jätin ruumiin siihen, minulla ei nyt ollut aikaa sille, minulla oli kuvauksia. Ohjaaja Sallinen varmasti odotti minua jo saunalle. Puhdistin puukkoni tunikan helmaan ja asetin sen takaisin vyölle. Se oli hyvä puukko, sillä kelpasi tappaa, suolistaa, nylkeä ja paloittella. Myhäilin hiljaa mielessäni; se oli hyvä, minun oma ja uskollinen "suolikaapin avain".

Sallinen pisti minut seisomaan saunan eteen.

- Toi on hyvä, toi näyttää helvetin pelottavalta vai mitä Rami?

Rami nyökkäsi kameran takaa, ennen kuin siirsi sitä askeleen oikealle. Seuratessani kameran liikkeitä Sallinen tökki ja pöyhi hiuksiani ja kaivoi tuhoutuneen silmäni esiin.

- Tää on niin aidon näköinen, miten sä teit tän? Tää on ihan kauhee, jengi tulee pelästyy niin pahasti, kun ne näkee tän.

Tuo kaikki pelosta ja kauhusta vauhkoaminen harmitti minua, olisin mielummin näyttänyt kauniin puoleni itsestäni ja maannut autereena järven pinnalla.

- Älä liiku, oo ihan paikoillasi, mä siirrän vähän valoa.

Ohjaaja Sallinen lähti siirtelemään lamppuja, niitä oli kolme ja kaksi niistä valaisivat pelkästään saunaa takanani, vaikka minua tässä oli kai tarkoitus kuvata. Ei se toiminta oikein vakuuttanut minua. Rami siirteli kameraansa jatkuvasti ja Sallinen puhalsi jostain vielä savua niin, että koko piha oli usvassa.

- Olkaa nyt vittu hetki hiljaa.

Jartsa huuteli metsässä, kiroili ja ärjyi sieltä omia käskyjään jotka saivat vain Ramin ja Sallisen vain nauramaan. Kyllä se kaikki oli minusta huonoa tekemistä. Lopulta, vaikka pitkään siinä meni, kaikki oli valmista.

- Rami, laita pyörimään.

Rami totteli Sallisen pyyntöä ja käynnisti kameransa. Minä seisoin kameran edessä niin kuin Sallinen oli pyytänyt ja siinä kaikki. He taltioivat tuon hetken ja koko olemukseni, ikään kuin vangitsivat ajan. Se oli kiehtova ajatus, vaikka en pitänyt siitä että kuvani taltioitiin, mutta koska esitin Möyhyä annoin asian olla. Äänimies Jartsa oli tällä välin ehtinyt jo saunaan ja odotteli meitä sinne. Kuulin kuinka kiuas selkäni takana sihisi kutsuvasti.

- Kiitos. Se oli siinä. Siis vittu miten siisti kuva, ihan

älytön.

Sallinen kiirehti sammuttelemaan lamppuja ja Rami pakkasi kameransa laukkuun. En ymmärtänyt yhtään mitä ympärilläni tapahtui.

- Hyvä, mennään saunaan.

Sallinen läimäytti olkapäätäni ja katosi saunaan. Muistan ajattelleeni, että "Tässäkö tämä nyt oli? Valtava työ ja kaikki oli hetkessä ohi". Elokuvan tekemiseen mukaan lähteminen oli virhe ja olisin halunut haihtua, mutta en vain voinut kadota savuna ilmaan ihmisten edessä.

- Saunaan.

Kuvaaja Rami käveli ohitseni ja meni saunaan. Löyly houkutteli, se tuntui mukavalta ajatukselta, vaikka jotenkin aistin, että tästä illasta oli tulossa kauhea. Tunsin sen viiltoina luissani.

Istuin hiljaa paikoillani lauteen reunalla. Olimme kaikki siinä kuin kanat orrella; Jartsa, Rami, Sallinen ja minä. Tunnelma oli hyvin tiivis, koska lauteet rakennettiin aikoinaan vain kolmelle. Mirjamin mies istui aina kulmassa kiulun kanssa ja vastasi löylyistä, Mirjami istui keskellä, että Pikku-Antti pääsi livahtamaan alas rahille siitä, missä minä nyt istuin. Heti, kun tuli liian kuuma. Siinä me nyt istuimme, minä ja nuo kolme. Jartsa heitti välillä löylyä ja oltiin aivan hiljaa. Tunnelma oli hyvin painostava, minä aistin sen. Pohdin, että aiheutinko minä sen. Olivatko nuo muut nyt viimein äkänneet, että minä en ole Möyhy? Vaivaantuneena suoristin tunikani helmaa ja asettelin myssyäni paremmin. Muut olivat alasti, mutta minä en sentään kehdannut. Vartaloni ei ollut niin inhimillinen, joten saunoin vaatteet päällä. Jartsa änkesi ohitseni ja naurahti mennessään.

- Möyhy taitaa olla ihan tosissaan ton roolinsa kanssa. Jartsan poistuttua saunasta pihan puolelle huomasin kuinka Rami ja Sallinen ottivat etäisyyttä ja tuijottivat minua. Tuijotus kuumotti minua. Lopulta uteliaisuus sai Sallisen ääneen.

- Miten sä Möyhy päädyit tohon, että sulla on vain yksi silmä?

Olisin mielelläni kertonut kuinka pakenin lieskoja Turun suurpalosta, mutta vaikenin kuin kiukaan kivi, ei puheestani olisi kuitenkaan tullut yhtään mitään.

- Ja mistä sä noi suippokorvat oikein hommasit?

Sallinen ei jättänyt minua rauhaan ja minua hermostutti. Minun teki mieli puhua, mutta en pihahtanutkaan. Ahdistus sai minut vain raapimaan käpristynyttä korvalehteäni.

- Noi kynnet, miten helvetissä sä sait päähäsi, että ne vois olla tuollaiset?

Istuin äkkiä käsieni päälle. Häpesin pitkiä ja teräviä raatelukynsiäni, mutta Sallinen vain jatkoi kyselemistä.

- Onko niin, että Saunatonttu ei osaa puhua? Sano nyt jotain?

En sanonut mitään. Olin hiljaa ja häpesin olemistani.

- Kyllä se on roolissa, on roolissa perkele. Meinaatko sä palaa tän saunan mukana, kun me poltetaan tää?

En tiedä mikä minuun meni, mutta nousin lauteilta ja loin tuiman katseen Salliseen. Sallinen ei ollut moksiskaan, katsoi vain rennosti takaisin.

- Menossa jo? Alkoiko kaljahammasta kolottamaan? Mä olenkin tässä jo ihmetelly, että miten sä ootkin jotenkin normaalia selvempi. Yleensä juot siinä missä Juissi ja Mättökin.

Seisoin aloillani ja tuijotin tiukasti Sallista ihmetellen mitä olin juuri kuullut, "...kun me poltetaan tää?".

- Meinaat sä, et me ihan oikeesti poltetaan tää sauna lopuksi? Onko se edes turvallista?

Rami varmisti utelullaan sen mitä olin kuullut, he tosiaan olivat aikeissa polttaa saunani. Kiukku täytti mieleni ja kuorin heitä katseellani, mutta he eivät kiinnittäneet minuun mitään huomiota. Sallinen heitti vain lisää löylyä.

- Ei siinä mitään vaaraa ole, vapaapalokunta tulee varmistamaan ettei tuli pääse leviämään ja vakuutus kattaa kaiken. Rakennetaan tähän sitten uusi sauna.

- Niinkö sä sovit?

- En mä mitään sopinut, ei se vanha harppu suostunut siihen, mutta jos ei hyvällä niin pahalla.

Tuo suunnitelma herätti uinuneen suojelusvimmani, tunsin kuinka lämpö nousi ja sihahdin kuin kuumaan kiveen iskeytyvä vesi. Sallinen ja Rami kääntyivät katsomaan minua ihmeisssään. Rami oli jo hieman kauhuissaan, mutta Sallista kiukkuinen sihinäni huvitti.

- Mitä äijä oikein sihisee?

Siirsin eleettömästi käteni Sallisen kaulalle ja ennen kuin hän ennätti edes tajuamaan, veri jo tirskui. Upotin kynteni hänen kaulaansa, pujotin sormeni kurkkutorven ympärille ja puristin käteni nyrkkiin. Kuului vain pieni korahdus ennen kuin riuhtaisin kurkkutorven irti. Verta roiskui hetken kovalla paineella ympäri löylyhuonetta, kiukaalle asti. Ilma kuumeni, minä suljin silmäni ja nautin verilöylystä. Hengitin raudantuoksuista lämmintä ilmaa keuhkoni täyteen ja huokaisin helpotuksesta. Huojentuneena avasin silmäni ja huomasin Ramin, joka tuijotti minua tyhjä ilme kasvoillaan ja pyörtyi. Heitin verisen ruokatorven riekaleen kädestäni kiuluun veden sekaan ja mieleeni juolahti uusi keittoresepti. Se jäi kuitenkin vain ideaksi, korvani tarttui ilmassa humisevaan ääneen. Ääni kantautuin ulkoa, juoksevan veden lorotusta ja hyräilyä, Jartsa kusi pitkin saunan seinää. Käännyin ja poistuin saunasta.

Jartsa tuli pyyhe lanteidensa suojana minua vastaan saunan edessä ja kävi suorastaan kiinni minuun. Veti minut mukanaan kulman taakse ja painoi seinää vasten.

- Tiiätsä Möyhy miten kuuma sä oot noissa saunatonttukamoissa, ihan kun joku toinen tyyppi.

Hämmennyin, menetin kontrollin ja tuijotin Jartsaa. Kukaan ei ollut koskaan aikaisemmin käynyt näin kimppuuni. Hyökkäys oli raju ja päättäväinen, mutta siinä oli jotain erikoista. Ainakin Jartsa puhui nyt jotenkin lempeämmin ja pehmeämmin, tämä ei ollut enää se sama metsästä ärjyvä äänimies.

- Haluisitsä taas vähän leikkiä, niin kuin juhannuksena, muistatko? Sä olit kyllä aika kännissä, tuhdissa humalassa, mutta ethän sä ole sitä voinut unohtaa. Vai mitä kulta, kyllä sä nyt *sen* muistat?

En minä muistanut muuta kuin sen, että Jartsa oli juuri hyräillyt ja kussut pitkin saunani seinää.

- Kokeile tätä.

Jartsan pudotti pyyhkeen lantioltaan, tarttui käteeni ja lähti ohjaamaan sitä alas haaroväliinsä. Hapuilin, etsin hädissäni vapaalla kädellä apuja vyöltäni ja juuri kun toinen käteni hipaisi Jartsan jäykkää siitintä löysin oman uskollisen suolistuspuukkoni ja iskin sen Jartsan otsaan. Jartsa jäi horjumaan, silmät kääntyivät ympäri ja hän romahti elottomana maahan. Tunsin olevani löylyn tarpeessa, olin kokenut jotain vasten tahoani ja minulla oli likainen olo. Kaipasin naapuritilan kissaa, mutta lähelläni ei ollut ketään, joka ymmärtäisi tuskaani. Olin yksin, yksinäisyyden keskellä.

Mökin edessä parkissa oleva pakettiauto käynnistyi, ajovalot valaisivat pihan ja moottori rämisi. Havahduin ja lähdin vaistomaisesti kulkemaan ääntä kohti, näin mennessäni saunan pienen ikkunan läpi, että Rami oli poissa, herännyt ja karkaamassa. Hetkessä pakettiauto kaahasi mökkitielle ja pelko valtasi minut. Mietin kaikkia seurauksia, mitä Ramin puheet ihmisten ilmoilla aiheuttaisivat. Hänet suljettaisiin mielisairaana hullujen huoneelle, mutta lopulta, joskus hän palaisi takaisin tänne. Yksin, yhteiskunnan hylkiönä kostamaan ja polttamaan saunan. Näin on käynyt kerran, mutta kerron siitä joskus toiste, nyt minun täytyi pysäyttää Rami. Pakettiauto kääntyi mökkitieltä jo maantielle ennen kuin minä ennätin sen eteen. Ajovalot häikäisivät minua, mutta onneksi Rami käänsi auton juuri ennen kuin osui minuun ja rymisteli pitkälle metsään. Auto pamahti lopulta mäntyyn ja jäi sen varteen savuamaan. Hiippailin vaivihkaa katsomaan kuinka Ramille oli käynyt ja tulin hyvin onnelliseksi. Loppu hyvin, kaikki hyvin. Rami ei ilmeisesti hädän ja kiireen keskellä ollut muistanut sitoa itseään turvavyöhön ja oli lentänyt tuulilasin läpi. Ruho lepäsi puoliksi ulkona lasin päällä ja oli karmean näköinen. Kasvot olivat muussautuneet tunnistamattomiksi ja tuulilasi oli painautunut vatsan läpi, joka sylki ulos verta ja sisäelimiä. Olihan se loppu tuokin ja vaikka Rami ei ollut mikään kaksinen kuvaaja, hän ansaitsi visuaalisen lopun.

Jäin savuavan auton viereen seisomaan. Jaloissani olevat tuohivirsut olivat havujen peittämän sammaleen ympäröimänä. Muurahaiset olivat käyneet jo levolle, keko vieressäni oli rauhallinen. Käänsin katseeni Ramin ruumiin kautta ylös taivaalle. Mäntyjen latvojen lomasta näkyi kuu, se oli kaunis ja rauhoitti. "Helvetti" juolahti jostain mieleeni. Kuuma paikka niin kuin saunakin. Kirkko kertoi aikoinaan ihmisille, että tontut ovat Saatanan kätyreitä, pahoja pikku piruja. Olinko minä paha, kuumasta pätsistä syntynyt piru? Oliko kirkon johdatuksessa kuitenkin jotain perää vai oliko se vain-. Ei, ei siinä ollut mitään järkeä ja minun oli palattava töihin.

Peittelin auton havuoksilla, jotta sitä ei huomattaisi maantieltä ja jakelin kaikki ruhot, luita myöten, metsän väelle ja siivosin saunan. Pian kaikki oli niin kuin ennenkin, ennallaan. Kameran ja äänilaitteet minä piilotin mökkiin. Ylös vintille kulkevien kapeiden portaiden toisella reunalla oli avoin seinusta, jossa oli välikatto. Se toimi lavettina kaikelle romulle, jota Mirjami ei kehdannut kesäisin polttaa. Valokuvia, kirjoja ja nyt elokuvakamera ja äänilaitteet. Puomin päässä oleva mikrofoninsuoja muistutti minusta hieman ampiaisen pesää. Niitä tuossa suojaisassa paikassa aina kesäisin oli ja minua hieman huolestutti, että valtasinko minä nyt niiden pesäpaikan. Ampiaiset eivät taida pesiä varattuihin paikkoihin, ne ovat hyvin tarkkoja ympäristöstään ja ehkä tuo mikrofoninsuoja muuttaa nyt heidän suunnitelmiaan. Jätin kameran ja äänilaitteet kuitenkin sinne, se oli hyvä piilo ja eihän sitä koskaan tiedä, jos joku joskus vaikka taas innostuu kuvaamaan elokuvaa minusta. Ainakin välineet on olemassa. Minusta saisi hyvän elokuvan. Olen niin, miten minä nyt itseäni oikein kehuisin, tuntuu niin ristiriitaiselta koko ajatus. Ainakin voisin esitellä itseni sekä suolistuspuukkoni ja saunan. Kyllä siitä saisi varmasti kiinnostavan elokuvan, vaikka itse sanonkin.

Minusta tuntuu hyvältä kertoa näitä kauheita tarinoita, joita olen pitkään kantanut sisälläni, kenties liiankin pitkään. Tästäkin verilöylystä on jo jonkin aikaa, mutta se kulkee yhä mukanani. Höyrystyvän veren raudankatkuinen haju ja maku tekivät minuun lähtemättömän vaikutuksen, se on vainonnut ajatuksiani siitä lähtien. Helpotti viimeinkin jakaa se. Ehkä sinunkin kannattaisi luopua huonoista ajatuksistasi, jakaa ne vaikka minun kanssani. Saunassa voit huoletta päästää irti kaikista kauheista ajatuksista, jotka vaivaat mieltäsi. Minä makustelen noilla öisin aivojasi hereille tökkivillä kuvotuksilla mielelläni. Olen täällä sitä varten.

Viides luku
"Kekripukki"

"Täällä varjoissa on paljon kaikenlaista elämää, täällä on kokonaisia valtakuntia. Teidän on ehkä vaikea hyväksyä sitä, koska te ette usko ihmeisiin, asioihin jotka tapahtuvat ajatusmaailmanne ulkopuolella."

- Saunatonttu,
Aika ja paikka tuntematon

Minua ihmetyttää vieläkin se, miten ihmiset aikoinaan hyväksyivät tonttujen katoamisen ja tyytyivät vain muistelemaan meitä. Kaikki tapahtui nopeasti ja huomaamattomasti. Yhdessä hetkessä me olimme enää jonkun vanhuksen muisto menneisyydestä; memoriaatti, josta katosi uskottavuus heti seuraavassa sukupolvessa. Näistä epäuskottavien muistojen rippeistä syntyi kuitenkin paljon tarinoita, joita on kerrottu lapsille sukupolvesta toiseen. Perheen pienimmille oli lyhyitä ja lempeitä satuja, uteliaille opettavaisia seikkailuja ja kaikista hurjimmille vintiöille oli kauheita jännitystarinoita, joilla heidät houkuteltiin illalla sänkyyn rauhoittumaan. Aamujen ja iltojen loputtomassa jatkumossa näiden tarinoiden sankareista, meistä tontuista, tuli lopulta myyttejä ja kuten aina, myytit muuttuivat lopulta legendoiksi.

Legenda saattaa kuulostaa teistä hienolta, mutta kautta höyryävän kiuaskiven voin vakuuttaa, että ei se sitä ole, tämä on kauheaa. Myyteissä sentään oli vielä pieni muisto uskosta mukana, mutta legendat, ne ovat pelkkiä epäuskottavia satuja. Minusta on väärin, että meihin tonttuihin suhtaudutaan epäillen, eikä meihin enää uskota. Se, että minä viihdyn täällä piilossa omien ajatusteni kanssa, vakoilen ja tarkkailen teitä huomaamatta, ei tarkoita, että minua ei olisi olemassa. Täällä minä olen ja kaipaan hyväksyntää, haluaisin olla yhtä todellinen kuin tekin. Enkä minä suinkaan ole ainut, joka täällä varjoissa liikkuu, on meitä muitakin - ja kaikki me täällä kaipaamme huomiota. Ei ole oikein, että ihmiset luovat myyteistä legendoja, joista he sitten ammentavat loputtomasti hyvin epäuskottavia tarinoita lapsille ja lapsenmielisille. En minä ole mikään legenda, olen kaukana siitä, ja on hyvin vaarallista epäillä minua. Syntyy vain läjäpäin ruumiita. Katsokaa nyt ympärillenne, mihin tämä on maailma on menossa? Ihmiset ovat niin täynnä likaa, saastaa ja henkistä pahoinvointia, että saan lähes täyden annoksen jokaiselta, joka saunaan astuu. Olen ihan täynnä tätä sontaa. Ei ole ihme, että ruumispinot vain kasvavat. Elämä ei voi jatkua näin, ihmisten täytyy muuttua, alkaa ajatella ja ymmärtää, tehdä asioita jotenkin toisella tavalla. Elämä, koko tämä helahoito täällä on kuitenkin enää teistä kiinni, ihmisistä. Oikeastaan vain yhdestä ihmisestä, nimittäin sinusta. Sinä et voi muuttaa kuin itsesi, puhdistus alkaa siitä. Minä itse olen puhtaimmillani kun olen höyrynä kiukaan yllä tai vaikka usvana järven päällä. En ajattele, olen vain. Ajatukset ovat kaiken saastan alku, niitä seuraa usein halu, joka tuo mukanaan suuren läjän lemuavaa sontaa ihmisten elämään. Käytännössä ihmistenkin pitäisi siis jotenkin vain puhdistaa ja yksinkertaistaa ajatuksensa. Käydä ne jotenkin läpi ja siivota ne turhista haluista; puhelimista, vaatteista, autoista, matkoista ja niin edelleen. Näin asiat ympärillä alkaisivat nopeasti muuttua toisenlaisiksi, ihan automaattisesti. Ihmisten mukana koko ympäröivä maailma seuraisi perässä ja puhdistuisi, ja muuttuisi lopulta ehkä elinkelpoiseksi. Ihmisten täytyisi vain jotenkin siis... Jotenkin vain muuttua. Tontuiksi te ette voi ryhtyä, siitä ei tule mitään, se on meille tässä tulut jo selväksi, mutta ehkä te voisitte alkaa taas uskoa meihin; tonttuihin? Ehkä se toisi mukanaan tarvittavan muutoksen. Palaisitte vain takaisin vanhojen uskomusten äärelle, downshiftaisitte koko maailmankatsomustanne joillakin muutamilla vuosikymmenillä. "Downshiftaus" on ihan uusi sana, jonka opin eräältä nuorelta reserviläiseltä, joka puhui metsästä ja maalle muutosta niin hienosti, että en ihan kaikkea edes ymmärtänyt. Seassa oli paljon näitä uusia ja merkillisiä sanoja, kuten "downshiftaus".

Unohtakaa tuo mistä äsken kerroin, se oli typerä idea. Parempi, että unohdatte tontut, ette puhu minusta tai muistakaan hiippalakeista kenellekään yhtään mitään, vaikka itse kuinka uskoisitte. Teitä katsottaisiin vain kieroon ja teille naurettaisiin selkänne takana. Ajautuisitte keskustelujen ulkopuolelle ja ennen kuin huomaisittekaan muuttuisitte muiden silmissä jonkinlaisiksi friikeiksi. Jäisitte yksin outojen ja käsittämättömien ajatustenne kanssa, aivan kuten minäkin. Enkä voi suositella tätä, joten älkää kertoko tonttujuttujanne muille, te ette kestäisi tätä tukahduttavaa yksinäisyyttä ja painostavaa arvottomuuden tunnetta. Pelkkää tyhjyyttä aamusta iltaan ja päivästä seuraavaan, ihmisiä on pienemmästäkin suljettu hullujen huoneelle. Teidän on helpompi vain unohtaa minut ja antaa asioiden olla niin kuin ne on, ainakin toistaiseksi. On parempi vielä odotella avaramielisempää maailmaa ja hyväksyä se, että meidät tontut on pyyhitty teidän ihmisten todellisuudesta, siinä missä moni muukin asia.

Elämä täällä uskomattomuudessa on hyvin erilaista, on olemassa niin paljon asioita, joihin ei enää uskota. Ihmiset ovat ottaneet kristinuskon sekä kaikki muutkin uskonnot ja uskomukset niin tosissaan, että ovat kokonaan hukanneet sen, mistä niissä on kyse. Uskonnot ovat täynnä hyväksymistä, anteeksiantoa ja ikuista elämää. Eikä tiukkoja rajoja kokemusperäisen ja teoreettisen ajatusmaailman välille ole koskaan vedetty. Uskovaisille molemmat maailmat ovat yhtä todellisia ja ovat olemassa, tässä ja nyt, ja ne ovat molemmat täynnä elämää. Kaikki rajat ja muurit ovat pelkäävien ihmisten keksimiä ja rakentamia. Kristus, Jeesus, hän uhrasi itsensä ja nousi taivaaseen, jotta meidän ei tarvitsisi enää pelätä toisiamme, tapella ja kärsiä. Uskon, että hän ristiään kantaessaan todella toivoi, että me voisimme joku päivä kaikki tulla toimeen keskenämme ja elää sovussa toistemme kanssa. Jostain aivan käsittämättömästä syystä ihmiset kuitenkin luovat jatkuvasti konflikteja olevan ja olemattoman välille. Tämä johtuu siitä, että ihmisten säännöt perustuvat täysin tuntemattomaan ja käsittämättömään järkeen. Koko tämä ihmisten luoma maailma on täysin järjenvastainen. Aivan kuin ihmiset eivät tulisi toimeen omien aivojensa, siis omien ajatustensa kanssa. Tehdään asioita ajattelematta yhtään miksi tehdään. Tiedetään asioita joihin ei uskota ja jos uskotaan, ei välitetä. Esimerkiksi miksi ihminen pelkää hirviöitä, jos niitä ei ole olemassa. Siis tälläistä ihan järjetöntä toimintaa. Keksitään mitä tahansa, ettei tarvitse pysyä totuudessa. Maailmahan on täynnä hirviöitä, kaikkihan sen tietävät. Hirviön määritelmä vain vaihtelee, se kun on yksinkertaisesti vain kokijasta kiinni. Kaikilla meillä kuitenkin on omat pelkomme ja minun täytyy tunnustaa, että minä tunnen teidän pelkonne oikein hyvin. Se on jotain vierasta ja käsittämätöntä, jotain niin kauheaa, että te ette voi sitä oikein ymmärtää. Minulle kaikki on selvinnyt pikku hiljaa, vakoiltuani teitä sukupolvesta toiseen. Ei, ette te minua pelkää, oikeasti. Minut te tunnette ja pysyn täällä piilossa, järjen toisella puolella. Teidän pelkonne on todellinen, vaikka te ette halua sitä tunnistaa. Ihminen on ihmiskunnan, maailman ja kaiken elämän pahin uhka ja ainut toivo. Sitä te todellisuudessa pelkäätte, itseänne. Pelko ei ole mielikuvitusta vaan totta.

Otetaan nyt esimerkiksi **K e k r i p u k k i** - hirviö joillekin, pyhimys toisille. Minä muistan tuon elukan vielä oikein hyvin, ei siitä niin kauaa ole, kun täällä on nälässä ruokaa kerjätty. Karvainen, luiseva otus toisesta ulottuvuudesta joka klenkkasi pihaan aina, kun sato oli saatu korjattua. Niin minä osasin sitä odottaa ja tarkkailin pihaa aina erityisen tarkasti, juuri sadonkorjuun jälkeen. Olen todistanut usein kuinka nälän- ja kadonportti kahden maailman välille syntyy. Se on aina yhtä huomaamaton, ihan tavallinen syksyinen trombi pihamaalla, ei mitään sen ihmeellisempää. Lehdet vain pyörivät ja sinkoilevat tuulessa ja yhtäkkiä Kekripukki ilmestyi pihamaalle nälkää kurnien ja kuolaa valuen. Sitten, kuin taikaiskusta, tuuli laantuu ja portti katoaa. Kaikki on hyvin pientä ja vaatimatonta. Ennen Kekripukki saapui aina noutamaan osuutensa sadosta ja katosi sitten yhtä huomaamattomasti kuin oli ilmestynytkin. Ei se ollut mikään ihme, ihmiset osasivat varautua siihen, vaikka se tulikin toisesta ulottuvuudesta ja vain kerran vuodessa. Perinteisiin kuului, että vähäosaisille ja kärsineille jaettiin omasta sadosta se mihin oli varaa. Niin kaikki selvisivät talven yli, eikä kenenkään tarvinnut nälän takia kärsiä, saati kuolla. Aina oli maailmassa niitä, joiden sadon halla tai kuivuus vei, joten Kekripukkia todella tarvittiin. Se oli hyvin tärkeä perinne, mutta nyt sitä ei enää ole.

Nykyään tuo portti nälän ja kadon maailmaan pysyy visusti kiinni, eikä Kekripukkia enää näe pihamaalla kuten ennen. Tämä johtuu siitä, että ihmiset uskovat elävänsä yltäkylläisyydessä, vaikka todellisuudessa nälkä ja kurjuus maailmassa vain lisääntyvät hetki hetkeltä. Niin kauan kuin nälkä ei kosketa sinua, portti nälän ja kadon maailmaan pysyy kiinni. Ihmiset eivät enää halua vanhaa ja nälkäistä kerjäläistä pihamaalleen pyörimään. Poissa näkyvistä, poissa mielestä. Tuo portti kuitenkin on yhä olemassa, ei se mihinkään ole kadonnut vaikka te ette siihen enää uskokaan. Nälkä ja kato eivät ole mielikuvitusta, vaikka ne eivät teitä kosketakaan. Kekripukki on yhä olemassa, niin kuin on moni muukin asia, johon ei enää uskota. Täällä varjoissa on paljon kaikenlaista elämää, täällä on kokonaisia valtakuntia. Teidän on ehkä vaikea hyväksyä sitä, koska te ette usko ihmeisiin, asioihin jotka tapahtuvat ajatusmaailmanne ulkopuolella.

Tässä minun vanhassa saunakirjassani on enää hyvin vähän tilaa ja olen päättänyt käyttää nämä jäljellä olevat sivut siihen, että kerron teille tarinan Kekripukista. Siitä päivästä, kun näin tuon nälkää kantavan otuksen viimeistä kertaa keskuudessamme.

<u>Varoitus</u>! Tämän tarinan jälkeen teistä saattaa tuntua, että olette menettämässä järkenne, koska te saatatte nähdä totuuden. Yhtäkkiä mielikuvitus, joka on aina tarjonut teille turvallisen pakoreitin fantasian ja totuuden välissä, onkin valhetta. Se on pelkkä puolustusjärjestelmä, joka on vain rajoittanut ja pitänyt teidät kiinni teidän omassa pienessä maailmassanne. Totuus tulee iskemään teihin kuin polttava löyly ja te tulette järkyttymään, kenties kauhistumaan. Mielikuvitus katoaa ja te olette vapaa uskomaan siihen, mihin te haluatte uskoa. Olette irti tavallisesta, vapautunut arjen kahleista ja teidät valtaa oivalluksen kevyt olo. Puhdas mieli on kuin saunassa leijuva löyly, ettekä ole enää niin ennakkoluuloinen. Tämän jälkeen se mikä ei ennen olisi mitenkään sopinut järkeenne, onkin totuus. Hirviöitä on olemassa.

Muistatteko, kun kerroin teille tarinan nuorista, jotka ryöstivät vanhan kyläkaupan ja pesiytyivät sitten Mirjamin vanhaan saunaan nauttimaan päihteistä ja lihasta? Kerroin, kuinka tapoin heidät, puhdistin parhaani mukaan, elämän ehdoilla. Tein kuitenkin virheen ja jätin nyljetyt ihmisnahat saunan taakse puuhun kuivumaan. Nahkoista ja kadonneista ihmisistä syntyi merkilliset markkinat. Ihmisiä, virkavaltaa ja kirkonväkeä pyöri saunassa ja sen ympärillä viikon päivät. Lopulta tilanne rauhottui ja jäljelle jäi vain naapuritilan ukko. Surun murtama Väinö jäi huolehtimaan tilasta, kun ei raaskinut jättää vanhan ystävänsä kotia heitteille. Väinö kävi mökillä aina kun askareiltaan ehti ja kasteli sen ympärillä olevia pieniä viljelysmaita, jos poutaa oli kestänyt pitkään. Mirjamilla oli katsokaas tapana joka kevät kääntää mökkinsä viereen pieniä kasvimaita, joihin hän istutti sipulia, perunaa ja porkkanaa. Pellon raivaamiseen Mirjamilla ei ollut enää aikoihin ollut resursseja, mutta hän otti maasta irti sen, minkä omin voimin jaksoi. Väinö ei halunnut luopua Mirjamin viimeisestä sadosta, vaan hoiti sitä kuin omaansa. Kitki rikkaruohotkin mennessään, kun haki Kimmoa, vanhaa kollikissaansa kotiin. Kimmo karkasi usein Mirjamin tilalle ja auttoi häntä sanaristikoissa. Lepäsi oikein pitkänä tuvan pirttipöydällä ja varjosti lehden auringolta. Nyt kun Kimmo ei enää päässyt tupaan, se loikoili usein mökin auringon lämmittämillä kiviportailla ja odotti Mirjamia kotiin. Kyllä minä sille kerroin, että Mirjami on siirtynyt muualle, mutta eihän tuo höperö kissa sitä pitkään muistanut, joten annoin asian olla. Se otti Mirjamin poismenon raskaasti, enkä halunnut muistuttaa siitä enää, viettäköön vanhoja päiviään missä ja miten huvittaa.

Noihin aikoihin olin pitkään lihallisessa muodossani, mikä on hyvin harvinaista, en ole juuri koskaan yötä pidempää lihassa. Usein auringon noustessa leijun jo autereena saunan katolla, oli edellisenä saunailtana tapahtunut mitä tahansa. Hengestä lihaksi tai lihasta hengeksi käyminen ei ole niin yksinkertaista kuin te ehkä saatatte nyt kuvitella. "Kuolema" on tietysti kaikille tuttu tie henkiseen tilaan, mutta on niitä muitakin. Minä esimerkiksi osaan tyhjentää ajatukseni ja olla olematta, niin minä muutun nopeasti pelkäksi höyryksi tai savuksi, kasteeksi nurmen pinnalle ja niin edelleen. Nyt oli kuitenkin käynyt niin onnettomasti, että teurastettuani nuo kaksi nuorta minä jäin ihmettelemään ja vakoilemaan sitä puissa roikkuvien nahkojen ympärille muodostuvaa vilskettä liian pitkäksi aikaa. Olin liian kauan lihallisessa muodossani ja hukkasin hengellisen minäni. Uteliaana minä jotenkin odottamatta jäin vain oman vastenmielisen ruumiini vangiksi, ruhoon kiinni, niin sanotusti.

Tilanteen rauhoituttua loikoilin jälleen saunan katolla, kuten minulla oli yksin ollessani tapana. Kesä oli jo kääntynyt syksyksi ja seurasin huvikseni kuinka kolea tuuli tanssitti puista putoavia lehtiä. Iltapäivän aurinko teki parhaansa pitääkseen luisevan lihanukkeni lämpimänä, mutta silti kylmyys häiritsi minua ja koetteli valppauttani. En edes ollut huomata, kun Väinö yhtäkkiä ilmestyi tilalle ja niin minulla tuli kauhea kiire saada kohmelon kourissa oleva ruumiini liikkeelle. Tulin siitä sitten aikamoisella ryminällä saunan katolta alas, mutta onnistuin kuin onnistuinkin piiloutumaan saunaan huomaamatta. Se oli taitava suoritus. Tämän ison hontelon ruumiin kanssa ei ole helppo liikkua ja piiloutuminenkin vaatii enemmän. Saunassa kiirehdin välittömästi löylytuvan pienen ikkunan taakse vakoilemaan, seurasin Väinöä korvat ja silmä tarkkana. Olin aina hätääntyneenä jotenkin erityisen valpas aistieni kanssa, kuin valossa yllätetty yöeläin. Päivänvalo ja fyysinen olomuotoni eivät todellakaan pitäneet toisistaan, mutta hämärässä saunasta oli onneksi turvallista vakoilla, ja näkymä pihamaalle oli lähes esteetön. Saunalta mökille oli aikoinaan raivattu polku, jonka varrella kasvoi enää muutama koivu.

Väinö oli tullut korjaamaan Mirjamin satoa, jo oli aikakin, sato on ollut maassa koko kesän. Seurasin kuinka Väinö upotti sormensa multaan ja nosti kolmipiikkistä haraa apunaan käyttäen sipulit, porkkanat sekä perunat maasta muoviseen ämpäriin. Kasvikset olivat multaisia ja kookkaita, se oli oikein hyvä sato. Mirjami oli taas onnistunut oikein mainiosti. Nostettuaan vihannekset maasta Väinö jätti ämpärin mökin kiviportaille ja haki kaivolta vettä. Vesisangon Väinö asetti portaille vihannesämpärin viereen ja istahti pesemään mullasta nostettuja kasviksia. Aurinko valui jo kohti taivaanrantaa ja tunsin kuinka ilma alkoi viilentyä entisestään.

Väinö huuhteli multaiset kätensä sekä kasvikset sangossa ja lajitteli yhden sipulin, kaksi porkkanaa sekä kaksi perunaa puiseen vatiin, jonka hän jätti kiviportaille noustessaan ylös. Väinö oli jo aikeissa siirtyä vesisangon sekä vihannesämpärin kanssa sisälle mökkiin, kun hevoskärryt rämistelivät pihaan. Minä kuulin saapuvat kärryt jo kaukaa, mutta vihanneksiin keskittyneen Väinön havahdutti vasta Rehupuntin Matin huudahdus.

- Päivää taloon.

Tervehdys kajahti ilmaan sellaisella voimalla, että olin repiä herkät haltiakorvani irti. Matti pysäytti hevoskärrynsä ja niistä laskeutui pihaan nuori nainen, jolla oli yllään uudenkarhea papin asu. Unohdin korvakipuni, tilanteessa oli jotain odottamatonta ja Rehupuntin kärrykin katosi pihasta ennen kuin ehdin edes tajuamaan. Väinö tuijotti pihaan eksynyttä vierasta hämmästyneenä, laski vesisangon kädestään ja raapi siitä vapautuneella kädellään harkitsemattomasti päätään.

- Sinulla taitaa olla väärä piha.

Pappi suoristi virka-asunsa kaulusta ja lähti reippailla, hyvin päättäväisillä askeleilla lähestymään mökin kiviportailla pönöttävää Väinöä, joka oli yhä ihmettä täynnä.

- Kyllä tämä taitaa ihan oikea piha olla. Olen Mari Läntinen, olen seurakuntanne uusi kiertävä pappi ja tulin esittäytymään. Kuulin, että teidät löytää täältä. Pahoittelen myöhäistä saapumista, piti tulla jo aamulla, mutta kyydin järjestäminen kävi hankalaksi.

Hämmentynyt Väinö tuijotti Mariksi esittäytynyttä pappia ja laski vihannesämpärin toisesta kädestään kiviportaalle, vesisangon seuraksi. Mari pysähtyi portaiden eteen ja laski turhaksi jääneen käsipäivääkätensä alas.

- Seurakunta kertoi, että täällä olis hyvä käydä tervehtimässä...

Mari hiljentyi, hän ymmärsi että Väinö ei pysynyt hänen perässään. Väinö vain tuijotti ja ihmetteli yhä odottamatonta vierastaan.

- "Mari Läntinen, seurakunta".

Mari huokaisi ja aloitti alusta, huomattavasti rauhallisemmin.

- Niin. Olen pappi. Seurakunta lähetti minut tänne koska katsoi, että täällä saatetaan tarvita kuuntelijaa.

Nyt Väinö putosi lopullisesti kärryiltä.

- Ei minun kuulossani mitään vikaa ole.

Mari hämmentyi, köhi äänensä selkeäksi ja jatkoi kohteliaasti.

- Tarkoitan, että täällä oli se kauhea tapaus. Se ei ole unohtunut ja seurakunnassa ollaan yhä hieman huolissaan. Tulin tarkistamaan ja huolehtimaan, että täällä voidaan hyvin.

Väinö huokaisi vaivaantuneena, nosti vesisangon toiseen käteen ja vihannesämpärin toiseen ja viittoi Maria avaamaan mökin oven.

- Vai "kauhea tapaus". No, käykää toki peremmälle.

Mari kiirehti avaamaan oven, mutta potkaisi huomaamattaan portailla lojuvan vihannesvadin kumoon. Vastoin Marin odotuksia Väinö ei käynytkään avonaisesta ovesta sisään vaan jäi tuijottamaan kumossa olevaa vihannesvatia sekä portaille kaatuneita vihanneksia. Mari ihmetteli hetken paikoilleen jämähtänyttä Väinöä, ennen kuin tajusi seurata tämän katsetta ja ymmärsi mistä oli kyse.

- Anteeksi, en yhtään huomannut.
Mari kiirehti korjaamaan vihannekset takaisin vatiin ja ojensi ne Väinölle. Väinö vain tujotti vihannesvatia Marin kädessä.

- Kiitos, mutta jätä se siihen portaille, missä olikin.
Mari laski vadin varovasti portaille ja avasi mökin oven uudemman kerran.

- Kyllähän nuo nyt olisi tuohon mukaan mahtunut, puolityhjä ämpäri?
Mari törmäsi hermostuneella ja ajattelemattomalla möläytyksellään Väinön katseeseen.

- Tämä ämpäri on puolitäysi, nuo ovat niille joilla ei ole mitään.
Mari laski katseensa alas, häpesi kai ahneuden tuntua, jonka Väinön korjaus hänessä aiheutti. Väinö kuitenkin ymmärsi äkkiä olleensa liian vakava ja kevensi tunnelmaa.

- Ääh, anna olla. Pienestä sadosta pieni osuus Kekripukille, ei tämä nyt noin vakavaa ole. Kekripukille kelpaa se mikä sille annetaan.
Väinö marssi avonaisesta ovesta sisään ja ihmetyksen valtaan joutunut Mari seurasi perässä.

Kolea aurinko oli yhä ylhäällä ja sen valo kauhistutti minua, mutta minun oli päästävä mökin ikkunan taakse. En voinut luopua vakoilusta nyt, kun jotain alkoi juuri tapahtua. Harpoin saunalta mökille nurmen poikki niin huomaamattomasti ja hätäisesti kuin vain kykenin, mutta pikkulinnut saunapolun koivuissa huomasivat minut. Viserelivät yllättyneinä ja tyytyväisinä koko matkan "Saunatonttu, katsokaa. Saunatonttu, katsokaa kaikki.". Kyllä minua hävetti moinen huomio, olin varmasti karmea näky iltapäivän valossa, menisivät nyt jonnekin toiselle pihalle huutelemaan. Ikkunan takana lintujen visertely jäi kuitenkin taka-alalle, kun upottauduin kuuntelemaan tuvasta kantautuvaa Väinön ja Marin keskustelua. Mari istui pirttipöydän äärellä ja Väinö mittaili kahvia lieden äärellä.

- Miten vahvaa sumppia laitetaan? Mirjam-, minulla on varastossa korppuja tämän kanssa.

Mari vain katseli tuvan lähes paljaita seiniä. Yksi kude, ryijy ja minun puoliksi palanut muotokuva hellan yllä.

- Ihan miten isäntä itse tykkää, minulle käy kahvi kuin kahvi.

Väinö laittoi pannun liedelle ja istahti pöydän päähän Marin viereen. Mari katsoi Väinöä hermostuneena.

- Ne vihannekset-, tuolla portailla? Mikä se-, kenelle ne oikein-?

Mari ei uskaltanut viedä kysymystään loppuun, mutta Väinö ymmärsi sen ja hieroi silmäkulmaansa pohtien yksinkertaista vastausta.

- Aikoinaan, kauan sitten, oli tapana jättää onnistuneesta sadosta osa Kekripukille, joka saapui nälän ja kadon maailmasta niitä noutamaan. Näin nekin joiden sato ei onnistunut, selvisivät talven yli. Ei kai tuo nykyään ole muuta kuin pelkkää taikauskoa ja pinttynyt tapa.

Vaistosin kuinka Mari helpottui ja seurasin huolestuneena kuinka hän pohti jo seuraavaa, tunnelmaa keventävää lausettaan.

- "Kekripukki", kaikenlaiseen sitä on ennen uskottu.

Onhan toi hyvin kaunis ajatus.

Väinö nousi huokaisten ja löntysteli lieden äärelle siirtämään höyryävän pannun pois tulen päältä.

- Niin, vanhoja uskomuksia, sitä unohtunutta kansanperinnettä.

Mari tuijotti seinällä roikkuvaa kuvaani. Tunsin mielihyvää tästä huomiosta.

- Ja toi on kai sit kotitonttu?

Väinö kääntyi katsomaan Maria ja löysi sen jälkeen kuvani seinältä. Toivoin kautta palelevien luideni, että hän korjaa Marin erehdyksen. Eihän tuo ollut Wihtorin kuva, vaan minun.

- Kyllä tuo taitaa olla Saunatonttu. Kuva on vain ikivanha ja kärsinyt.

Mari kaivoi olkalaukustaan Raamatun esiin. Se aiheutti minussa puistatuksia. Olen tuon kirjan nähnyt ennenkin tuvassa, eikä siitä silloin seurannut mitään hyvää. Mari asetti kirjan kuitenkin pöydälle hyvin luottavaisena.

- Minusta on hienoa, että vanhoja tapoja vielä muistetaan, se on hyvin herttaista.

Väinö kantoi kahvikupit pöytään, vilkaisi Raamattua ja hymähti välinpitämättömästi. Mari asetteli huomaavaisesti kupit niin, että Väinö pääsi kaatamaan kahvit niihin vaivattomasti.

- Kermaa ei nyt löydy, minun ei ollut tänään tarkoitus keitellä kahveja täällä.

Mari hörppäsi höyryävää kahviaan, poltti huulensa ja irvisti kivun seasta vastauksensa.

- Tää on ihan hyvä näin, kiitos.

Pannukahvin tuoksu tavoitti nenäni vanhojen ikkunatiivisteiden läpi. Tuo oli yksi kauneimmista tuoksuista, mitä ihmiset ovat keksineet. Paahdettu kahvi, kuuma vesi ja tuvan ummehtunut tuoksu loivat suurenmoisen elämyksen. Seurasin onnellisena kuinka nuo kaksi istuivat toistensa vieressä ja hörpivät kahvejaan mitään sanomatta. Se oli kuin jokin pyhä toimitus. Aistin kuitenkin, että molemmat olivat hyvin hermostuneita ja tuskastuneita keskustelun tyrehtymiseen. Ahdistuksesta huolimatta molemmat väistelivät toistensa katseita ja pysyivät vaiti.

Lopulta pitkän hiljaisuuden rikkoi auto, joka pysähtyi pihaan. Minä astuin heti mökin nurkan taakse kurkkimaan etupihalle mikä ihmeen auto se oli. Pienestä kuluneesta henkilöautosta nousi esiin nuori mies, joka oli huolellisen näköinen valkoisessa kauluspaidassaan ja suorissa housuissaan. Tunsin heti, että kyseessä oli kaupunkilainen, hänen ahdistunut pahanolon tunteensa raapi sieraimiani. Mies nosti autosta mukaansa pikkutakin ja hänen kumartuessaan nostamaan sitä näin vilauksen aseesta, joka roikkui miehen kainalokotelossa. Huoli sinkoili vartalossani ja koetteli luitani; tuvassa on isketty Raamattu pöytään ja pihalla heilui käsiase. Tästä ei hyvää seuraa. Nuorimies lähestyi portaita pihaa ja sen ympäristöä tarkkailen. Ennätin juuri vetäytyä piiloon, kun hän loi katseensa mökin kulmalle, jossa minä häntä vakoilin. Kun taas uskalsin jatkaa vakoiluani tuijotti mies jo portailla olevaa vihannesvatia, kiersi sen varovasti, nousi ovelle ja koputti ennen kuin astui sisään. Minä kiirehdin tuvan ikkunan taakse niin nopeasti kuin kylmettyneiltä raajoiltani ehdin. Syksyn laskeva aurinko tuntui hetki hetkeltä yhä kalseamalta, eikä vanha tunikanriepuni kyennyt enää pitämään lihaani lämpimänä. Minua palelsi ja kaipasin löylyä.

Mies oli poliisi, rikospoliisi ja aivan kuten olin tuntenut, hän oli kaupungista. Mies esitti virkamerkkinsä heti tupaan päästyään.

- Kandarian Hassan, rikospoliisista päivää. Voitte kutsua minua Kandiksi, niin kaikki tekevät. Nimeni on vaikea, vieras.

Väinö ja Mari ottivat hänet vastaan hämmentyneinä ja ohjasivat hermostuneena pöytään, jossa hänelle kaadettiin kuppi kahvia. Pian kaikki kolme hämmensivät kahvejaan ja mulkoilivat toisiaan. Väinöä ahdisti ja minä tunsin sen. Hän ei ollut aikoihin voinut näin pahoin.

- Mikäs se poliisin tällä kertaa tänne tuo, eihän täällä ole tapahtunut mitään sitten viime kerran.

Tuo "viime kerta" jonka Väinö tässä mainitsi, oli se, - no se mistä jo kerroin, ne nuoret, joista jäi ne nahkat puuhun. Poliisi tarkkaili Maria, tämän vitivalkoista kaulusta ja otti kulauksen kahvistaan miettien samalla tarkkaan vastaustaan Väinön uteluun.

- Sitä samaa, sitä samaa. Lähettivät, kun asia jäi selvittämättä. Kaksi raakaa ja paljon huomiota herättänyttä murhaa. Ei syyllisiä, ei pidätyksiä ja lehdet rummuttaa. Lähettivät minut tekemään jatkotutkimuksia, vähän kyselemään, että saataisiin media edes hetkeksi rauhoittumaan, kenties unohtamaan. Pelkkä rutiinikäynti vain, ei minusta tarvitse olla huolissaan.

Kandi joi kahviaan ja katsoi alta kulmain Maria, pappia joka istui häntä vastapäätä.

- Mitäs pappi täällä tekee?

Mari suoristi selkänsä ja nosti raamattunsa pöydältä.

- Oikeastaan vähän sitä samaa. Kirkko huolestui huhuista, jotka alkoivat levitä paikallisessa seurakunnassa.

Kandi kiinnostui tästä heti.

- Mitä huhuja? Epäileekö seurakunta jotain mistä poliisi ei tiedä mitään?

Mari oli tukehtua kahvihörppyynsä. Kandi, sekä nyt myös Väinö, jäivät odottamaan yskän rauhoittumista saadakseen vastauksen.

- Ei mitään sellaista. Pelkkiä huhuja vain.

Kandi asetti kahvikuppinsa kädestään pöydälle.

- Mitä huhuja?
- Ei mitään. Hassuja juttuja vain.
- Niin, kerro nyt vaan. Mitä "hassuja juttuja"?

Mari katsoi ensin Kandia ja sitten Väinöä, joka istui ja seurasi keskustelua pöydän päässä hyvin vakava ilme kasvoillaan.

- En minä niitä täällä kehtaa kertoa, ei niissä ole mitään järk-.
- Kerro.

Kandi tuijotti Maria, eikä päästänyt häntä katseeltaan karkuun vaikka tämä yritti.

- Ihan hölmöjä juttuja. Tonttuja ja maahisia, ei oikeesti mitään vakavasti otettavaa. Vanhojen mummojen höpö-höpö satuja.

Kandi vetäytyi silmät pyöreänä tuijottamaan Maria.

- "Tonttuja ja maahisia?".

Mari hymyili ja alkoi hekottaa jutulleen hermostuneena. Hekotus tarttui Kandiin, joka nauroi vapautuneemmin.

- "Tonttuja ja maahisia", voi vittu...anteeksi...

Kirosana iski korvaani kuin polttava löyly, mutta se yllätti Marin ja vapautti hänetkin nauramaan entistä helpottuneemmin. Mari ja Kandi nauroivat molemmat nyt hyvin vapautuneesti, mutta hiljentyivät, kun huomasivat Väinön vakaviksi jämähtäneet kasvot. Hetkessä tupa hiljeni ja aistin, kuinka koko ilmapiiri muuttui vakavaksi. Hiljaisuutta jatkui ahdistavan pitkään. Väinön epäilevä ja armoton katse mulkoili vuoroin Maria, vuoroin Kandia, eikä se antanut naurulle sijaa.

- Tontut eivät ole mikään naurun asia. Mirjami, tämän tilan nyt jo edesmennyt emäntä, uskoi niihin ja kyllä

minäkin olen oppinut ettei niiden kanssa sovi pelleillä.
Ja nyt, kun kerran asiaan päästin, niin sopii kai että minäkin ilmaisen mielipiteeni.
Mari ja Kandi pysyivät vaiti.

- Olen vahvasti siinä uskossa, että se oli Saunatonttu, joka teurasti nämä nuoret kaupunkilaiset tuolla Saunassa.

Minut valtasi outo tunne, olin kuin lauteilta pudonnut. Väinö sanoi sen ääneen, minä tapoin nuo nuoret. Tottahan se oli, mutta eihän sen pitäisi olla mahdollista. Tämä oli ihmeellinen väite, täysin absurdi, mutta hyvin vakava paikka. Väinön yllättävää väitettä seurasi pitkä hiljaisuus, epäuskoinen hiljaisuus. Mari ja Kandi tuijottivat toinen toisiaan, eikä Mari ei vaikuttanut yhtään ymmärtävän mitä Väinö tarkoitti.

- Saunatonttu?

Kandikin tuhahti kyllästyneenä, eikä voinut pidätellä mielipidettään.

- Vai Saunatonttu, voi helvetti, anteeksi nyt taas, mutta toi on ihan naurettava, täysin järjetön väite. Pidättekö te minua pilkkananne? Ettekö te ota poliisia tosissanne?

Mari rohkaistui ja jatkoi samalla linjalla.

- Ei kai kukaan nyt enää nykypäivänä, oikeasti, usko tonttuihin? Tontuthan kuuluvat satukirjoihin. Kai tekin sen nyt ymmärrätte?

Väinö piti suunsa ja jätti asian ilmaan. Kandi tuijotti Väinöä typertyneenä ennen kuin nousi penkistään.

- Minä käyn nyt tutkimassa sen saunan, että pääsen joskus poiskin täältä.

Mari nousi myös ja painoi Raamattunsa rintaansa vasten.

- Minä tulen seuraksi.

Väinö katsoi turhautuneena Raamattua Marin sylissä.

- Tuolla sinä et tee siellä yhtään mitään. Saat toki uskoa mihin uskot, mutta kun totuus selviää niin ei tuo kirja-.

Kandi kiirehti hiljentämään Väinön.

- Parempi varmaan-.

Kandi pinnisteli nimen mieleensä.

- ...Mari, että sinä jäät tänne, tarvitsen siellä työrauhan.

Väinö katsoi Kandia säälien.

- Ja sinä, jos sinä koitat tätä järjelläsi ratkaista, niin et saa selville mitään.

Kandi katsoi Väinöä kiivastuen.

- Järjen kanssa tässä on pelattava, konkreettisten todisteiden kanssa. Sinä voit näitä saunatonttu-höpinöitäsi kertoa lapsille. Aikuisten maailma on eri, täällä murhille löytyy aina ihan oikea tekijä.

Kandarian poistui tuvasta kiivastuneena. Väinö ja Mari jännittivät poistumista, eivätkä uskaltaneet liikahtaa. Lopulta Mari istahti takaisin aloilleen ja Väinö ryhtyi hörppimään kahviaan seuraten samalla ikkunasta, kuinka Kandi ilmestyi saunapolulle.

- Mahdottomaltahan se kuulostaa, kyllä minä sen ymmärrän, mutta kyllä tuolla järjen ulkopuolella liikkuu kaiken maailman sontaa, johon ei pelkkä juuriharja ja saippua riitä. Jonkun nekin pitää siivota ja puhdistaa. Eikö se sinun Jeesus liiku vähän niin kuin samalla asialla?

Mari pöyristyi Väinön sanoista ja oli menettää malttinsa. Hän kääntyi tuijottamaan Väinöä ja puristi Raamattuaan sylissään.

- Älä nyt vaan sekoita Raamatun sanomaan lasten satukirjoihin.

Mari puristi Raamattuaan sylissään yhä tiukemmin, eikä Väinö voinut olla huomaamatta sitä.

- Tuo on pelkkä kirja, jossa on toinen toistaan uskomattomampia tarinoita. Ei tuossa ole mitään kirjastoauton vanhaa tonttukirjaa ihmeellisempää.

Mari sai nyt tarpeekseen ja kiivastui.

- Älä nyt saatana sekoita sitä-.

Maria säikähti omaa kiroiluaan ja häpesi omaa kiivastumistaan. Nolostuneena hän asetti Raamatun takaisin pöydälle ja hiljeni. Väinö seurasi tätä merkityksetöntä häpeää kummastuneena.

- Onko Jumalaa olemassa ilman Saatanaa, Taivasta ilman Helvettiä?

Väinö nousi Marin edessä lojuvan Raamatun ylle ja ryhtyi kääntelemään sitä pöytää vasten. Mari seurasi ihmeissään tätä outoa esitystä. Kirjan kannessa oleva risti oli vuoroin oikein, vuoroin väärinpäin, ylösalaisin. Mari kääntyi kohti Väinöä ja tämän saatanallista leikkiä kuin selitystä odottaen. Lopulta Väinö nosti katseensa Raamatusta ja vastasi Marin tuijotukseen merkitsevällä katseella.

- Kaikki on vain näkökulmasta kiinni. Mistä suunnasta asioita katsoo. Mistä sinä tiedät, että olet lukenut tämän kirjan oikein päin?

Tämä sanottuaan Väinö huomasi, että Kandi oli pysähtynyt saunan eteen ja huolestui.

- Anteeksi, minun täytyy nyt mennä.

Väinö poistui kiireellä. Mari jäi tupaan istumaan, korjasi väärinpäin eteensä pöydälle jääneen Raamatun oikein päin, risti kätensä, sulki silmänsä ja alkoi rukoilemaan.

- Isä meidän, joka olet taivaissa. Pyhitetty olkoon sinun nimesi. Tulkoon sinun valtakuntasi. Tapahtukoon sinun tahtosi, myös maan päällä niin kuin taivaassa. Anna meille tänä päivänä meidän jokapäiväinen leipämme. Ja anna meille meidän syntimme anteeksi, niin kuin mekin anteeksi annamme niille, jotka ovat meitä vastaan rikkoneet. Äläkä saata meitä kiusaukseen, vaan päästä meidät pahasta. Sillä sinun on valtakunta ja voima ja kunnia iankaikkisesti. Aamen.

Siitä oli aikaa, kun olin viimeksi kuullut tuon rukouksen. Jotkut rukoukset ovat vain niin hienoja, joissakin niissä on jotain ihmeellistä voimaa. Tuo rukous jäi kaikumaan mieleeni, kun kävelin vaivihkaa pellon kautta metsään ja sitä kautta saunalle, jossa Kandarian ja Väinö jo olivat. Laskeva aurinko oli jo alkanut värjätä taivasta punaiseksi. Kohta taivas pimenisi.

Kandi tutki maastoa saunan edessä ja Väinö seurasi tätä lämmitellen käsiään housujensa taskussa. Hiippailin saunan taakse ja kiipesin ääneti katolle, jonka harjanteen yli oli paras näkymä saunan eteen. Vakoilin heitä ja toivoin, että he eivät menisi saunaan. En pitänyt ajatuksesta, että löylyhuoneeseen käydään aseistettuna. En halunnut, että Kandi veisi asettaan sinne.

- Kyllä ne tonki koko pihan ja saunan, kaikki on jo kerätty, mitä kerättävissä oli.

Kandi mulkaisi kommentin ilmaan heittänyttä Väinöä, mutta teeskenteli, ettei välittänyt siitä ja jatkoi yhä kyyristelyään nurmella.

- Minut lähetettiin tänne tutkimaan, niin tutkitaan. Joskus pienikin, lähes huomaamaton vihje, voi johtaa tuloksiin.

Väinö katsoi taivaalle. Minä säikähdin tuota yhtäkkiä nousevaa katsetta ja vetäydyin piipun taakse, parempaan suojaan. Kandi nousi lopulta Väinön viereen ihmettelemään taivasta, joka muuttui hetki hetkeltä entistä punertavammaksi. Päivä oli ollut pilvetön ja taivas oli nyt sen mukainen, kaunista katseltavaa. Hymy nousi Kandin kasvoille.

- Tähän pitää tottua.

Kandin kommentti yllätti Väinön, joka jäi ihmettelmään sitä. Kandi huomasi tämän ja oli tyytyväinen saamaansa huomioon.

- Suurin osa henkirikoksista tapahtuu hämärissä olosuhteissa, juuri tälläisinä iltoina. "Tähän pitää tottua.".
Väinö suuntasi saunalle hymy suupielessä.

- "Henkirikos", aivan.
Kandi kiirehti Väinön perään.

- Mitä sä tuolla tarkoitit?
Miehet katosivat saunaan ja minä laskeuduin alas katolta. Hiivin löylyhuoneen ikkunan taakse seuraamaan mitä Väinö ja Kandi oikein saunassa tekivät. Samalla hetkellä mökin ovi selkäni takana kävi. Mari tuli pihalle ja minä syöksyin hädissäni saunaan piiloon. Se oli ajattelematon pako, jos Väinö ja Kandi olisivat olleet vielä pukuhuoneen puolella olisin syöksynyt suoraan heidän syliinsä. Onnekseni he olivat jo siirtyneet löylyhuoneeseen ja sen ovi oli suljettuna edessäni, kuten sillä oli tapana. Käännyin saunan oven rakoon seuraamaan Maria, joka seisoi pihalla ja huitoi ilmaa minkä ehti. Verenhimoiset hyttyset olivat saartaneet hänet, niitä oli paljon ja niiden inisevä surina kävi korviini. Hämärtyvä taivas houkuttelee yön eliöt yllättävän nopesti esiin, mutta ei Mari jäänyt niiden syötäväksi vaan pakeni takaisin sisälle. Mari kuitenkin potkaisi mennessään vihannesvadin portailla kumoon, taas, ja ehti empiä hetken ennen kuin keräsi vihannekset takaisin vatiin ja vei ne hyttysten piinaamana mukanaan mökkiin. Mökin oven sulkeuduttua löylyhuoneen ovi selkäni takana aukesi. Käännyin hädissäni ja jähmetyin aloilleni. Väinö ja Kandi seisoivat oviaukossa ja tuijottivat minua sanattomina, kauhua löyhkäten. Väinö veti oven rauhallisesti takaisin kiinni ja he jäivät suosiolla sen taakse, löylyhuoneeseen pii-

loon. Oven sulkeuduttua jäin miettimään mitä minun olisi järkevintä tehdä, käydä peremmälle löylyhuoneeseen vai paeta ulos. Olin jo jäänyt kiinni, eikä mitään ollut oikein enää tehtävissä. Noiden ihmisten järki oli nyt koetuksella.

- Mikä vittu toi oli?

Kandin hätäinen ääni kantautui oven takaa.

- Rauhoitu nyt vain, ei se meitä vahingoita.

Väinön rauhoittelu ei vakuuttanut Kandia.

- Mikä ei vahingoita, mikä se on?

- Auterettaren poika, löylynhenki, itse Saunatonttu. Parempi vain rauhoittua, ei tässä ole mitään hätää.

- Auteretar...Saunatonttu, mitä vittua. Siis mitä vittua?

- Laita toi pois, se vain suuttuu.

- Suuttukoon, mä ammun siltä paskat pihalle.

Ovi edessäni aukesi ja Kandarian osoitti minua aseella, huitaisin sen heti pois. Ase lensi löylytupaan kaaressa ja Kandarianin ilme vääntyi epäuskoiseksi, kun tartuin häntä kauluspaidan rinnuksista. Minua sapetti. Kauhistunut Väinö kiirehti noukkimaan aseen lattialta ja ryhtyi osoittelemaan sillä minua.

- Päästä irti, -irti, päästä irti.

Katsoin Väinöä ja viha kihisi päähäni kuin kuuma löyly; "Väinön pitäisi tietää paremmin".

- Älä tapa.

Kandarian ruikutti yhä otteessani ja viskasin hänet raivoissani pois silmistäni. Hän lensi pukuhuoneen perälle kuin märkä pyyhe ja päästi mennessään pelästyneen parahduksen. Samassa ase Väinön kädessä laukesi. Luoti osui rintaani, tömähti siihen oikein kunnolla. Perään tuli toinen ja kolmas laukaus. Korvissani soi, kipu vihloi niiden uumenissa ja se teki olemisesta vaikeaa, mutta taivutin tuon kivun raivoksi, jolla käännyin tuijottamaan

190

Väinöä. Minulla oli vain yksi toimiva silmä, mutta sen nähtyään Väinön kasvot vääristyivät kauhusta, hän kai tajusi olevansa mennyttä. Astuin hänen eteensä ja vedin täyden annoksen löylyhuoneen märkivää homeista ilmaa itseeni ja huokaisin syvään. Tiesin mitä minun oli jälleen kyettävä tekemään, tämä oli raskas päätös, mutta ainoa oikea. Väinön ilme edessäni kävi entistä säälittävämmäksi.

- Armoa, älä tap-.
Työnsin käteni, pitkät likaiset luisevat sormeni Väinön suuhun ja otin lujan otteen leuoista. Väinö mumisi yhä kai armoa tai jotain sen tapaista, kun Kandi yhtäkkiä, odottamatta, hyökkäsi selkääni roikkumaan kuin jokin eläintarhasta karannut apina ja huusi niin, että koko sauna raikui.

- Päästä irti senkin sekasikiö.
En päästänyt irti vaan väänsin, niin että Väinön leuat rasahtivat kuin railo jäähän. Halkeavan kallon veret suihkusivat kasvoilleni ja sotkivat myös selässäni roikkuvan Kandin, joka sotkeudutuaan vapautti minut otteestaan ja tömähti löylyhuoneen lattialle. Katsoin häntä. Veren kyllästämä Kandi istui epäuskoisena lattialla ja tuijotti maahan romahtaneen Väinön ruumista. Vilkaistuaan sen jälkeen minua hän nousi ja luikki karkuun. Minua hymyilytti, kaikki oli käynyt taas niin nopeasti, se oli ihan järjetöntä.

Seurasin löylyhuoneen ikkunasta kuinka Kandi yritti repiä saunapolulla vastaan ryntäävää Maria mukaansa. Mari meni jotenkin sekaisin veren sotkemasta Kandista.

- Mitä tämä-? Verta, Herran Jumala verta. Mitä-verta?
- Tule. Tule nyt tai me kuollaan tänne kaikki.
Kandi yritti vetää hysteeriseksi muuttuvaa Maria väkisin mukaansa, mutta Mari piti pintansa.

- Mitä sä olet oikein mennyt tekemään?

- En minä ole mitään tehnyt-.

- Mutta sinähän olet ihan veressä, yltäpäältä veressä ja kuulin laukauksia, mitä-?

- Mitä, en minä tiedä mitä-. Saunatonttu-, saunatonttu ilmestyi jostain kuin tyhjästä ja tappoi sen äijän...sen, mikä sen nimi nyt oli-.

- Väinö. "Saunatonttu", -tappoi, -Väinön?

- Niin just, Saunatonttu tappoi Väinön. Mennään nyt ennen kuin se tappaa meidätkin.

Kandi tarttui taas Maria paidasta ja yritti vetää mukaansa.

- Päästä irti.

Epäuskoinen Mari riuhtaisi itsensä irti ja kiirehti saunalle.

- Mun on vähän vaikea uskoa sua.

Kandi seurasi kuinka Mari avasi empien saunan oven ja astui sisään.

- Älä vaan mene sinne, se tappaa sut.

Kandin aneleva huuto kaikui yhä ilmassa, kun löylyhuoneen ovi jo aukesi. En ehtinyt edes tunikan helmaa suoristaa, kun Mari jo seisoi edessäni suu auki ja silmät selällään.

- Herran Jumala.

Palvonta tuntui hyvältä ja tervehdin Maria laittamalla käteni rinnalleni ja kumartaen maltillisesti, sopivan kunnioittavasti. Mari huomasi Väinön ruumiin jaloissani. Väinön halki revityt, veren peittämät kasvot irvistivät hänelle rumasti. Mari kauhistui ja peruutti ulos löylytuvasta paeten saunasta kuin takaa ajettu. Kandi odotti häntä yhä polulla ja yhdessä he pakenivat mökkiin.

Otin tilanteen hyvin rauhallisesti, Kandin autonavaimet olivat pudonneet pukuhuoneen lattialle ja tunsin, että minulla oli hyvin aikaa pelastaa tämä hämmentävä tilanne jotenkin. Tuijotin hymyillen noita avaimia, "kamppailun hedelmiä" ja muistan ajatelleeni, että ehkä tarvittaessa voisin vain kadota. Ehkä avaimia noutaessaan Mari ja Kandi lopulta luulisivat kuvitelleensa kaiken, aivan kuin kaikki olisi ollutkin vain mielikuvitusta. Ei, en minä pääsisi ongelmitta eroon Väinön ruumiista, joka lojusi jaloissani. Minut valtasi hyvin epävakaa tunne, se oli painostava kuin sadetta enteilevä ilmanpaine, enkä pystynyt oikein olemaan aloillani. Kävelin hermostuneena edestakaisin saunan kapeaa ja ahdasta pukutilaa ja pohdin myssyni puhki. Kandi ja Mari tuottivat minulle ristiriitaisia tunteita. He olivat puhtaita, hyviä ihmisiä ja olin syystäkin huolissani heistä. Toivoin yksinkertaisesti, että he vain unohtaisivat minut, ennen kuin Mari menettäisi uskonsa ja Kandi järkensä. Onneksi minulla oli vielä aikaa keksiä jotain, ilta oli nuori ja kaikki oli mahdollista. Ajattelin, että oli parasta pysyä vain piilossa ja toivoa, että he jättäisivät minut rauhaan ja kenties unohtaisivat minut. Keksisivät jonkun järkevän selityksen Väinön ruumiille. Ei kai noin järkevät ihmiset palaa ihmisten ilmoille, ennen kuin ovat selvittäneet ajatuksensa. Vai palaisivatko? Heidäthän leimattaisiin hulluiksi, suljettaisiin laitokseen, jos he yrittäisivät laittaa tämän kaiken minun syyksi. Väinön murha, saunatonttu, se olisi hullua. Minut valtasi outo tunne, että minun pitäisi jotenkin vakuuttaa heidät, saada heidät uskomaan, että minä en ole todellinen. Ei sen pitäisi niin kovin vaikeaa olla ja hätä keinot keksii. Mari ja Kandi ovat molemmat uskovaisia, hyvin järkeviä ihmisiä, kyllä kaikki vielä järjestyy.

Hiippailtuani tuvan ikkunan taakse vakoilemaan heitä näin ensiksi Marin. Hän istui pirttipöydän äärellä ja tuijotti epäuskoisena pöydänpäädyssä istuvaa Kandia, joka oli yhä veren tahrima ja tuijotti järkyttyneenä edessään olevaa vihannesvatia.

- Eikö ole lanttua olenkaan?

Kandia tuijottava Mari säpsähti yllättämään päässyttä kommenttia ja kääntyi katsomaan vihannesvatia, jota Kandi tuijotti typertynyt ilme kasvoillaan.

- Ei, ei näytä olevan.

Mari nosti Raamattunsa pöydällä.

- Tähän kaikkeen on oltava joku selitys, ehkä se oli vain joku koditon hullu, joka oli tehnyt majan saunaan? Minä hykertelin onnesta, Marilla oli oikea asenne. Kandi ei kuitenkaan reagoinut, vaan tuijotti yhä edessään olevaa vihannesvatia kuin tärähtänyt. Mari alkoi jo huolestua.

- Me voisimme rukoilla, rukous antaa voimaa ja auttaa, oli mikä tahansa.

Kandin shokki ei helpottanut.

- Ihme homma. Luulis nyt, että olisi lanttua, kun kerran maalla ollaan.

Mari näki ja ymmärsi ettei Kandin "lanttu" pystynyt enää käsittelemään asioita järkevästi.

- Niin, nii-i.

Keskustelu tyrehtyi, mutta hetken päästä Mari rykäisi äänensä taas kuuluviin.

- Mitä, jos otetaan tuo sinun autosi ja lähdettäisiin?

Kandi irroitti katseensa vihannesvadista ja kääntyi tuijottamaan Maria, verisellä ja hullunkurisella ilmeellä. Mari meni hämilleen, mutta ei hiljentynyt.

- Niin, lähteä menemään ennen kuin se hullu tulee tänne.

Kandi nousi, pyyhki paidanhihallaan verisiä kasvojaan puhtaiksi ja asteli ajatuksiaan tunnustellen ovelle, samalla taskujaan kaivellen. Kandi pysähtyi äkkiä suljetun porstuan oven eteen, katsoi taakseen tutkien pöydän katseellaan ja alkoi sitten tutkimaan tuvan lattiaa.

- Avaimet-, avaimet on pudonneet jonnekin?
Mari nousi hädissään tutkimaan lattiaa ja pian molemmat konttasivat paniikissa ympäri tuvan lattialla.

- Ootko sä varma ettei ne jäänyt virtalukkoon?
Marin kommetti herätti Kandissa toivonkipinän ja hän nousi mietteliäänä ylos.

Pakenin kiireellä takasin saunaan ja seurasin pihamaalle hiippailevia Maria sekä Kandia löylytuvan pienestä ikkunasta. Huomaamatta tietenkin, en halunnut enää yhtään lisää huomiota. Mari ja Kandi olivat saaneet jo täyden annoksen tonttuiluani. Auringon laskeuduttua metsän taakse maisema pimeni nopeasti. Himmeä lamppu mökin etuoven päällä valaisi kiviset portaat sekä hieman etupihaa. Tuvan ikkunasta loimusi yksi valokeila mökin toiselle sivustalle. Muuten hämärä ympäröi jo mökkiä ja hallitsi koko pihaa. Mari ja Kandi lähestyivät mökin edessä seisovaa autoa varovasti, ympäristöään valppaina tarkkaillen. Mari oli ottanut mukaansa tulisijan kohennusraudan ja hän heilutteli tuota terävää, kuokkaa muistuttavaa rautaesinettä kädessään uhkaavasti, joka suuntaan mihin katseensa loi. Kandi avasi kiireellä auton etuoven ja kurotti sisään.

- Ei näy, ei ne täällä ole. Mä luulen, että ne putosivat saunan lattialle, kun se sekopää viskasi mut päin seinää. En mä muutakaan keksi.
Mari katsoi viereensä seisahtuvaa Kandia ja yhdessä he jäivät tuijottamaan saunaa. Kuvittelin sitä näkyä mielessäni. Pimeä sauna metsän siimeksessä, sisällä yksi ruumis ja mahdollisesti jotain muutakin. Eivät he tänne uskaltaisi, olin turvassa. Ajatus sai minut kuitenkin miet-

timään miten piiloutuisin, jos he päättäisivätkin tulla. Mahtuisinkohan minä mahdollisesti kömpimään pukutilan pienestä kapeasta ikkunasta metsän puolelle? Tajusin kyllä heti, että eihän tämä minun kookas ruumiini mahtuisi tuosta ahtaasta ikkunasta ulos ja ajatus alkoi hymyilyttää minua. Olisihan se näky, jos roikkuisin siinä juuri silloin kun jännityksestä herkät Mari ja Kandi astuisivat saunaan. Hiilenmusta pyllyni vain vilkkuisi tunikan helman alta ja ottaisi heidät vastaan. Se saisi heidät käsittämättömän kauhun valtaan. Laiha, nokinen pyllyni. Vaikka ajatukseni olivat hauskoja ja harmittomia, ne vetivät minut vakavaksi. Mari ja Kandi eivät saa enää törmätä minuun. Yksikin kohtaaminen ja menettäsin olemattomuuteni lopullisesti. He sekoaisivat ja tulisivat hulluiksi. Miettiessäni vielä jonkinlaista ratkaisua, Marin ääni viilsi jo korviani.

- Käydään katsomassa, Jumala meitä auttakoon.
Mari lähti jykevä kohennusrauta ojossa kävelemään kohti saunaa ja yhä hieman empivä Kandi kiirehti lopulta hänen peräänsä.
- Älä jätä.
Tuhannen tulikuumaa kiuaskiveä, olin ansassa, tämä oli loppuni, Mari ja Kandi kulkivat jo saunapolulla. Minkälainen tonttu ajaa tavallisen ihmisen hulluuteen? Sillä sekopäiksi he muuttuvat, jos vielä kohtaavat minut. Pinnistin, tein kaikkeni muuttuakseni höyryksi, mutta mitä enemmän minä sitä yritin, sitä mahdottomammaksi se kävi. Tietoisesti hengelliseen muotoon on täysin mahdotonta päästä ja kyllähän minä sen tiesin. Ajatuksista on ensin päästävä eroon, mutta se on hyvin, hyvin vaikeaa, enkä enää oikein osannut olla ajattelematta. Kiire ja paniikki villitsivät mieltäni, kaikki tilanteeseen sopivat halut ja pelot pitivät egoni lihassa:

haluan piiloutua, haluan pois, haluan muuttua, minä en kykene tähän, jäänkö minä kiinni, mitä minä teen. Kohta kaikki olisi ohi, minä paljastuisin taas ja pilaisin ihan kaiken. Lopullisesti. Tiesin tarvitsevani ihmeen, joka pelastaisi minut tästä tilanteesta.

Kaiken sen uskottavuuden ja järjettömyyden keskellä, kuin tyhjästä, syntyi hämärälle pihamaalle raju tuuli. Se puhalsi ja pyöritti lakastuneita lehtiä ympäriinsä. Mari ja Kandi pysähtyivät saunapolulle ihmettelmään yhtäkkiä pihamaalle noussutta tuulenpuuskaa, joka lopulta muuttui trombiksi. He näkivät ihmeekseen kuinka tuo syksyinen ilmiö toi mukanaan pihaan jonkin kahdella raajalla ja kumarassa kulkevan sarvipäisen otuksen. Se oli Kekripukki, sitähän minä osasin odottaa, pääsi vain jotenkin unohtumaan. Luitaan natisuttaen ja nälkää kurnien tuo otus katosi mökin pimeisiin varjoihin. Mari ja Kandi katsoivat toisiaan kauhun ja ihmeen muodostamilla ilmeillään ja tuossa samassa hetkessä syntyi sanaton, pakokauhun sanelema päätös palata takaisin mökkiin. Heidän peruutellessaan, valppaana ja ympäristöään tarkasti silmällä pitäen kohti mökkiä, ryntäsi pimeydestä esiin huutava nainen, jolla oli rinnat paljaana.

- Kun viljellään, ain muistakaa, sitä kerjätään, mikä yli jää!...

Nainen olikin mies, Rehupuntin Matti, joka oli tökerösti meikannut itsensä nätiksi ja pukenut ylleen vanhan virttyneen kukkamekon, jonka päällä oli hyvin irvokkaat naamiaisasun irtotissit. Tissit loistivat illan pimeydessä ja harhauttivat minutkin kuvitelemaa, että kyseessä oli nainen. Matti käyttäytyi kuin riivattu, tanssi ja lauloi Marin ja Kandin ympärillä aloittamaansa riimiä.

- ...Kun Kekripukki osansa saa niin elämä kiittää satoa saa...

Mari ja Kandi säikähtivät Mattia niin, että juoksivat mökin ovesta sisään peräänsä katsomatta. Ihme tosiaan pelasti minut ja ihme riivasi myös naapurin Mattia, jonka kohtaloksi oli koitunut Tissi-Kaisan rooli. Tämä perinteinen ja hyvin uskollinen Kekripukin apuri ilmestyi pihaan, jos jotain oli pielessä ja Kekripukki tarvitsi apua. En ollut moista ennen nähnyt tällä pihalla, kerta oli ainutlaatuinen. Mirjami oli aina hyvin tarkka siitä, että Kekripukki sai omansa, eikä ongelmia syntynyt. Pohtiessani Tissi-Kaisan ilmestymistä ja varjoihin kadonnutta Kekripukkia huomasin, että vihannesvati oli kadonnut portailta. Se muutti koko asetelman ja vaikka en tiennyt mitä siitä seuraisi, osasin odottaa jotain kauheaa.

Seurasin saunan ikkunasta aikani Tissi-Kaisan tanssia ja lauleskelua pihamaalla, sekä Kekripukkia, joka vaelsi surkeana ympäri mökkiä olemattomia vihanneksiaan etsien. Kumpaakaan heistä ei vaikuttanut kiinnostavan se, että minä hiippailin tuvan ikkunan taakse vakoilemaan Maria ja Kandia. Kekripukki kiersi minut kohteliaasti joka kierroksella ja oli hyvin sympaattinen. Tulehtuneet sorkat märkivät, suupielestä valui nälkäävää kuolaa ja kylkikiluut paistoivat takkuisen karvan alta. Luiseva naama oli mädäntynyt ja löyhkäsi, omituiset sarvet heiluivat huterasti päässä ja odotin niiden putoavan hetkellä millä hyvänsä. Muodoiltaan sarvet muistuttivat minusta keittiövälineitä, ne olivat kuin päähän liimatut vispilä ja paistinlasta. Oli kunnia saada seurata Kekripukkia noin läheltä, olin ihaillut tuota otusta niin kauan.

- Mitä helvettiä, ei tässä missään ole enää mitään järkeä.

Kandin kirosana viilsi korviani. Katsoin ikkunasta sisälle ja näin kuinka pirttipöydän äärellä istuva Mari rukoili hiljaa mielessään, Raamattuaan puristaen. Kandia tuo rukoilu tyrmistytti.

- Ei tässä mitkään rukoukset auta, tuolla pyörii Saunatonttua ja muuta perkelettä pitkin pihaa. Mikä helvetin otus se oikein oli, mistä se oikein tuli, ilmestyi kuin tyhjästä tohon?

Mari avasi silmänsä ja hänen katseensa törmäsi pöydällä lojuvaan vihannesvatiin.

- "Kekripukki". Se oli Kekripukki. Väinö mainitsi sen, kun se jätti noi vihannekset tohon mökin portaille.

Kandi kääntyi tuijottamaan Maria.

- Kekripukki? Ootsä nyt vittu ihan tosissas?

- Joo-o. Väinö kertoi mulle tarinan jossa-. Odotas-, "Kekripukki, -nälän ja kadon maailmasta", se noutaa osan sadosta tai jotain, siksi on ollut tapana jättää osa pihalle. Se on Kekripukki.

- Kekripukki? Kekripukki! Kerrotko sä nyt vielä, kun mä en nyt saa oikein järkeeni mahtumaan, että mistä nää kaiken maailman Kekripukit ja Saunatontut oikein tulevat? Miten helvetissä tuolla ulkona pyörii nyt yhtäkkiä jotain, mitä ei pitäisi olla edes olemassa?

Mari katsoi Raamattuaan pöydällä, siinä komeilevaa ristiä. Kandi katsoi kirjaa toisesta suunnasta, risti oli hänelle nurinpäin. Mari huomasi asian ja pyöräytti kirjan toisin päin, niin että Kandi näki kannen ristin oikein päin. Nyt risti oli kuitenkin nurinpäin Marille, joka vaivaantui siitä niin, että käänsi kannen jälleen itseään päin.

- Ei tätä kirjaa voi lukea kuin oikein päin. Tekstistä ei saa selvää, jos sitä yrittää lukea väärin päin.

Kandi katsoi Raamattua ja huokaisi raskaasi.

- Mitä sä oikein höpiset, alkaako usko jo horjua?

- Ei usko niin pienestä horju.

Mari katsoi Kandia, joka otti katseen vastaan odottamattomalla kysymyksellä.

- Jeesus naulattiin ristille, eikö?
Mari katsoi hämmentyneenä Kandia, joka esitti hänelle asian, jonka kaikki tietävät. Kandi nyökkäili vastauksen itselleen.
- Niin. Sitä vaan, että mun on hyvin vaikea uskoa, että syyttömiä on koskaan tuomittu kuolemaan.
Mari kääntyy tuijottamaan pöydällä lojuvaa Raamattua.
- Mitä sä tuolla oikein tarkoitat?
Kandi mietti hetken.
- Kuolemantuomioon on täytynyt olla jokin järkevä syy. Ristiinnaulitseminen oli tuohon aikaan ankarin tuomio, siihen on täytynyt olla jokin painava syy.
Mari alkoi ymmärtää, mutta ei halunut uskoa.
- Jeesus kuoli syntiemme tähden, että meillä olisi täällä parempi.
Kandi ei ollut tuosta enää aivan varma.
- Ehkä, ehkä, mutta ootko sä ikinä ajatellut sitä mahdollisuutta, että mitä jos Jeesus naulattiinkin ristille ihan syystä? Jostakin rikoksesta mistä me ei vain tiedetä mitään.
Marin romahti epäuskoisena pöytää vasten lojumaan.
- Lopeta tuo rienaus.
Kandi vaikeni ja tuli aivan hiljaista. Aistin tuvassa leijuvan vaivaantuneen ja raskaan tunnelman. Mökkiä kiertävän Kekripukin kurniva vatsa kantautui illan hämärässä tupaan asti. Olin varma, että ainakin Kandi kuuli sen, koska hän vilkaisi ikkunaa ja oli melkein nähdä minut.
- Unohda se Jeesus hetkeksi, mitä me nyt tehdään? Ei me voida vaan odottaa täällä, että joku ihme pelastaa meidät tästä.
Mari nousi, tuijotti hetken pöydällä makaavaa Raamattua ja työnsi sen inhottavan hitaasti pöydän reunan yli, pois näkyvistä. Raamattu tömähti lattialle ja jäi sinne

lojumaan. Kandi seurasi piinaavan hidasta kohtausta ihmeissään, hieman pelokkaana. Mari oli helpottunut.

- Viedään sille vihanneksia niin ehkä se häipyy.

Mari nappasi tuvan lattialla olevan ämpärin, jossa oli paljon Väinön keräämiä vihanneksia ja suuntasi ulos. Kandarian tarttui pöydällä olevaan kohennusrautaan, tuijotti hetken sen kuokkamaista, terävää kärkeä, joka oli noen sotkema ja lähti päättäväisenä Marin perään.

Kekripukki kiersi yhä mökkiä vaivalloisesti, nälkää kurnien ja leukojaan louskuttaen, mutta ymmärsi pysyä piilossa, kun Mari ja Kandi astuivat ulos. Kekripukki jäi kulman taakse vakoilemaan etuovea ja sen edessä olevia kiviportaita, aivan kuten minäkin. Mari ja Kandi seisovat portailla ja kuuntelivat seesteistä maisemaa, joka oli täynnä hyttysten ininää. Välillä jokin nälkäinen korskahdus tai kurninta, joka purkautui Kekripukista, piti heidät valppaina. Kulman takaa kantautuvat äänet levisivät hämärällä pihalla, eikä niistä pääsyt oikein perille. Pelokas Mari kannatteli kädessään vihannesämpäriä ja tähyili pihaa. Hermostunut Kandi heilutti tulisijan kohennusrautaa edessään, edes takaisin ja etsi katseellaan Kekripukkia.

- Mitä helvettiä nää ihme äänet oikein on?

Mari pysyi vaiti ja kuunteli.

- Hiljaa, ei se uskalla tulla esiin, jos sä möykkäät.

- "Ei se uskalla tulla esiin, jos sä möykkäät". Mikä ei tuu esiin, "Kekripukki", vittu tää on ihan sairasta.

Pelonsekainen odottelu piinasi heitä, minä tunsin sen ja tuon pelon myötä heidän henkinen likansa kasvoi ja alkoi tuntua jo minussakin, eikä se ollut hyvä asia.

- Etsitään se otus. Kyllä se tuolla jossain mökin takana on.

Kandi lähti kohennusrauta edellä sohimaan mökin kulmalle ja Mari seurasi vihannesämpäri kourassa, aivan hänen jäljessään. He siirtyivät pihan puoleiselta kulmalta tuvan ikkunan valaisemalle seinustalle ja siitä seuraavalle hämärälle kulmalle. Eteneminen oli hyvin varovaista ja valpasta. Kandi hivuttautui ensin kulman takaa rauta ojossa ja Mari seurasi heti perässä. Aurinko oli poissa ja ilta oli pimeä. Mökin kaksi seuraavaa sivua olivat niin pimeitä, etten usko, että he näkivät kunnolla edes eteensä, saati sitten meitä, jotka piileskelimme.

- Ei täällä näe yhtään mitään, kontissa olis taskulamppu.

Auto seisoi pihalla, toisella puolella mökkiä. Kandin ajatus oli hyvä, mutta täysin turha. Seurasin heitä, kun he kääntyivät edessään olevalta kulmalta mökin pimeimmälle seinustalle. Toivottoman synkälle seinustalle.

- Ei helvet-.

Mari peitti suunsa kädellään ja vilkaisi Kandia, joka virnisti hänelle. Minuakin hymyilytti, Mari oli oikein huomaavainen ja ajatteleva ihmiseksi. Silloin yhtäkkiä ja aivan odottamatta, Tissi-Kaisa ryntäsi pimeydestä heidän eteensä.

- Kun viljellään, ain muistak-.

Kandi huitaisi kohennusrautansa kohti päälle ryntäävää ääntä ja liikettä. Rauta humahti Tissi-Kaisan ohimoon ja upposi päähän kuin kuuma veitsi voihin. Tuli aivan hiljaista. Tissi-Kaisa romahti maahan ja pään kaatuessa päin nurmea kohennusrauta rusahti irti hänen kallostaan. Ilkeä rasahdus kantautui pitkälle hämärällä pihalla. Mari ja Kandi tuijottivat maassa lepäävää Tissi-Kaisaa vailla ymmärrystä. Kandi kumartui ihmettelemään vahvasti meikattuja miehen kasvoja ja rinnalla roikkuvia naami-aistissejä.

- Täällä on ihminen sisällä?

Mari tuijotti järkyttyneenä ohimosta pulppuavaa verta.
- Se on tuosta naapuritilalta. Matti. Se toi mut tänne.
Kandi kääntyi katsomaan Maria.
- Matti?
Mari kääntyi katsomaan Kandia pulppuavan veren ty-
rehdyttämällä ilmeellä.
- Matti.
Mari suuntasi pois paikalta, jatkoi matkaa. Ilman pelkoa
ja ilman jännitystä. Kandi kiirehti hänen peräänsä.
- Tapoinko mä juuri ihmisen?
- Tapoit, mutta mitä väliä sillä enää on?
- Mitä väliä? Mä tapoin ihmisen.
- Niin tapoit, mutta tässä on nyt muutakin.
Mari palasi vihannesämpäri kourassa tupaan ja istahti
pirttipöydän äärelle. Kandarian seurasi häntä, mutta jäi
tuvan ikkunan eteen seisomaan ja tarkkailemaan mai-
semaa. Minä ja Kekripukki jäimme helpottuineina mö-
kin seinien tarjoamiin varjoihin, vakoilemaan ja kyttää-
mään. Keripukki odotti yhä vihanneksiaan, jotka Mari
oli taas vienyt mukanaan mökkiin. Miksi Mari ei ym-
märtänyt jättää niitä omalle paikalleen portaille, tuo ky-
symys vaivaa minua yhä, kun mietin tuota iltaa ja yötä.

Sauna seisoi yksin metsän laidalla, se näytti tuvan ik-
kunasta tulvivan valokeilan takaa riipaisevan synkältä ja
pelottavalta. Väinön ruumis odotti minua siellä, mutta
niin myös Kandin käsiase ja autonavaimet.
- Se kuoli, mä tapoin sen.
Kandi heitti verisen kohennusraudan käsistään tuvan lat-
tialle ja ryhtyi kävelemään sen ympärillä. Kandi marssi
edestakaisin veristä rautaa herkemättä silmällä pitäen,
mietti ja hieroi hermostuneena päätään.
- Meidän kannattaa ehkä kuitenkin hakea ne mun
avaimet, ja ase, meidän on päästävä täältä. Mitä nopeam-

min, sitä parempi.

Mari istui pöydän ääressä vihannesämpäri kourassa ja seurasi Kandia.

- Sä haluat kaiken tän jälkeen vielä mennä saunaan? Ootko sä unohtanut mikä siellä on?

Kandi pysähtyi ja kääntyi katsomaan Maria.

- Ehkä se olikin joku koditon, niin kuin sä sanoit. Koditon hullu? Se kuulostaa järkeen käyvältä.

Mari tuijotti Kandia epäuskoisena.

- Ja mökin ympärillä pyörii hirvi, joka teleporttasi itsensä pihaan, kun ei jaksanut lentää?

Mari laski ämpärin kädestään lattialle ja romahti epätoivoisena pöytää vasten. Kandi kävi pirttituolin päähän, hänen viereensä istumaan.

- No, ei hätä ole pahin mahdollinen. Pysytään vain sisällä aamuun asti, sopiiko se? Valo ajaa hirviöt koloihinsa ja päivänvalossa kaikki nämä omituiset jutut saavat jonkin järkevän selityksen. Nauretaan vielä, usko pois.

Mari tuijotti edessään pöydällä olevaa vihannesvatia.

- Mistä sä tiedät, että noi hirviöt ei tunkeudu tänne.

Kandi nousi taas ikkunan eteen ja katsoi saunalle. Väistin hänen katseensa viime hetkellä, se toi mieleeni joulun. Mirjamin poika Antti yritti pienenä aina saada "joulutontut" kiinni, vaikka eihän täällä ikkunan takana pyörinyt kuin minä. En ole koskaan tavannut joulutonttuja, ei niitä taida olla edes olemassa, mutta koska minulla ei ole varmuutta asiasta, olen antanut sen olla. Joulun odotus on joka tapauksessa aina jännittävää aikaa, varsinkin lasten kanssa. Kandin tähyily pihamaalle ja saunan suuntaan sai hänet mietteliääksi.

- Ehkä meidän on parempi varmuuden vuoksi kuitenkin siirtyä yläkertaan.

Kandi katsoi Maria joka puisteli päätään.

- Ei, kun nyt me vaan juostaan maantielle ja jätetään tää tila ihan samantien.

Mari teki lähtöä, nousi kohti porstuaa ja ulko-ovea.

- Älä. Oot sä tullu hulluksi, sieltä voi tulla vastaan mitä tahansa. Se ei ole turvallista. Odotetaan aamua.

Mari ei kuunnellut vaan jatkoi kohti porstuaa.

- "Mitä vaan", tossa ei taas oo mitään järkeä.

Kandi tarttui Maria käsivaresta ja pysäytti tämän.

- Ei missään, mitä täällä nyt tapahtuu, oo mitään järkeä. Tässä on hyvin vaikea enää pysyä järjissään.

Mari yritti riuhtaista itseään irti Kandin otteesta, mutta ei onnistunut.

- Päästä irti.

Kandi puristi Marin entistä tiukempaan otteeseen ja sai aikaan pystypainin.

- Anna olla, päästä irti.

Mari riuhtoi, mutta Kandi ei irroittanut otettaan.

- Mä en voi päästää sua tonne, me ollaan turvassa täällä. Usko mua.

- Suhun mä en usko vaikka olisit viimeinen otus maan päällä.

Mari töni ja riuhtoi minkä jaksoi, mutta Kandi roikkui mukana. Yhtäkkiä Kandin tasapaino petti ja he kaatuivat niin, että lattialaudat ryskyivät. En ymmärtänyt tuota painia ollenkaan, siinä olisi voinut käydä huonosti. Mari jäi Kandin alle ja verinen kohennusraudan terä sojotti aivan hänen päänsä vieressä. Mari ja Kandi tuijottivat rautaa pelästyneinä.

- Se oli lähellä.

- Niin oli.

Mari katsoi Kandia hengästyneenä.

- Joko sä päästät mut.

- En

Mari yritti nousta, mutta Kandi painoi hänet takasin lattiaan. He katsoivat toisiaan, rauhottuivat. Marin tumma papinpaita oli kurtussa ja lattialautojen päältä irronneen pölyn kyllästämä. Painin voitokkaasti päättänyt Kandi virnisti kuin nokkela pikkupoika, joka oli juuri voittanut kisan. Kandin yhä veriset kasvot tekivät tuosta viattomasta ilmeestä hullunkurisen. Maria tuo ei häirinnyt, hän vaikutti oikeastaan pitävän asemastaan.

- Mitä nyt.

- Ei mitään. Ollaan tässä, kunnes sä tuut taas järkiisi. Aistin hetkessä tunnelman muutoksen. Marin ja Kandin välille leiskui jokin hellä ja rauhoittava lämpö. Se oli kuin keskikesän pitkään muhinut löyly, tasainen ja pehmeä. Siinä he vain makasivat ja tuijottivat toisiaan. Minä oikein tunsin, kuinka paine kasvoi ja tuo pehmeä löyly muuttui nopeasti kuumaksi, sellaiseksi jonka vain raikas ja puhdas kaivonvesi voi tyydyttää. Mari odotti jotain, Kandi odotti jotain, minä odotin jotain ja sitten jotain odottamatonta tapahtui. Kekripukki seisahtui viereeni ja jäi siihen tuijottamaan tuvan pöydällä norkoilevaa vihannesvatia, nälkää kurnien ja kuolaa valuen. Otin etäisyyttä ja annoin sen olla, vaikka aavistelin, että kohta sattuu taas jotain hirveää. Ja niinhän siinä kävi, että Kekripukki painautui ikkunaa vasten ja sen sarvet iskivät lasiin niin, että sirpaleet helisivät. Koko ruutu meni aivan säpäleiksi. Metelistä ja siruista sen enempää välittämättä Kekripukki ryhtyi könyämään itseään tuvan puolelle. Nälkä sillä kurni ja kuolaa valui, kun se yritti nostaa itseään yli karmin. Niin vaivalloista se oli, että päätin lopulta mennä auttamaan sitä. Minua säälitti tuo nälkäinen otus.

- Kuole saatana!

Kandin huuto keskeytti ajatukseni ja ehdin perääntymään viime hetkellä. Kohennusrauta iskeytyi ikkunassa roikkuvan Kekripukin kyttyrään ja se parahti, valui alas ikkunasta ja tömähti nurmelle. Maahan osuessaan sen sääriluu työntyi ulos sen luisevasta ja karvaisesta koivesta. Kova ja karhea määkäisy kajahti pimeälle taivaalle. Pakenin mökin kulman taakse piiloon, se oli kauheaa. Kekripukki lojui maassa voimattomana ja vaikeroi tuskaisena, enkä voinut tehdä asialle mitään. Vakoilin ja seurasin kulman takaa voimattomana. Näin kuinka Kandi nojautui rikkinäisen ikkunan yli katsomaan maassa, alapuolellan vaikeroivaa Kekripukkia.

- Se on vielä elossa.

Kandi loikkasi ruudun läpi pihalle Kekripukin äärelle ja Mari kiiruhti ikkunalle.

- Tapa se, tapa se ennen kuin se nousee!

Kandi katsoi ikkunalla huutelevaa Maria verisillä kasvoillaan ja hullunkiilto silmissään. Kekripukki liikahti ja Mari hätääntyi.

- Mitä sä odotat, se nousee!

Kekripukki toisaan yritti nousta ylös, vaikka kovin vaivalloiselta se vaikutti. Se valitti ja piti tuskaista korinaa, eikä nälkäinen kurnintakaan ollut mihinkään kadonnut. Kandi huomasi ylös pyrkivän otuksen edessään ja mätkäisi tätä ajatustakaan tuhlaamatta raudallaan selkään. Kekripukki korahti tuskasta ja vajosi takasin nurmelle. Mari kannusti Kandia ikkunalla.

- Hyvä, hyvä, anna mennä.

Kandi jäi kuitenkin aloilleen tuijottamaan edessään kituvaa ja kärsivää Kekripukkia. Huokaisin helpotuksesta, Kandi vaikutti pysähtyvän ajattelemaan, mutta Mari yhä kannusti ikkunassa.

- Mitä sä odotat, anna mennä.

Kandi ei kuitenkaan tehnyt mitään, seisoi vain ja oli kuin odottavinaan jotain. Mari sai odottamisesta ja Kekripukin tuskaisesta ääntelystä tarpeekseen ja katosi ikkunasta. Kandi sääli hirviömäistä Kekripukkia, joka makasi voimattomana ja vaarattomana nurmikolla hänen edessään. Tunsin kuinka hän alkoi pikkuhiljaa ymmärtää jotain, mutta siinä samassa Mari kiirehti paikalle ja nappasi kohennusraudan Kandin kädestä alkaen huitoa sillä Kekripukkia.

- On siinä poliisi, tappaa ihmisiä, mutta ei saa yhtä elukkaa hengiltä.

Mari puhkui ja puuskutti, hakkasi Kekripukkia minkä raivollaan jaksoi. Kandi seurasi ja todisti järkyttyneenä tuota armotonta murhaa vierestä. Mari iski kerta toisensa perään ja Kekripukki parahti tuskaisesti ensimmäisiin iskuihin, mutta hiljeni lopulta. Mari jatkoi kohennusraudan heiluttamista kunnes iskuista katosi kokonaan terävyys ja ne vaimenivat märiksi lussahduksiksi. Kandi ei pystynyt enää katsomaan tuota verioopperaa ja katsoi pois. Tissi-Kaisan, Matin, irvokas ruumis lojui nurmella vähän matkan päässä. Elottomat, harmaat silmät olivat selällään ja vinoon kangistunut leuka oli jättänyt suun raolleen. Ruho oli jo houkutellut muurahaisia ja muita hyönteisiä haaskalle. Kandi sai puistatuksia ja hän kääntyi katsomaan hengästynyttä Maria, joka lopetteli urakkaansa ja pyyhki kasvoilleen roiskunutta verta, sekä hikeä pappiskaapunsa hihaan. Papin valkoinen kauluskin oli jo sotkeutunut Kekripukin tummaan vereen. Mari oli uupunut, mutta näytti onnelliselta. Hän oli juuri mätkinyt kirveellä hengiltä uhanalaisen kerjäläisen nälän- ja kadonmaasta.

- Näin, nyt on yksi hirviö vähemmän.

Mari katsoi Kandia veren ja hien sotkemilla kasvoillaan

ja vakavoitui.

- Mitäs sitten tehdään?

Tuli hiljaista, Kandi ja Mari tuijottivat vain edessään makaavaa Kekripukin ruumista.

Epätietoisuuden yhä hämmentäessä mieltäni onnistuin jotenkin löntystelemään saunan takana häämöttävään metsään piiloon ilman, että minua huomattiin. En muista mistä kuljin, ehkä pihan läpi, ehkä jopa polkua pitkin, mutta joka tapauksessa muistan havahtuneeni saunan ja pellon väliin jäävien puiden suojasta. Jäin runkojen taakse vakoilemaan ja tarkkailemaan. Mari ja Kandi raahasivat Kekripukin ruhon pellolle, peittivät sen kaikella mahdollisella puuromulla mitä ladosta löysivät. Hyllyllä, pöydällä, sekä muutamilla rikkinäisillä tuoleilla ja heittivät kokon päälle vielä läjän risuja sekä olkia. Lopulta Kandi valeli romukasan bensalla, jota löytyi ladosta täysi kanisteri ja Mari sytytti tikun. Ja niin Kekripukin ruumis paloi, enkä ole tuota elukkaa sen jälkeen nähnyt. Eihän sen henki mihinkään ole kadonnut, mutta ei se enää ilmesty kerjäämään, ei se taida uskaltaa. Nykyajan ihminen on niin arvaamaton. Veren tahrimat Mari ja Kandi jäivät pimeydessä loimuavan tulen äärelle lämmittelemään ja pitelivät toisiaan kädestä. Loppukesän yö oli synkimmillään ja tunnelma oli hyvin romanttinen, se huokui esiin heidän orastavasta rakkaudestaan. Minua tuo kuvotti, eikö heillä ollut mitään käsitystä siitä mitä he olivat tehneet?

Ei ollut. Tuvassa he istahtivat pöydän ääreen ja jäivät odottelemaan auringonnousua. Kekripukin vihannesvati oli yhä pöydällä, mutta eivät he siihen tuhlanneet ajatuksen ajatusta. Vihannekset olivat vain vihanneksia, ei niissä ollut mitään sen ihmeellisempää. Lasinsirut he lakaisivat tuvan latttialta ja peittivät risan ikkunan niin, etten pystynyt enää vakoilemaan heitä. Palasin saunaan, tunsin kaipaavani lepoa. Ennen kuin oikaisin itseni lauteiden alle nukkumaan, kannoin varmuuden vuoksi Väinön ruumiin pihalle, hakkuupöllin viereen. Päästyäni lopulta lepäämään uneksin muuttuvani takaisin hengeksi ja liikuin vapaana kuin auterettaren henki pellon päällä. Se oli kaunis uni.

Heräsin, kun savu tunkeutui nenääni. Sauna oli tulessa. Nousin istumaan ja näin löylyhuoneen ikkunan takana liekkejä sekä Kandin, joka seisoi bensakanisteri kädessä saunan edessä. Mari piteli häntä kädestä. Väinön ruumis oli heidän jaloissaan, mutta he hymyilivät onnellisina. Se oli puhdas hymy, he olivat pesseet kasvonsa. Näky oli jotenkin sairaankaunis nousevan auringon lämpimässä valossa ja jäin lumoutuneena tuijottamaan heitä. Oli joka tapauksessa liian myöhäistä yrittää sammuttaa roihuamaan päässyttä kuivaa saunaa, se oli mennyttä. Ei sen sammuttamisesta olisi lihallisessa muodossa tullut yhtään mitään ja oli mukava polttaa liha taas pitkästä aikaa. Paluu hengelliseen muotoon oli erittäin tervetullut. "Terve löyly, terve lämmin, terve kiuhuva kivonen, saunan henki kiukkuinen". Olin onnellinen, hymyilin itsekseni. Yhtäkkiä huomasin Marin ja Kandin kauheiksi vääntyneet ilmeet pihalla. He olivat havainneet minut istumassa hämärän ja savuisen saunan lauteiden alla. Hymyilin ja tervehdin heitä käden nostolla juuri ennen kuin liekit nielaisivat minut.

Aah, puhdistava tuli. Nousin savuna ilmaan ja laskeuduin henkenä heidän taakseen. Mari ja Kandi istuivat nurmella saunan edessä. Väinön ruumis oli heidän vieressä ja he kaikki katselivat hiipuvaa tulta. Mari veti veren tahriman valkoisen papinkauluksensa irti, nousi ja viskasin sen tuleen. Kandi seurasi tuota rituaalista uh-

rausta ymmärtäväisesti.
- Miten me selitetään tää kaikki?
Mari istahti takaisin Kandin viereen ja painoi helpottuneena ja onnellisena päänsä Kandin olkaa vasten.
- Mitä väliä, me selvittiin.
Kandi ei vakuuttunut.
- Meillä on kuitenkin pari aika rujoa ruumista tossa, ne tulevat kaipaamaan selitetyksiä. "Kekripukki", "Saunatonttu", meistä tehdään hulluja, jos raportteihin eksyy mainintaakaan niistä. Saataisiin vain itse murhat niskoillemme. On keksittävä jotain muuta, jotain järkeen käyvää.
Mari pysyi vaiti ja tuijotti vain tulta. Kandi hieroi levottomana päätään.
- Ei tässä ole mitään järkeä.
- Ei kaikessa tarvitse aina ollakaan järkeä. Nautitaan nyt vain siitä mitä on. Ollaan sentään elossa?
Kandi nousi kiivastuneena ylös, hän ei pystynyt enää istumaan.
- Niin ja nyt me lähdetään hakemaan apua.
Mari nousi rauhallisena ylös ja paijasi Kandin poskea.
- Rauhassa nyt kulta, kaikki on ohi, me selvittiin. Meillä ei ole enää mikään kiire, yhtään minnekään.
Kandi katsoi poskeaan paijaavaa Maria hyvin vakavalla naamalla.
- Näitkö sä miten se vielä virnisti, juuri ennen kuin liekit kävivät siihen kiinni. Se oli kuin-, kuin se olisi jostain syystä nauttinut asemastaan.
Kandi nosti kätensä ja kauhoi savua ympärillään, puntaroi sen merkitystä kuin jotain suurempaa voimaa.
- Ehkä se vain muutti muotoaan, en mä tiiä, mut jotenkin musta tuntuu, että ei tämä tähän lopu.

Loppu.

Sivut loppuvat. Mieleeni nousee yhä asioita, joista olisin voinut kirjoittaa, mutta tämmöinen tästä nyt tuli, tämä on nyt tässä. Toivottavasti tämä ikivanha saunakirja pysyy kasassa ja tavoittaa teidät ajoissa. Sillä ilman näitä tarinoita minua ei ole olemassa, unohdun, ja maailma tukehtuu likaan, saastaan ja henkiseen pahoinvointiin, eikä se jää teiltä huomaamatta. Me elämme täällä yhdessä. Pidetään siis huolta toisistamme ja ajatukset avoinna. Hyvinvointi on yhteistyötä.

Pian sen jälkeen, kun te suljette tämän kirjan, te alatte epäillä minua. Maailmaanne säätelevät ajatukset, niitä rajoittavat egot työntyvät esiin aivopuoliskojenne jokaisen nystyrän takaa, ja te hylkäätte minut ennen kuin ehditte saunaa lämmittää. Se on hyvin inhimillistä, älkää olko huolissanne siitä. Voitte silti olla varma, että täällä minä olen, jos tekin olette.

Seuraavan kerran kun te astutte saunaan, te yhä muistatte minut (oikeastaan tunnette). Saatatte ryhtyä leikkimään ajatuksella, että jossain löylytuvan hämärässä saattaa vaania saunatonttu. Teitä hymyilyttää, kaikki nämä epämiellyttävät ja vastenmieliset asiat, joista olen tässä kirjassa kertonut, ovat jo unohtuneet. Haluatte vain leikkiä ajatuksella, nauttia löylystä ja puhdistua. Hienoa, sitä varten minä olen olemassa. Nautitaan löylyistä ja annetaan ihmeiden tapahtua, jos on tapahtuakseen.

\- Saunatonttu,
Aika ja paikka tuntematon.

Kiitos, että valitsit tämän kirjan.